SHORT STORIES OF LIFE SERIES

担当责任的小故事

杨春雷◎编著

时代文艺出版社
SHIDAI WENYI CHUBANSHE

图书在版编目（CIP）数据

担当责任的小故事 / 杨春雷 编著. 一长春：时代文艺出版社，2011.4（2023.7重印）
ISBN 978-7-5387-3573-4
Ⅰ. ①担… Ⅱ. ①杨… Ⅲ. ①故事－作品集－世界 Ⅳ. ①I14

中国版本图书馆CIP数据核字（2011）第054578号

出品人 陈 琛
选题策划 朱凤媛
责任编辑 苗欣宇 田 野
装帧设计 孙 俪
排版制作 徐俊轩

担当责任的小故事

杨春雷 编著

出版发行 / 时代文艺出版社
地址 / 长春市福祉大路5788号 龙腾国际大厦A座15层 邮编 / 130118
总编办 / 0431-81629751 发行部 / 0431-81629758
官方微博 / weibo.com/tlapress
印刷 / 永清县晔盛亚胶印有限公司
开本 / 710×1000毫米 1 / 16 字数 / 252千字 印张 / 15
版次 / 2012年1月第1版 印次 / 2023年7月第3次印刷 定价 / 58.00元

图书如有印装错误 请寄回印厂调换

目录
Contents

人性的光辉

002 / 人性的光辉
003 / 宽　恕
004 / 校长道歉
006 / 征　服
007 / 难忘的体罚
009 / 化装舞会
012 / 半便士
013 / 体面的人
015 / 雪中的零
017 / 安迪的牺牲
020 / 成熟是要经过学习才能达到的
021 / 圣　徒
022 / 成功可以改变你的人格与尊严
023 / 律师与浪子
027 / 窗外的风景

心灵的栅栏

030 / 心灵的栅栏
031 / 一定是星期三
034 / 上帝的小站
034 / 家中失火之后
036 / 施　与
037 / 深深的体谅
038 / 宽容是心与心的体谅

040 / 天使的礼物
041 / 基督的化身
042 / 拉蒂·麦可琳
043 / 用你的赞美使别人如沐春风
045 / 站在同一立场上
047 / 上帝所赐
050 / 小贩的葬礼
054 / 一个孩子的力量
056 / 刻在树上的爱情
058 / 云襟胸怀
061 / 空投糖果
063 / 小男孩救大兵
064 / 不可亵渎事实
065 / 爱的一课
066 / 共同的信赖
067 / 一个老报人的故事
069 / 汽车站上的新起点
071 / 葡萄熟了
073 / 把不幸当做快乐的起点
075 / 世界最大的黑钻石
079 / 距　离
080 / 失败只是暂时的
083 / 拿着你的叉子
084 / 从袖手旁观到热心公益
085 / 改变我一生的一次经历
088 / 阳光女士
089 / 感谢生命
091 / 玫瑰色的眼镜
093 / “万事通”先生
096 / 钱买不了人情
098 / 14级台阶

感谢那只手

104 / 感谢那只手
104 / 红色运动衫
107 / 为你点亮一盏灯
108 / 等
112 / 弟　弟
114 / 钱　夹
117 / 某君恋爱外史
119 / 断残花瓶
122 / 航海之梦
126 / 红宝石饰物
129 / 献给尤兰达的玫瑰花
133 / 施舍的树
134 / 盲　人
137 / 红木钢琴
139 / 接力棒
142 / 冬天里的两个秘密
145 / 最漂亮的天使
146 / “瞧，我到现在还没事！”
149 / 决不放弃
152 / 最好的球员
157 / 长街短梦
158 / 圣诞心愿
161 / 五块钱成交
162 / 我的小哥哥
164 / 无光的意境
165 / 树林的馈赠
168 / 奇　迹
170 / 雪中送炭
172 / 桌　布

永世难忘的陌生人

176 / 永世难忘的陌生人
176 / 海啸之前
178 / 永恒的百合
179 / 一个人能做到的
184 / 很可能……他叫希内斯
187 / 化雪之爱
188 / 出狱者
192 / 善有善报
193 / 盗亦有道——窃贼彼得森的故事
196 / 海中救援
197 / 为什么我会如此，上帝？
200 / 威尔逊与乞丐
202 / 一只橄榄球
204 / 她是我的朋友
205 / 宽容超越一切

生死朗读

208 / 生死朗读
210 / 播种希望
213 / 我就是圣诞老人
216 / 寻　找
218 / 海明威的教导
220 / 最好的消息
220 / 爱是最伟大的力量
222 / 山里人
224 / 尊严
226 / 传下去
228 / 得与失
229 / 世界其实很小
229 / 与人为善
231 / 爱人爱己

STORY

人性的光辉

人性的光辉

我很容易动情。有一次，基罗夫芭蕾舞团的“天鹅舞”落幕时，我泪如雨下。每次在纪录片里看到罗查·班尼斯达创出“不可能打破”的纪录，不到4分钟跑完1英里时，我就激动得说不出话来。我想，我一看到人们表现人性光辉的一面，便会深深感动，而他们不必是伟大的人物，做的不必是伟大的事。

就拿几年前我和妻子去纽约市朋友家吃饭那个晚上来说吧。当时雨雪交加，我们赶紧朝朋友家的院子走去。我看到一辆汽车从路边开出，前面有一辆车等着倒进那辆车原来的停车位置——这在拥挤的曼哈顿区是千金难求的。可是，他还未及倒车，另一辆车已从后面抢上去，抢占了他想占据的位置。“真缺德！”我心想。

妻子进了朋友的家，我又回到街上，准备教训那个抢位的人，正好，那人还没走。

“嗨，”我说，“这车位是那个人的。”我打手势指着前面那辆车。

抢位的人满面怒容，对我虎视眈眈。我感到自己是在路见不平，拔刀相助，对他那副凶相也就不以为然。

“别管闲事！”那人说。“不，”我说，“你知道吗，那人早就等着那个车位了。”话不投机，我们很快吵了起来。不料，抢车位的人自恃体格魁伟，突施冷拳，把我打倒在他的车头上，接着便是两下巴掌。我自知不是他的对手，心想前面那个司机一定会来助我一臂之力。令我心碎的却是，他目睹此情此景后，开着汽车一溜烟地跑了。

抢位的人“教训”了我一顿以后，扬长而去。我擦净了脸上的血迹，悻悻地走回朋友家。

我以前是个海军陆战队员，身为男子汉，我觉得非常丢脸。妻子和朋友见我脸色阴沉，忙问我发生了什么事，我只能编造说是为车位和别人发生了争吵。他们自然知道里面定有蹊跷，也就不再多问。

不久，门铃又响了起来，我以为那个家伙又找上门来了。他是知道我朝这里走来的，而且他也扬言过，还要“收拾”我。

我怕他大闹朋友家，于是抢在别人之前去开门。果然，他站在门外，我的心一阵哆嗦。

“我是来道歉的，”他低声说，“我回到家，对自己说，我有什么权利做出这种事来？我很羞愧。我所能告诉你的是，布鲁克林海军船坞将要关闭，我在那里工作了多年，今天被解雇，我心乱如麻，失去理性，希望你能接受我的道歉。”

事隔多年，我仍记着那个抢位的人。我相信，他专程来向我道歉，需要莫大的力量和勇气，在他身上，我又一次看到了人性的光辉。

至今我还清楚地记得，那天在他向我告辞时，我又一次情不自禁地泪流满颊。

（美国）J.埃尔达

宽 恕

43年的时间似乎很长，长得足以使人忘记一个熟人的名字，我自己就有过这样的经验。有一位我曾经很熟悉的老夫人，我现在已经记不起她的姓名了，她原本是我在威斯康星州的迈阿密送报纸的时候认识的一位客户。那是1954年的岁末，那一年我12岁。虽然已经隔了这么多年，她曾经给我上的一堂宽恕他人的课还像是昨天刚刚发生过的一样，我只希望有一天我能把它传授给其他什么人。

那件事发生在一个风和日丽的午后。那天，我正和一个朋友躲在那位老夫人家的后院里朝她的房顶上扔石头。我们饶有兴味地注视着石头从房顶边缘滚落，看着它们像子弹一样射出，又像彗星一样从天而降，我们觉得很开心很有趣。

我拾起一枚表面很光滑的石头，然后把它掷了出去。也许因为那块石头太光滑了，当我把它掷出去的时候，不小心，它从我手中滑落，结果砸到了老夫人家后廊上的一扇小窗户上。我们听到玻璃破碎的声音，就像兔子一样从老夫人的后院里飞快地逃走了。

那天晚上，我一想到老夫人后廊上被打碎的玻璃就很害怕，我担心会被她抓住。很多天过去了，一点动静都没有。这时候，我确信已经没事了，但我的良心却开始为她的损失产生了一种深深的犯罪感。我每天给她送报纸的时候，她仍然微笑着和我打招呼，但是我见到她时却觉得很不自在。

我决定把我送报纸的钱攒下来，给她修理窗户。3个星期后，我已经攒下7美元，我计算过，这些钱已经足够修理窗户了。我把钱和一张便条一起放在信封里，我在便条上向她解释了事情的来龙去脉，并且说我很抱歉打破了她的窗户，希望这7美元能抵补她修理窗户的开销。

我一直等到天黑才鬼鬼祟祟地来到老夫人家，把信封投到她家门前的信箱里。我的灵魂感到一种赎罪后的解脱，我重新觉得自己能够正视老夫人的眼睛了。

第二天，我去给老夫人送报纸，我又能坦然面对老夫人给予我的亲切温和的微笑并且也能回她一个微笑了。她为报纸的事谢过我之后说："我有点东西给你。"原来是一袋饼干。我谢了她，然后就一边吃着饼干，一边继续送我的报纸。

吃了很多块饼干之后，我突然发现袋子里有一个信封，我把它拉了出来，当我打开信封的时候，我惊呆了。信封里面是7美元和一张简短的便条，上面写着："我为你骄傲。"

校长道歉

不知为何，我在学校完全是另一个样子，老是捣蛋。以前我很蠢，但从不做坏事。现在呢，我是个留级生，不但很笨，还是个无赖。我们班主任安娜就是这样说我的。

以往别人骂我时问："你不害臊吗？"我埋下头说："害臊……"可现在我嘻笑地回答："不！"我知道为人应该善良，可在学校不可能善良，何况也不要求我这么做，只要求我顺从……

班主任安娜走进教室，满脸气恼的样子。我们站起来，身体挺得笔直。

"坐下！"安娜喝道，"现在你写作文。"

"今天的作文我不判分，因为这是《少先队真理报》的征文，标题是《如果我是一位教师》。”

“天哪，如果出错怎么办！”

“错误由我来检查、改正。”

“要是我不想当老师呢？”我坐在座位上问，“那怎么办？”

“安德烈！谁也不会要求你去当老师的！”老师生气地说，“你根本就可以不写！”

但我还是随心所欲地写了，也许出了很多错。管它呢！

我在作文中写道：学校不该像现在这种样子，而应完全相反。比如说这样：我来到学校，所有的老师碰到我都很高兴！“你好，亲爱的安德烈！”他们一副笑容满面的样子。

“你们好！”我一边走自己的路，一边严厉地说，“叫校长到我这儿来！两天没看见他啦，是不是又出去玩了？”

“他在开会。”老师们替他申辩。

“我马上就会弄清楚他到底上哪儿去了！”我恐吓道。

校长跑来，一副惶恐不安的样子，眼睛瞅着地面。

“是你叫我吗，安德烈？”

“对，同我到教室去！”我生气地点点头。我走进教室，他小心地在门口站住了。

“你瞧瞧，我为什么叫你来……你瞧，教师们又违反纪律了，在课堂上搞得很不像话。”

“又犯什么老毛病啦？”校长叹了一口气。

“你想想！昨天地理老师尤利雅把彼得叫‘胡涂虫’，难道你们的教学法就是这样？”

校长不高兴地把双手一摊：“唉，安德烈，我给她说过无数次了。我根本拿她没办法！不过，你也要体谅她。她家中出了一件很不愉快的事……”

“得了……”我长叹一声，“与其在此哭丧着脸，不如好好研究一下教育学。重要的是要做一个善良的人，要爱学生……”

“对，爱学生。”他唯唯诺诺地答道，在我的示意下退了出去。

第二天是礼拜日。老远，我看见校长从学校出来，一边走，一边查看房子的门牌号……当校长敲了敲我家的小篱笆门，走进院子时，我吓得赶紧躲到桌子下面。

一定是来告状的。幸亏我家没大人……

“安德烈！”校长在外面喊道，“要是你在家，就让我进来。”

“我读了你写的作文！你听见了吗？”等了一会儿，他又喊道。

我不回答。有什么好谈的？他找的不是我，而是我妈妈，是来告状的。

“安德烈！”他转而伤心地说，“我同意你的一些意见……你听到了没有……”

“反正我不开门！”我吼了一声。

“我以前也想过，”他轻轻地说，好像在自言自语，“是的，我的工作应当做得更好一些……孩子们跟我在一块儿才会觉得有意思，很一般……我们互相理解……我做过努力，但不完全成功……你明白吗？”

“关我什么事？”我在窗帘后面叹了一口气。

“当然关你的事！”他回答，“爱学生……叫别人怎么爱你？你谁都不需要。你活着，读你自己的书，别的一切对你都无所谓。你从旁边观察别人，讥笑别人的弱点……”

“对，”他突然说，“你在学校表现不好，这我也有责任，应该向你道歉。我也想过，我们学校应该是所有学生的第二个家……”

他坐在门口的阶梯上，忧郁地抽着烟，不再像一个威严的校长，而只是一个普通的人。我打开门，走到台阶上，他往旁边挪了挪，我靠着他坐了下来。

征　服

有一劫犯在抢劫银行时被警察包围，无路可退。情急之下，劫犯顺手从人群中拉过一个当人质。他用枪顶着人质的头部，威胁警察不要走近，并且喝令人质要听从他的命令。警察四面包围，劫犯挟持人质向外突围。突然，人质大声呻吟起来。劫犯忙喝令人质住口，但人质的呻吟声越来越大，最后竟然成了痛苦的呐喊。

劫犯慌乱之中才注意到人质原来是一个孕妇，她痛苦的声音和表情证明她在极度惊吓之时马上要生产。鲜血已经染红了孕妇的衣服，情况十分危急。

一边是漫长无期的牢狱之灾，一边是一个即将出生的生命。劫犯犹豫了，选择一个便意味放弃另一个，而每一个选择都是无比艰难的。四周的人群，包括警察在内都注视着劫犯的一举一动，因为劫犯目前的选择是一场良心、道德与金钱、罪恶的较量。

终于，他将枪扔在了地上，随即举起了双手。警察一拥而上。围观者竟然响起了掌声。

孕妇不能自持，众人要送她去医院。已戴上手铐的劫犯忽然说：“请等一等，好吗？我是医生！”警察迟疑了一下，劫犯继续说，“孕妇已无法坚持到医院，随时会有生命危险，请相信我！”警察终于打开了劫犯的手铐。

一声洪亮的啼哭声惊动了所有听到它的人，人们高呼万岁，相互拥抱。劫犯双手沾满鲜血——是一个崭新生命的鲜血，而不是罪恶的鲜血。他的脸上挂着职业的满足和微笑。人们向他致意，忘了他是一个劫犯。

警察将手铐戴在他手上，他说：“谢谢你们让我尽了一个医生的职责。这个小生命是我从医以来第一个从我枪口下出生的婴儿，他的勇敢征服了我。我现在希望自己不是劫犯，而是一名救死扶伤的医生。”

难忘的体罚

也许，在这个世界的其他地方同样也有威信极高而能使所有学生都敬畏如神的老师，但肯定不会有哪位老师会像在我们镇上待了30多年的弗洛斯特女士那样，差不多成了全镇老少的严师，让大家都服膺于心。

我不知道她是如何走进众人的心底的，至于我，那是因了一次难忘的体罚：挨板子。

那是一次数学考试。试前，弗洛斯特女士照例从墙上把那块著名的松木板子取下来，比试着对我们说：“我们的教育以诚实为宗旨。我决不允许任何人在这里自欺欺人，虚度时日。这既浪费你们的时间，也浪费我的时间。而我早已年纪不轻了，奉陪不起——好吧，下面就开始考试。”说着，她就在那张宽大的橡木办公桌后坐了下来，拿起一本书，径自翻了起来。

我勉强做了一半，就被卡住了，任凭绞尽脑汁也无济于事。于是，我顾不得弗洛斯特女士的禁令，暗暗向好友伊丽莎白打了招呼。果然，伊丽莎白传来了一张写满答案的字条！我赶紧向讲台望了一眼——还好，她正读得入神，对我们的小动作毫无察觉。我赶紧把答案抄上了试卷。

这次作弊的代价首先是一个漫长难熬的周末。晚上，又翻来覆去难以入眠；才迷糊过去，又被噩梦惊醒——连卧室墙上那些歌星舞星们的画像似乎都变成了弗洛斯特女士，真让我心惊肉跳！早就听人说过，教室里一只蚂蚁的爬动也逃不过弗洛斯特女士的眼睛，这么说，她现在只是故意装聋作哑罢了。思前想后，我打定主意，和伊丽莎白一起去自首。

周一下午，我们战战兢兢地站到了老师身边："我们知道错了，我们以后永远不做这种事了，就是……"（没说出口的是"请您宽恕"！）

"姑娘们，你们能主动来认错，我很高兴。这需要勇气，也表明你们的向善之心。不过，大错即然铸成，你们必须承受后果——否则，你们不会真正记住！"说着，弗洛斯特女士拿起我们的试卷，撕了，扔进废纸篓。"考试作零分计，而且……"

看到她拿起松木板子，我们都惊恐得难以自持，连话也说不囫囵了。

她吩咐我们分别站在大办公桌的两头，我们面面相觑，从对方的脸上看到自己的窘态。"现在你们都伏在自己身边的椅背上——把眼睛闭上，那不是什么好看的戏。"她说。

我抖抖索索地俯下身子。听人说，人越是紧张就越会感受到痛苦，老师会先惩罚谁呢？

"啪"的一声，宣告了惩罚的开始，看来，老师决定先对付伊丽莎白了。我尽管自己没挨揍，眼泪却上来了："伊丽莎白是因为我才受苦的！"接着，传来了伊丽莎白的呜咽。

"啪！"打的又是伊丽莎白，我不敢睁开眼睛，只是加入了大声哭叫的行列。

"啪！"伊丽莎白又挨了一下——她一定受不了啦！我终于鼓起了勇气："请您别打了，别打伊丽莎白了！您还是来打我吧，是我的错！——伊丽莎白，你怎么了？"

几乎在同时，我们都睁开了眼睛，越过办公桌，可怜兮兮地对望了一下。想不到，伊丽莎白竟红着脸说："你说什么？是你在挨揍呀！"

怎么？疑惑中，我们看到老师正用那木板狠狠地在装了垫子的坐椅上抽了一板："啪！"哦，原来如此！

——这便是我们受到的"体罚"，并无肌肤之痛，却记忆至深。在弗洛斯特女士任教的几十年中，这样的体罚究竟发生了多少回？

我无从得知。因为有幸受过这种板子的学生大约多半会像我们一样：在成为弗洛斯特女士的崇拜者的同时，独享这一份秘密。

化装舞会

童年往事，对于我的一生一定也是有影响的。但我不知道，我能否把这些往事回忆起来，编纂成一本书。每当我忆起一件事情时，总会联想起其他几件事情来。现在，我就说其中一件。

那是在20世纪70年代年代的卢卑克，一个冬天的下午，一条陡峭的街道上结了冰，很滑，天几乎是黑的。立在每家门口的煤气路灯只能照着门前。远处传来门铃的响声，说明有人进了那幢房子。这时，一个女仆拉着一个小男孩在街上走着，这男孩就是我。街上像溜冰场一样光滑，我挣脱了她的手，顺着街面溜下去，越溜越快。就在快到十字街口的一瞬间，忽然，一位长衫褴褛的妇女从横街走出来，她手上的头巾包着什么东西，我一时刹不住脚步，冲到她身上去，她猝不及防，路又滑，被我撞倒了。我在黑暗中逃跑了。

但是，我听到盘子打碎的声音，原来那个妇女的头巾里包着一只盘子。我闯了祸！我停住脚步，心里怦怦直跳。女仆终于赶上了我。

我说："我不是有意的。"

"她今晚没饭吃了，"女仆说，"她的小儿子也没饭吃了。"

"你认识她吗，施蒂娜？"

"她可认识你呢！"施蒂娜回答。

"她会来我们家告诉爸爸妈妈吗？"

施蒂娜点点头，吓唬我。我害怕起来。

我们全家正在忙碌，因为明天过节。这个节比任何节日都隆重：举行化装舞会。这天晚上，我没有忘记黄昏时那件蠢事，以及它带来的威胁。上床以后，我还在倾听着门铃声，担心是不是那个妇女来了。她现在没有饭吃，她的小儿子也没有饭吃。我感到很不好受。

第二天，当施蒂娜到学校接我回家时，我第一句话就是向她打听那个妇女的事。我问："她来过我们家吗？"女仆想了一下，说没有来。但她又说，那个妇女肯定会来找我的……

直到晚上，我还在害怕。然而，家里轻松而热烈的气氛感染了我，大家都在等待举行舞会。大厅里灯火通明，充满了花香和不寻常的气味。妈妈打扮得很漂亮：第一批客人已经来到，那是妈妈的年轻女友，还有一位从不莱梅来的小姐，她是一个人来的，住在我们家里，我总是缠着她。后来，大家都化了装，戴起假面具，但我熟悉内情，知道那个吉卜赛女郎是谁扮的，那个红桃Q又是谁扮的。

现在我必须睡觉去。但我又悄悄地起了床，穿着很少的衣服，摸上楼去，化装舞会已经开始。大厅前面那些房间都空着，舞会改变了一切，我几乎认不出原来这些房间。要是有人走进来，我就赶紧躲到隔壁房间去，这样我跑遍了所有的房间。大厅里的舞会莫名其妙地吸引了我，那里金碧辉煌，传出了音乐声、脚步声、人声和温暖的香气。最后，我径直来到大厅的门背后，那是冒险的，也是值得的。我看见了被柔和的灯光照耀着的裸露的肩膀，看见了像珠宝一样闪烁的头发，看见了像生命一样发光的宝石。人们毫不疲倦地旋转着。爸爸化装成一个外国军官，头发扑了粉，腰间佩着剑，我看了很得意。妈妈化装成一个红桃Q，她靠在爸爸身边，比平时更奉承他。但是当我看到从不莱梅来的那位小姐时，就无话可说了，我只觉得她溜到一位先生的身边去，依偎着他，但愿他不知道她是谁扮的。当时我只有七岁，站在舞厅的门后看到了这一切，高兴得不知如何是好。

舞厅的装饰体现出一种柔和、明快的风格。我后来才知道这种风格叫"洛可可"，大约十年前才从巴黎传过来的。那些舞步，四人舞，快步舞也是从那里传来的。每个细节都是事后从拿破仑三世和美丽的欧仁妮的皇宫传出来的。他们挥霍无度，可是他们的社交风气曾经流行一时，一直流传到我们这个德国北方的小城市。沙龙文化当时是最受人重视的。礼节后来也没有像当时那么讲究。人们常做哑谜游戏，猜谜，太太们在她们女友的扇子上面画水彩画，那些奉承她们的先生们则在扇子上写下他们的姓名。在那个世界，人们常做文字游戏。那是一种奇特的发明，我那时还不懂，后来才从书上知道它的道理。在拿破仑狭窄的圈子里，往往有人说出一句话叫别人写出来。这种游戏是为了发现谁的错别字最少。这种市民的游戏也适合于当时的卢卑克。

化装舞会是豪华而高贵的，不仅迎合那些一直统治着巴黎的冒险家的癖好，而且吸引着德国的上层人物。舞会最后总是以“活的形象”结束，那是为了展览当天的美女和那些奉承她们的高贵男子……躲在门后的小男孩紧张地等待着，生怕看不到这些活的形象。

突然，门被我撞开了，有人发现了我。那是一个用人，他叫我，说楼下有个妇女找我。他没有注意我当时吓得脸都变白了，晃动着他的燕尾服下摆走开了。我独自站在那里，思考着该怎么办。如果我不下楼见那个妇女，谁知道她会不会直接上舞厅来，那时就糟了。我宁可自己受点委屈。

那个妇女站在灯光微弱的大门前。她的身后是一个黑暗的房间。她还像昨天那样，穿着一身褴褛的衣衫，一动也不动，好像是从黑暗中突然冒出的一座良心雕像。我越来越迟疑地走近她。我要问她对我有什么要求。可是，我说不出话来。

“你打碎了我的盘子，”她很低沉地说，“我的小儿子没有饭吃了。”

听了她的话，我也哽咽起来。别的小孩的遭遇感动了我。就像我现在被人叫下楼来一样难过。

我到厨房拿点吃的给她，好不好呢？但是，厨房里到处都是女仆和用人，我的举动瞒不了他们。于是我结结巴巴地对她说：“请您等一等。”说完我走进她身后那个黑暗的房间。那里挂着客人们的大衣，我从大衣丛中钻过去，一直钻到堆放我的玩具和书的地方。我拿着这些东西，甚至要拿那只天鹅展翅的可爱的花瓶，但是那只花瓶不是我的。我把这些东西都送给了那个妇女，她接过后放在她的篮子里，走了。我也赶快跑开，去上床睡觉了。

我睡得比昨晚更安静些……奇怪的是：第二天，当我放学回家时，发现我送出去的东西都重新摆在原来的位置上。我不能理解。我把我的心思透露给施蒂娜。起初她也表示惊讶，但很快禁不住笑了起来。她笑了以后我才怀疑了她。原来，昨天晚上，那座良心雕像，那个为了我的罪过而挨饿的小孩子的不幸的母亲就是她扮的。

事实上，也许根本没有人挨饿。天知道，那天晚上打碎的是否只是一只盘子。施蒂娜是个很好的演员，她演出了她自己导演的一幕悲剧。但我不会忘记这件往事。当时我只有七岁，正沉浸在表面上的繁华的幸福生活的时候，曾有一次从别人拉开的帷幕背后看见了贫穷，看见了自己的过错。

（德国）亨利希·曼

半便士

少年犯教养所600个男孩当中，大约六分之一有10～14岁，小男孩们其实都有着寻求爱的本能。我便是在这里工作。

其中有个叫“半便士”的小男孩，快12岁了，来自布罗姆芳汀，是那些小孩中最健谈的一个。他说他母亲在白人家做女佣，他有两个兄弟和两个姐姐。

可是，在“半便士”的档案里清楚地记着，他是个流浪儿，没有任何亲人。他从这个家里被带到那个家里，最后学会了偷窃。通过书信备查簿，我发现“半便士”常给贝蒂·玛尔蔓太太写信。玛尔蔓太太住费拉克街48号，可她从来也没回过信。

社会福利局来信表明玛尔蔓太太确有其人，住布罗姆芳汀，有四个孩子，可根本没有“半便士”这个儿子。玛尔蔓太太只知他是个街头的小野种。她也从不回信，因为“半便士”总在信中称呼她为“妈妈”，而她既不是他真正的母亲，也不愿收他做儿子，她不想因为这么个偷儿来败坏家庭名声。

可“半便士”绝不是普通的少年犯。他多么渴望有个家，而且他在教养所里的表现也无可指责。我感到一种难以放弃的义务，他对他的“母亲”不可能知道很多，只说她诚实美丽，她的家干干净净，她对子女关怀备至。很明显，他使自己依恋上了那位妇人，却不懂如何打开那妇人的心田，将他从孤独阴暗中解救出来。

“你有这么好的妈妈，为什么还要偷？”我突然问。

他显然无法找到合适的回答。骗局终于被识破，他以前勇敢保证的劲头已一扫而空。

他病倒了，医生说他患了肺结核。我立即写信告诉了玛尔蔓太太，可玛尔蔓太太却回信表示此事与她无关，其中有个缘故，“半便士”是非洲部族人，而她是白色人种。肺结核日益严重，“半便士”将要从我们身边离去了——医生说生的希望十分渺茫，怀着最后一丝希望，我寄钱给玛尔蔓太太，希望她来。在这一关键时刻，她终于顾不上窘迫和别人的议论，认“半便士”为她的儿子。她整天陪着他，告诉他四个兄弟姐妹的事。

“半便士”也倾吐着他对妈妈的爱。我去看他时，他总显得那么愉快。可他还是去了！我很懊悔，如果我早点作出明智的决定，那该多好，一切就会大不相同了。

我们将“半便士”埋在教养所农场里。玛尔蔓太太庄重地对我说：“请在他坟上的十字架上写上他是我的儿子。”

（捷克）尤利乌斯·伏契克

体面的人

在一条光线暗淡的过道上，海曼检视自己刚刚拾到的钱包。只见里面装着面值20和100美元的钞票，总共一万美元！没有钱包主人的名片，没有任何信件或便条。总之，看不到任何表示失主身份的线索。

海曼清楚地知道在这种情况下应当怎么做，不管你发现丢钱人的名片与否。因为每个警察局都有一个失物招领处。

但是，一个钟头以前，海曼刚刚从银行里取出他的全部存款，那是他失业之前积攒的，一共是167美元30美分。除了这笔钱，他就一无所有了。

海曼开始在脑子里进行分析：对于那些如此大大咧咧，以致在大街上丢失一万美元的人，不值得让他们重新获得这笔钱。再说，也应该通过这件事给他一点教训！海曼这种想法并不坚决，但诱惑实在太大了。要是有了一万美元，他就可以成为一个小型修车厂的合伙人。他可以拼命干活，过一段时间，他就可以连本带息地偿还这笔钱。

海曼内心的激烈斗争终于结束了。他决定先不去警察局失物招领处；准备尽可能地利用这笔钱财。

海曼兴致勃勃地走进一家服装店。出来的时候，再也不是失业者的寒酸模样了。他在镜子前面照了照，看到的是一个满面春风、衣着体面的海曼。

他这身行头花了138美元。他没有去动那些拾到的钱。他自己的钱还剩差不多30美元，可以用来吃一顿像样的午饭，然后，他衣兜里揣着一万美元，走向新的生活。

海曼想起，他的日子过得比较好的时候，曾经常跟朋友们去一家名叫托雷桑尼的餐厅吃饭。这些人哪，当你特别需要他们帮助的时候，他们躲着你的本事真大啊！

他又伤心地想起斯特莱，想起自己请求在他的公司里找一份工作时，他是多么冷淡地拒绝了他。

斯特莱是不是仍然去托雷桑尼餐厅吃饭呢？海曼多么想以现在的这副模样去见一见那个无情地拒绝了他的人，让他看看没有他的帮助，他也没有饿死。

他推开那扇大玻璃门走进托雷桑尼餐厅，一眼就看见斯特莱像往常那样，正坐在最里面的一张桌旁。

海曼迈着沉稳的步子，走过斯特莱的桌旁时彬彬有礼地跟他打了个招呼，然后挑了一张比较远的桌子坐下，点了一桌丰盛的午餐。

斯特莱惊奇地望着海曼，他的好奇心不断增强。最后，斯特莱忍不住站起来，径直走到海曼身边。

"见到你真高兴！看来你混得不错呀！"

海曼友好而又矜持地回答斯特莱的问候，然后请他坐下来一块儿喝一杯。斯特莱得知海曼如今已经当上了一家大公司的销售主任，几个月来，他的生意做得特别顺手。

"现在你有什么打算？"

"我想休息一阵。我很想念这个城市，就回来看看。我想，说不定这里能找到什么值得做的贸易项目。无论如何，能休整几个星期也不坏。"

不到一刻钟，斯特莱说起他公司的一个代办处正缺一个负责人。

"你明白吗，亲爱的，我需要一个像你这样体面而又办事果断的人，一个有商业头脑的人。我早就想聘用你，可一直没有机会。如果现在你能到我的公司来，我将感到非常高兴。"

海曼知道自己的衣兜里揣着一万美元，所以对斯特莱的建议反应比较冷淡，只说这件事以后再说。

一个钟头以后，一张聘用合同已经装进了海曼的衣兜。就是说，从下个月起，他每星期将有850美元的薪金。海曼用他的30美元付了饭费，出了餐厅，立刻钻进了一辆出租车，吩咐司机："去警察局失物招领处！"

在警察局里，他受到充满敬意的接待。一个人在大街上拾到一万美元而把它们交到警察局，这种事可不是每天都能遇上的。

"请您稍等。"值班警察说了一声便进了隔壁房间。不一会儿，他陪着一个警官出来。警官听他讲完拾钱的经过，然后诙谐地笑笑，说："您没有试图去花那些钱，算您走运。您知道，这笔钱是从银行里提出来去救被绑架的孩子布恩斯的。所有钞票的号码都已发往全国的商业单位。您要是去用那些钱，就会马上被捕。很难有人相信您的钱是在大街上拾到的，您甚至因此可能被送上电椅。现在，谁也不会怀疑您了，您保住了自己的体面。”

（美国）P.E.尼科德特

雪中的零

这出悲剧是在一个寒风彻骨的2月早晨开始的。我开车到学校去，跟在密尔福地区巴士后头。它忽然在一家没生意做的旅馆前刹车停下来，就像每个下雪的早晨一样。而我却被这意外的停车搞昏了头。一个男孩踉跄下了巴士，摇晃了一下，步履蹒跚的他跌倒在街道镶边石的雪上。巴士司机和我同时赶到了他身旁。他苍白的脸比雪还白。

“他死了。”司机喃喃自语。

我一分钟也不耽搁。我很快地看了一下从巴士上往下看的受惊的年轻脸庞一眼。

“找医生！快！我会从旅馆里打电话出去。”

“没有用的。我告诉你，他死了。”司机往下看着一动也不动的男孩，“他说他不舒服，‘我很抱歉，我必须在这旅馆下车。’就这样。他又客气又谦虚。”

当这个消息传开时，喧哗的校园忽然失去了声音。我从好几群女孩子旁经过。

“他是谁？是谁死在往学校的路上？”我听到她们其中一个轻声低语。

“不知道他的名字，他是密尔福地区的孩子。”她回答道。

在教职员室和校长办公室的情况也差不多。

“我希望你去通知他的父母，”校长告诉我，“他们没有电话。总之，一定要有学校的人亲自去通知他们。我会代你的课。”

“为什么是我？”我问，“你去不是比较合适吗？”

“我不认识这个男孩，”校长条理分明地说，“而且在去年二年级学生的个人表格中，我注意到你是他最喜欢的老师。”

我在风雪中行驶，沿着颠簸的峡谷小路到伊凡斯区，一路想着这个男孩，克里夫·伊凡斯。我是他最喜欢的老师？！那么，为什么两年内他对我说不到两句话呢？我可以用我心里的眼睛记得，他在我下午的文学课中一直坐在最后一排的位置。他独来独往。

“克里夫·伊凡斯，”我对自己咕哝着，“一个从不笑的孩子。我从没看见他笑过一次。”

这大农场的厨房既干净又温暖，我到底还是说出了这个消息。伊凡斯太太慌乱地拿了把椅子过来：“他从没说他哪儿不舒服。”

他的继父鄙夷地说：“从我搬到这儿来之后，他就什么话也没说。”

伊凡斯太太起身，把一只平底锅推进炉子后面，开始解开围裙。

“撑着点，”她的丈夫吼着，“在我到镇里去前我得吃早餐，反正现在做什么也干事无补。如果克里夫没这么蠢，他会告诉我们他不舒服。”

学校下课后我坐在办公室里，盯着我面前的各种记录发呆。我即将要封存这个男孩的档案，并在学校报纸上写下他死亡的新闻。几乎空白的稿纸似乎在嘲笑我的努力。

“克里夫·伊凡斯，白人，并没有受到继父合理的养育，有5个兄弟和姐妹。”简略的资料和全是D的成绩单是这些记录提供的所有内容。

克里夫·伊凡斯静静地走进学校大门，在傍晚又静静地离开，全部的事实就在这里。他从未参加社团，从没加入任何团队游戏，从没到办公室来过。直到目前，我还没听到他做任何一件有趣的、顽皮吵闹的事情，没有人注意过他。

你怎么能将一个男孩归于零呢？但学校的记录多半给我这样的答案。一、二年级老师下的注解写着：“可爱、害羞的孩子；胆小但热心。”然后三年级老师的笔记就对他展开了攻击。有个老师以工整笔迹写道：“克里夫不讲话、不合作，学得很慢。”另一个书呆型的老师则写——“笨”、“弱智”、“低智商”。他们都对。这男孩的智商到九年级只有83。但在三年级时却是106。一直到七年级分数才低于100。即使是胆小、可爱的小孩也是一个活生生的人，要毁了他需要时间。

我用力地打字，写了一份措辞强烈的报告，指出教育如何对待克里夫·伊凡斯。我把一份报告重重地摔在校长的桌上，另一份放进令人哀伤的档案柜里，重重地关起档案柜，并在离开办公室大力摔上门。但我并没觉得好过些。有个小男孩仍亦步亦趋地跟着我，一个面容憔悴、穿着旧牛仔裤、单薄的男孩，他睁着大眼睛寻找了很久，终归于寂灭。

我可以想象有多少次他被团体排斥，有多少孩子以窃窃私语将他排除。我可以看见那些脸庞，听到那些一再倾泻的声音：“你是笨蛋。你是笨蛋。你什么都不是，克里夫·伊凡斯。”

孩子是易于相信别人的动物，克里夫无疑地相信他们。忽然间我明白了：当克里夫·伊凡斯到最后已一无所有，他就跌在雪地中，离开这世界。医生们可能会把“心脏衰竭”列为死因，但我不会改变我的想法。

安迪的牺牲

安迪是个可爱又逗人的小家伙，因而人人都喜欢他，但人们对待他的方式也使他困扰。他禁得起开玩笑。他总是对玩笑报以微笑，大眼睛眨呀眨的，好像在说：“谢谢，谢谢，谢谢。”

对我们五年级学生来说，安迪是我们的出气筒、大家捉弄的对象。对他付出了这特别的代价才获准成为我们这群人之中的一员，他似乎还相当感激。

安迪·德瑞克不吃蛋糕。

他的姐姐也不吃派。

如果没有社会福利津贴。

德瑞克一家都会死掉。

看来他甚至接受了杰克·史布拉特作的这首打油诗。我们其他人都很喜欢它，包括它蹩脚的文法。

我不知道为什么安迪必须忍受这个特别待遇来赢得我们的友谊，获准成为我们中的一员？自然而然就变成这样——并没有经过投票表决或讨论。

我忘了说，安迪的父亲在蹲监狱，母亲靠给人洗衣维生，但安迪的膝盖、手肘和指甲总是很脏，旧外套太大。很快地我们就以此嘲笑他，安迪从不反击。

我想，在人很年轻的时候总是极想装高尚。很清楚的，我们这群人的态度是——我们每个人都有权利属于这一群，而安迪则需要我们默许才可加入其中。

直到某一天某一刻我们才开始厌烦安迪。

“他跟我们不一样！”

“我们不要他，对不对？”

我们之中谁说了这种话？这些年我一直想责怪兰道夫，但我也不能不诚实地说，这个发难的人引出了潜藏在我们每个人表皮下的野蛮性格。不管是谁说的，我们高兴地接纳了这个呼声，表示我们都这么想。

“我并不想做我们做的事。”

多年来我一直如此安慰自己。直到那天我偶然看到那些刺眼但无可反驳的句子，使我永远确信——

地狱中最热的角落，是为那些在危难时还袖手旁观的人所设的。

这个周末与往日一样，我们一伙人愉快共聚。每一个星期五放学我们会在会员之一的家中聚会——这一次是我家——在附近林子中露营。母亲们为我们的“旅行”做大部分的准备工作，也为安迪准备了一份东西，使他在打完零工后能加入我们。

我们很快搭好了帐篷，不再受母亲们左右了。我们个人的勇气因人多势众而倍增了，现在我们成了对抗丛林的“男子汉”。

其他的人告诉我，因为这次是我做东，就该我把这个消息告诉安迪！

我？那个很久以来就相信，安迪私下认为我比其他人强，因为他常用小狗一般的眼睛望着我——常感到他以他睁得大大的眼睛对我表示他的爱与崇拜？

我讷讷地看安迪朝我而来，通过既长又暗的林荫小道，树木滤下了近黄昏时的光，在他又旧又脏的衬衫上像万花筒似的变幻着。安迪骑着他独一无二的自行车——那是女式车。他的样子看来比以前我看到他时更兴奋、更快乐，这个弱不禁风的小家伙在他一生中都必须当大人。我知道，他正品尝着第一次属于这个团体的滋味，来享受“男孩的乐趣”，做“男孩做的事”。

当我站在帐篷这边等他时，安迪对我挥手。我无视他快乐的招呼。他下了他的古怪自行车，一脸愉快地向我走来，一边朝我说话。其他的人躲在帐篷里，闷声不响，但我可以感觉到他们的支持。

为什么他不正经点？他没看到我并没给他好脸色？他不知道他的喋喋不休我根本听不进去？

不久他就该倒霉了！他看来更加天真客气，使他毫无防卫之力。

他的举止看来像在说：“看来不太对劲，是吗？班，没关系。”他无疑地相当善于面对失望，任何打击都不会使他紧张。安迪从不反击。

我才不上当，我听到自己说：“安迪，我们不要你。”至今仍令我印象深刻的是，他听到这话时，两滴巨大的泪珠迅速地出现在他的眼眶里。记忆栩栩如生，因为这幅景象在我心中疯狂地翻腾过百万次。安迪看我的方式——好像一时间被冻僵了——但，那不是恨，是震惊？是不相信？或者是对我的同情？

还是宽恕？

最后，安迪的嘴唇颤抖，他决绝地转身，在黑暗中走向回家的漫漫长路。

我进了帐篷。有个人——我们之中最没感觉这一凝重时刻的人，开始唱起老打油诗：

安迪·德瑞克不吃蛋糕，

他的姐姐也不……

顿时全体都没有异议！没有投票，没人说话，但我们都知道。我们知道我们做了件可怕的事，犯了个残忍的错误。

在这个沉重的时刻，我们有了新的体会，根深蒂固，永难忘怀：我们摧残了一个照上帝的形象做出来的人，他毫不设防，而我们用来伤害他的唯一武器是拒绝。

安迪很少到校，很难知道他何时退学，但有一天我被告知他永远离开了学校。我那时已和自己奋战很多天，想找出一个适当的方法告诉安迪，我有多抱歉、多羞愧，到现在仍是。我这才知道我只需紧握安迪的手和他一起哭泣，并且和他默默地相对就够了，这样做可以治疗我们彼此。

我没有再看到安迪。我一点也不知道他去了哪里，现在在哪里，如果他还活着的话。

但如果说我没有再想到安迪那就完全错了。从那个秋日后数十年来，在堪萨斯的树林中，我遇过安迪·德瑞克数千回。我的意识把安迪的样子投射在后来我接触的每个不幸的人身上。每个人都以和我心中久远以来同样难忘、充满期望的眼神看着我。

亲爱的安迪·德瑞克：

你能看到这封信的机会很小，但我还是得试试看。现在来忏悔我的罪恶感已经太迟了，而我也不希望那么做。

我很久以前的老朋友，我所祈求的是，你已学到什么，没有人能强迫你再作牺牲了。你从我这儿承受的痛苦，还有你所展示的勇气，上帝已将它们合一变为祝福。这种认知可以减轻那一天可怕的记忆。

我不是圣人，安迪，我一辈子都没能做我该做且能做的事。但我要你知道的是——我知道我没有再出卖过任何一个安迪·德瑞克。我也祈求，希望我根本没做过那件事。

（美国）班·柏顿

成熟是要经过学习才能达到的

里奥纳德·A.崔加住在密苏里州。1928年崔加先生从他父亲那里继承了价值10万美元的财产。1938年，他破产了。事情是这样的：

崔加先生的父亲既有钱又慷慨，崔加上高中时，他让崔加想用钱就随时开他银行户头的支票。到大学时，崔加开支票已相当随便了。大学毕业后，崔加既不知道金钱的价值，也不知道如何自己去赚钱，只知道开父亲账户的支票。

崔加先生的父亲去世时，在密苏里河下游靠近密苏里州里辛顿的地方给他留下一些广阔、肥沃的土地，从此崔加开始从事农业。不久经济大萧条席卷了整个美国，崔加陷入了严重的赤字，于是他拿一块土地去抵押贷款清偿债务，重新补充他的存款。

接着又发生了不景气，于是崔加把那块抵押的土地卖掉，用来抵消贷款。他的日子就是这样度过的，需要钱时，就再抵押或是卖掉土地。

终于，报应到了，崔加先生不再有钱，也不再有任何财产。如果想要活下去，他就得找份工作去上班——他一辈子从没做过事。崔加先生惶恐不安，睡不着觉。原先的支柱——支票——已经没有了，他不知道该到哪里去求助。

一天晚上，崔加从噩梦中惊醒，开始面对现实。“一帆风顺的日子已经一去不复返了，老兄，”他告诉自己，“你现在已经是个成人了，因此开始表现得像一个成人吧。做一个成熟的人，上班去吧！”

崔加开始思考，不只是思考他的处境，也在思考一些信念。虽然时机不好，工作机会少之又少，但他也有一些长处：他有健康的身体，受过大学教育和一些事业上的训练，加上从失败和错误中得到的经验和知识。他发现自己现在需要的只是停止把时间浪费在自怨自艾上，出外采取行动。

要找到一份工作可不是件容易的事——任何工作都一样。然而当颓丧阻碍他的努力时，崔加逼迫自己将怀疑、恐惧的想法换成信念——他深信美国是一个有决心的人都能占有一席之地的地方，并一直坚守着这个信念不放弃。

他的信念得到了印证。崔加在堪萨斯城的联合财务公司找到了一份工作，在那里愉快地工作了四年之后，他辞职重操旧业。这一次，情况相对好些。

慢慢地，他建立起了信誉，事业也得以扩展。他从事农场买卖，还兼顾些其他事业。崔加的努力获得了超乎想象的成功。他说："这要感谢我原先的失败，它们给我的一些教训，使我准备好迈向成功。我得回了继承的财产，不过这次是靠自己的努力赚回来的。更重要的是，我学到了可以留给两个儿子的伟大的真理，这是比金钱更好的遗产。"

圣　徒

很久很久以前，有一对兄弟，他们就像你今天认识的年轻人一样……

这对兄弟招人喜爱，但是他们不怎么守规矩，骨子里有着一股子野性。有一次，他们犯下了大错，他们偷了当地村民的羊——这在很久以前，在那样一个偏远又笃信宗教的地方，是很严重的罪行。这对窃贼很快就被抓住了。当地的居民决定了他们的命运：这对兄弟的额头上将被印上"ST"两个字母，即Sheep Thief（偷羊贼）。这个印记将伴随他们终生。

其中一个兄弟觉得羞愧难当，他逃离了这个村庄，再也没人听到过他的消息。另一个兄弟，满怀着愧疚顺从了命运。他留了下来，用自己的行为弥补曾犯下的错误。起初，村民们对他仍心存怀疑，不愿意跟他有什么交往。但是，这个年轻人下定了决心要弥补自己所犯的错误。

村里不管是谁病了，这个额头上印着"偷羊贼"的年轻人都会跑过去用暖汤和爱心来照顾他；不管是谁家的活缺了帮手，这个"偷羊贼"都会跑过去帮上一把。不管是穷人还是富人，"偷羊贼"都乐意伸出援助的手。而且，他从未为他的善行收取过任何报酬。这一生，他似乎是为了帮助他人而活。

许多年过去后，一个游客途经他们的村庄。他坐在路边的一个小餐馆吃午餐，他的附近坐着一个老人，他发现老人的额头上印着一个奇怪的标记。他还发现，所有的村民经过老人的身旁都会停下脚步，表达他们的敬意，与老人说上几句话；小孩子也会停止玩耍，给老人一个温暖的拥抱。

外地人十分好奇，问餐馆老板：

“老人额头上印的那个标记是什么意思？”

“我不清楚，这是很久以前的事了……”老板回答，接着他想了想，说，“我想那两个字母代表着‘saint’（圣徒‘saint’的缩写也是ST）吧。”

成功可以改变你的人格与尊严

60年以前，一个流氓偷乘一辆货车到了巴弗罗城，开始了挨家挨户乞讨的生活。警察把他当成无赖逮捕了起来，法官判他在监狱中做30天的苦工，一连30天，他天天都要开山劈石，除了有少量的面包和水维持生计外，其余什么也没有。

但是6年后，这个流氓，这个以前的酒徒、恶棍竟成了美国西部沿海最受欢迎的人。他受到加州社交界的殷勤款待；他还是小说家、批评家以及编辑们热烈赞扬的对象；他被誉为文学界一颗璀璨的明星。

他在19岁以前，还从来没有进过中学。他在40岁时就死了，可是他却给世人留下了51部巨著。

杰克·伦敦的童年生活充满了贫困与艰难，他整天像发了疯一样跟着一群恶棍在旧金山海湾附近游荡。说起学校，他不屑一顾，并把大部分的时间都花在偷盗等勾当上。不过有一天，当他漫不经心地走进一家公共图书馆内开始读起名著《鲁滨孙漂流记》时，他看得如痴如醉，并受到了深深的震动。在看这本书时，饥肠辘辘的他，竟然舍不得中途停下来回家吃饭。第二天，他又跑到图书馆去看别的书。一个新的世界展现在他的面前，一个如同《天方夜谭》中的巴格达一样奇异美妙的世界。从这以后，一种酷爱读书的情绪便不可抑制地左右了他。

他一天中读书的时间往往达到了10～15小时，从荷马到莎士比亚，从赫伯特·斯宾塞到马克思等人的所有著作，他都如饥似渴地读着。当他19岁时，他决定停止以前靠体力劳动吃饭的生涯，改成用脑力谋生。他厌倦了流浪的生活，他不愿再挨警察无情的拳头，他也不甘心让铁路的工头用灯揍自己的脑袋。

于是，就在19岁时，他进入加州的奥克兰德中学。他不分昼夜地用功，从来就没有好好地睡过一觉。天道酬勤，他也因此有了显著的进步，他只用了3个月的时间就把4年的课程念完了，通过考试后，他进入了加州大学。

为了读书，任何工作他都肯干。他曾在饭店中刷洗过盘子；他擦洗过地板；他也在码头、工厂里卖过苦力。

后来，有一天——他饥肠辘辘，身边只剩下两块钱了——他决定放弃卖苦力的劳苦工作，献身于文学事业，这是1898年的事。5年后的1903年，他有6部长篇以及125部短篇小说问世。

他成了美国文艺界最为知名的人物之一。

杰克·伦敦的文学成就，不但改变了他的生活，更改变了他的人格和尊严。

律师与浪子

也许我给乔在人世上的最后几天里带来了些欢乐，可我的新生命却是他赋予的——

那是发生在1957年的事情。当时我虽已年满23岁，仍然浑浑噩噩，不谙世事。从伞兵部队复员后，逐渐地迷恋上了杯中物，于是终日混迹于酒吧，并且经常惹是生非，喝醉了酒便与人大打出手，大清早就与警察吵闹。我没有固定的职业，对前途看不见一线希望。

那时我母亲正替纽约的一位名叫乔·汤普逊的律师干活。律师平时十分关心我们的家庭，因此，母亲便把我惹的麻烦一五一十都对他说了。当乔·汤普逊打电话约我出去吃中饭时，我感到很吃惊。我知道这位律师是个大忙人，也知道他有时会变得令人讨厌，用母亲的话来说他有时候像个“狗娘养的”。

我们在商业区的一家餐馆见了面。那家餐馆里铺着雪白的桌布，还有精致的瓷器。那天出门时我随手抓了一件衣服穿在身上，所以坐在餐桌前觉得十分不舒服，而我平时喝酒总是穿制服的。

汤普逊比我想象中的更加威严，且令人生畏。他高高的个子，一头银发，穿着一套细条纹西装，里边是一件背心，还挂着一块怀表。然而，使我至今难以忘怀的是他那双冷冰冰的蓝眼睛。他目光犀利，仿佛一眼就看透了我的内心活动。

点完菜后，他就说了起来。他的举止有些浮夸，甚至可以说是造作。然而，他习惯于想达到什么目的就一定不会落空这一点是一目了然的。他穷追不舍地质问我："你打算如何安排自己的一生？"

我无言以对，以前没人跟我谈过这事。

后来，他见我回答不上，便没有继续追问下去。他只是断然地说，为了我父母，为了我自己，我必须痛改前非，重新做人。我一听他的话，就气不打一处来，这家伙把他自己看成是他妈的什么人啦？可是，接下来他的语气变得柔和了许多。他主动提出替我在保险公司里谋个差事，还说假如我想读大学的话，他也可以帮忙。

我心里觉得很可笑。于是在我们见面以来，我第一次开口说话："请等等！我的中学成绩很差，我觉得我进不了大学。"

他并没有理睬我的话，对我说假如我想上曼哈顿学院——我父亲的母校，他可以帮助我。这时，他脸上又露出了最初见面时的那种神色：一双蓝蓝的眼睛，目光锐利地盯视着我，具有一种威慑的力量。很明显，我别无选择。我同意了，或者准确些说是让步了。

一个星期后，在炎热的8月份的一天里，我们驱车往北朝学校驶去。来到高速公路上时，汤普逊突然把车停在路旁，"让我们来祈祷一下吧！祈祷上帝让我们获得成功。"他说。

他真的要下车祈祷吗？我感到非常震惊。但也照他的样子跪在高速公路旁。身后几英尺处高速公路上的汽车呼啸着来来往往，我感到一种屈辱和羞耻，但我知道这时表示反对是没用的，于是，我也闭上眼睛，但偶尔斜眼偷看他一眼。只见这位身着细条纹西装的堂堂律师双目紧闭，双手合拢，嘴唇微微翕动祈祷着。

到了学院后，我们见到了教友格雷戈里——文科系的系主任。"我不是天主教徒，教友，"汤普逊告诉他，"但是这个年轻人要失去灵魂了，他是个酒鬼，还是个斗殴者，而且生活中没有目标。"

我在一旁听了他的话真恨不得地板上有一条缝能钻了进去。汤普逊接着又谈起传统习惯，谈起了我的家庭。他仿佛是站在陪审团跟前，为我的案件辩护。

格雷戈里耐心地听完汤普逊的话，但他告诉我们新生的班级已全部满额。不过他保证只要有空缺便考虑让我进去。

到了9月份，正当学校就要开学的时候，我接到学院打来的电话。“我们有一个空位子，”格雷戈里说，“你想来试试吗？”

“当然想！”我回答说。

然而，我心里并没有数。我不知道该干什么。也许该念大学；也许该找一份工作；也许仍旧无所事事。最后，我只好抛硬币作出决定。

第二天，我三心二意地去上了第一课——世界文学。这时，奇迹出现了。给我们上课的教授，一位个子矮小但却精力充沛的人，热情洋溢、滔滔不绝地谈起了一位名叫亚里士多德的人的思想。而我也不由自主地被迷住了。我无法相信世上竟有像亚里士多德这样了不起的人。我的脑海里仿佛有一道闪电划过，有如氢弹爆炸出现的闪光，于是我对自己、对世界的看法突然发生了根本的变化。我觉得自己不再是酒鬼，不再仅仅是个退伍兵，且有一种如鱼得水的感觉。因此，就在这一瞬间，我意识到自己可以做个大学生。

接下来，我和全班同学一道沉浸在知识的海洋中，有世界历史、文学、语言和哲学。我不想夸大其词，但当时我确实觉得正走在一条神圣的道路上。

这并不意味着我就此成了圣徒。我仍然经常徘徊于校园中，与人大声争吵有关政治或者宗教方面的问题，以及任何问题。我至今对那一张张争的面红耳赤的面孔，对我们使用的不加修饰的赌咒语以及欢畅的笑声记忆犹新。

我认为那些日子过得非常有意义，因为我没有干过错事，至少这时我与人争吵时使用的武器是智慧而不再是拳头。

如果有人在我抛硬币时告诉我，我会成为校园里的人物的话，我会当面嘲笑他的。然而，在二年级时，我被推选为英语专业协会的头儿，校刊的记者，还当了戏剧俱乐部的主席。这样，到1960年时，我顺利地获得了学士学位。我的家人为我感到非常骄傲与自豪。于是，我心中藏着一个梦想离开了学校，我要当一名作家。

后来，我不时从母亲那里听到汤普逊的消息。母亲经常讲起他事业顺利、春风得意的故事。他的有些经历简直如同传奇一般。比如他如何在法庭上揭穿证人编造的一套套谎言，或者如何不留情面、惹恼了某位大人物。然而，尽管他不讲情面甚至铁石心肠，但他在对待像我这样的处于不利地位的人时，却隐含着脉脉温情。也许这是他惩恶扬善，为改造不幸的人们的命运而作出的努力吧。事实上，他是个感到非常丰富的人。因为他常常在法庭上挥泪，所以他的律师同事都称他为“口袋里装着洋葱的人”。

然而，那时我并没有意识到他为我做的事对我一生的影响。但是，有一件事我认为是对他的称赞。有一次，我自己也找到教友格雷戈里，为一位在另一学校惹下麻烦的好朋友求情，请他收下他，给他重新做人的机会。格雷戈里想起几年前汤普逊领着我去找他的情景，被我的这种变化弄得忍俊不禁。于是他同意让这位小兄弟注册入学。后来这位小兄弟在伟大思想的熏陶下也从曼哈顿学院毕了业。我认为这全是汤普逊的功劳，是他开始了挽救失足青年的工作，而且这项工作一直持续到如今。

几年前，我听说70多岁的乔·汤普逊因患关节炎腿已瘸了，而且还患有动脉瘤，生命之光已非常微弱。更糟的是他已不能再干律师了，因此情绪非常低落。这时我才终于想起我还从来没有感谢过他。正是他当初逼着我“痛改前非、重新做人”，为我安排了出路，我才有了今天。于是我找出一本自己最早出版的书，在扉页上写道：

亲爱的乔：

这是我写的第一本书。我觉得您会想知道当年的浪子如今生活得怎样。现在我是一个专业作家，已经出版了6本书，且婚姻美满，并有了3个可爱的孩子。

然而我得说，乔，这一切都是因您1957年所给予我的爱和信任才有的。我将永远感激您。

爱您的，

汤姆

一个星期后，我收到乔送来的条子，从上边的字迹来看，他写字显然已十分困难。

亲爱的汤姆：

你使一个老人幸福地流下了眼泪。

上帝保佑你！

乔

两个星期后，乔·汤普逊去世了。在葬礼上，他的遗孀多萝西告诉我，我在书上写的赠言使老人摆脱了郁闷，并使他感到由的欣慰。

在回家的路上，我才第一次意识到：也许我给乔在人世上的最后几天里带来了些欢乐，可我的新生命却是他赋予的！

（美国）汤姆·菲尔宾

窗外的风景

在一家医院的一间重病房里，住着两位患有同样病的病人。这间病房只有唯一的一扇窗户，窗外的风景唯有靠窗的床上那位病人看得见。

每天，靠窗的那位病人在治疗间隙，可以趴在窗台看一会儿窗外的风景，也许正是这个原因，这位病人的病比同室另一位看不见窗外风景的病人好转得快些。要知道，整天躺在一间闭塞的病房里，看不见一点花草树木，那是多么的不幸！

“嘿，伙计！窗外有什么？能不能讲给我听，让我同你分享？”看不见风景的病人终于忍不住向靠窗那位病人央求道。

“好的，伙计！”靠窗的病人爽快答应道。

于是，每天在治疗间隙，靠窗的病人向另一位病人讲述着他看得见的窗外的一切：

——窗外是一处美丽的花园，花园里的花真漂亮，红的、粉的、紫色的……万紫千红。

——花园里有湖，湖上的人们在春日里泛舟，一对恋人正在湖边的垂柳下卿卿我我。

——那地上的草呀，绿得让人心醉，要是能在它上面打滚，我敢保证那美妙滋味绝不是我们现在睡着的病床所能比的！

——呀，今天花园里来了一位漂亮的姑娘，她多像我30年前的梦中情人……

靠窗的病人描述的一切，让看不见窗外风景的人心中升起无限的渴望和对生命的热爱，也让他对靠窗的病人堆积了越来越多的忌妒之情。他心想，要是我能睡在靠窗的那张病床，那一切该是多么好啊！

一天深夜，靠窗的病人突然病情加重，他挣扎着试图按响床头的呼救铃，但他最终还是没有成功。第二天早上，护士发现他死了，便叫人搬走了他的尸体。

看不见窗外风景的病人向护士请求后，迁到了靠窗的床上。他终于可以亲眼欣赏窗外的美景了，他朝窗外望去——

窗外什么也没有，只有一堵灰白的墙。

STORY

心灵的栅栏

心灵的栅栏

当玛格丽特的丈夫杰瑞因脑瘤去世后，她变得异常愤怒，生活太不公平，她憎恨孤独。居孀3年，她的脸变得紧绷绷的。一天玛格丽特在小镇拥挤的路上开车，忽然发现一幢她喜欢的房子周围竖起一道新的栅栏。那房子已有100多年的历史，颜色变白，有很大的门廊，过去一直隐藏在路后面。如今马路扩展，街口竖起了红绿灯，小镇已颇有些城市味，只是这座漂亮房子前的大院已被蚕食得所剩无几了。

可院儿总是打扫得干干净净，上面绽开着鲜艳的花朵。

玛格丽特注意到一个系着围裙、身材瘦小的女人，耙着枯叶，侍弄鲜花，修剪草坪。

每次玛格丽特经过那房子，总要看看迅速竖立起来的栅栏。一位年老的木匠还搭建了一个玫瑰花阁架和一个凉亭，并漆成雪白色，与房子很相称。

一天玛格丽特在路边停下车，长久地凝视着栅栏。木匠高超的手艺令她几乎流泪。玛格丽特实在不忍离去，索性熄了火，走上前去，抚摸栅栏。它们还散发着油漆味。玛格丽特看见那女人正试图开动一台割草机。

“喂！”玛格丽特喊道，一边挥着手。

“嘿，亲爱的！”那女人站起身，在围裙上擦了擦手。

“我在看你的栅栏。真是太美了。”

那女人微笑道：“来门廊上坐一会吧，我告诉你栅栏的故事。”

她们走上后门台阶，那女人打开栅栏门，玛格丽特不由欣喜万分，她终于来到这美丽房子的门廊，喝着冰茶，周围是不同寻常又赏心悦目的栅栏。

“这栅栏其实不是为我设的。”那女人直率地说道，“我独自一人生活，可有许多人来这里来，他们喜欢看到真正漂亮的东西，有些人见到这栅栏后便向我挥手，几个像你这样的人甚至走进来，坐在门廊上跟我聊天。”

“可面前这条路加宽后，这儿发生了那么多变化，你难道不介意？”

“变化是生活中的一部分，也是铸造个性的因素，亲爱的。当你不喜欢的事情发生后，你面临两个选择：要么痛苦愤懑，要么振奋前进。”

当玛格丽特起身离开时，那女人说：“任何时候都欢迎你来做客，请别把栅栏门关上，这样看上去很友善。”

玛格丽特把门半掩住，然后启动车子。她内心深处有种新的感受，她没法用语言表达，只是感到，在她那颗愤懑之心的四周，一道坚硬的围墙轰然倒塌，取而代之的是整洁雪白的栅栏。她也打算把自家的栅栏门开着，对任何准备走近她的人表示出友善和欢迎。

一定是星期三

我当然知道，我的朋友是非常非常重要的。

我总认为有朋友是一件好事。即使不是一件好事，至少也是我生命中的一部分。但是，当我的丈夫说起“你的朋友太重要了”时，他话里的意思可不一样——这是一种指责，是一个造成我孩子们痛苦的原因。我曾经说过我要改。我告诉我丈夫我将不再给玛丽打电话，也不会再兴奋地乘车去看多丽丝。我给了他一张明细表，上面列着我将如何对我的行为进行改正。但是，这一切都是徒劳的。

“你不可能改变你自己。”他这样说，然后就走开了。

当然，他非常擅长利用一些可以转移他人注意力的有效策略，如挑出一些使人感到内疚的事情，一些根本不可能改变的事情，最重要的是，挑出一些和他没有任何关系的事情。他的策略可以暂时有效。直到后来，我发现他也有非常重要的朋友。巧的是，他的这位朋友在我们离婚之后不久就成了他的妻子。

事情发生后，我的朋友们都来看我。她们听我唠叨，为我安排生活，逗我开心，和我一起哭、一起笑。她们帮助我恢复了自信，我开始按照自己的追求来生活。有时，我对她们的关心和投入非常惊讶。过了一段时间之后，我才明白这背后的真谛。

我们会在需要的时候及时出现，这就是我们女人所做的。

我们从没有放弃朋友之间的友情，从来没有。友情是女性生活中的一部分，即使不是最好的一部分，也是非常好的一部分。在我们走过的生命不同阶段中，每一个阶段都会遇到各自不同的情况，而我们之间的友谊具有一种独特的力量，能够为我们在每个阶段提供生存和发展所需要的一切。

尽管我一直都知道女性朋友的重要性，但我还是越来越认识到并感受到了成为和拥有女性朋友的重要性。这种认识使我振奋，使我敏感。最终，这种认识让我走进了离我家5英里的乔伊丝·埃布纳的家。

过去，我根本不认识乔伊丝，她是我一些朋友的朋友。我就是从这些共同的朋友那里听说了乔伊丝，而且她们还安排我和她见了面。

“如果我可以改变乔伊丝的现况的话，”我想，“我就是在变魔术。”

我以为与她的会面会很沮丧，但我离开时却充满了愉悦。

这些年来，乔伊丝·埃布纳结识了许多朋友，而且彼此之间的友谊也在不断地加深。在讨论完肚子痛之后，她们会把话题转入家长教师联谊会。谈完家长教师联谊会跳完舞后，她们又会开始讨论高中篮球队（这是乔伊丝的爱好之一）、政治和世界大事。在这些方面，乔伊丝和她的朋友们同其他的女性朋友团体是不同的。

乔伊丝生活中发生的事情给大家留下了深刻的印象。但是如果不是她天生优雅和谦逊，她的故事会令人感到敬畏。她在26岁时获得了微生物学的博士学位；在和她心爱的丈夫生活的30多年中，她养育了六个孩子，其中有两个博士；她在投资俱乐部中是一颗明星，因为她是一个金融方面的专家。但是，乔伊丝最大的特点，也是贯穿她整个生命的精华之所在，是她的信念。她的信念充满了她的生活，并为所有的一切奠定了基调。

去年8月，乔伊丝的腿开始变得非常无力，医生们最初还不能确诊。直到10月份，她被确诊为肌肉萎缩性侧索硬化症（也称ALS症）。这是一种无法治愈的自体免疫系统紊乱性疾病，它会慢慢地摧毁控制肌肉的神经，并最终破坏控制器官的神经。她的身体逐渐衰弱，最终瘫痪在床。但是，肌肉萎缩性侧索硬化症虽然在不断地侵蚀她的身体，却无损于她的思想。

随着疾病不断恶化，轮椅变成了乔伊丝的必需品，然后又增加了呼吸机。这时，乔伊丝和她朋友的关系发生了些变化。很明显，尽管乔伊丝自己非常要强，还拥有一个非常照顾和爱护她的家庭，但是在某些生活细节上，她依然需要外界的帮助。简·科尔曼是乔伊丝的朋友之一，她每天都要接到无数个乔伊丝的其他朋友打来的电话。她们都希望为乔伊丝做些什么。因此，简走进了乔伊丝的家。

“所有朋友都想帮助你。”她说，“那就让我来把她们组织一下吧！”

然后，她就开始工作了。现在大概有80个妇女分别组成了各种委员会来帮助乔伊丝。由乔伊丝的朋友玛丽带领的食品委员会共有50人左右，她们每周负责为乔伊丝一家做三四次饭。由乔伊丝的教友们组成的教会委员会每天早晨都会带着教友来同乔伊斯一起祷告。

还有一个每天早上来帮忙的小组，她们自称为“护理”小组。但是，相对于她们对乔伊丝的重要性和她们为乔伊丝所做的一切来说，这个词似乎过于平淡了。她们都是乔伊丝最好的朋友：萨丽、简、乔安娜、查西和朱蒂。她们每人轮流负责一天，每个人分别在每个星期的固定一天来。所以，你可以从乔伊丝家的车道上停着的汽车推断出今天是星期几。

她们为什么要这样做？

“因为乔伊丝是第一个为我们做了这些事情的人。”她的朋友说。

每周的五天工作日，乔伊丝最好的朋友都来帮助她开始每一天的生活。她们每天早晨8：00左右来到乔伊丝的家，直到下午1：30才离开。因此，她们为乔伊丝全家提供了必要的帮助和办理私人事情的时间。她们为乔伊丝洗澡、梳头，帮助乔伊丝活动身体。当她们有事情来不了的时候，她们还会安排别人来照顾乔伊丝。但是这种事情很少发生，因为她们非常重视属于她们的那一天早晨。

从谈论家长教师联谊会开始的友谊现在越来越亲密，彼此之间没有任何防线，交流也同以往不同了。她们从不忽视任何一件事情，从不浪费一分钟，也从不少说一句重要的话。但是，现在仍然还有一些事情和以前一样。每天11：30，乔伊丝都要和她的一个朋友坐在一起，她的朋友会喂她喝咖啡。如果她的朋友碰巧这个时候在清扫厨房，乔伊丝就会非常严厉地看着她，她的朋友便会意识到：已经到了坐下来谈话的时间了。然后，她们就开始谈论最近的高中篮球比赛、政治或最近发生的世界大事。

有时，一切都在改变，但实际上一切都没有改变：太阳依然在早晨升起，一杯香浓的咖啡依然在沸腾，友谊依然在分享着。

今天，乔伊丝家的车道上停着一辆奥迪加长轿车，今天一定是星期三。

上帝的小站

一个世纪以前，南非有一个很偏僻的地方，叫做威灵顿。为了改变这里交通不便的状况，铁路局找到了当地一位农场主——他几乎拥有铁路线路途经该地的所有土地权。

农场主却怎么也不肯卖地。他说，他的土地是祖祖辈辈留传下来的，只要是他家族的子孙，谁都不能让土地的面积减少分毫。因着这份固执的理由，许多人的如簧之舌都徒劳地停止了翻卷。

“可是，爸爸，我不明白，”一天，他的小儿子突然对他说，“难道我们最古老的祖先一生下来就会有这片土地吗？这片土地难道不是上帝赐给我们的吗？”

“当然是，我的孩子。”

“那么，如果现在上帝为了更多人的利益要收回这片土地的一小部分，我们有什么理由不还给他呢？”

“可是，现在要收回土地的并不是上帝。”农场主有点生气。

“但是《圣经》的公祷文上说，上帝的旨意奉行在人间如同奉行在天上。”

农场主望着孩子光洁的小脸，怔住了。

《圣经》的公祷文他不知诵背了多少遍，却从不曾想过能够这样解释。

他找到铁路局，无偿贡献出了铁路线路所需要的全部土地。作为回报，铁路当局也规定，途经该站的任何等级的客车——平民百姓、达官贵人甚至总统专列都必须在此站稍作停靠。威灵顿小站也因此声名斐然，被称为“上帝的小站”。

家中失火之后

有一个小女孩的父母都已经死了，留下她和奶奶生活在一起。

有一天晚上，她和奶奶正在楼上的卧室里睡觉。突然，房子着火了，而且，火势凶猛，迅速蔓延。整个楼上都陷入了一片火海之中。

邻居们连忙拨打火警电话，叫消防队，然而得到的答复却是：由于本地还有另一场火灾，消防车都已经到那里去救火了，晚些时候才能赶到这里。邻居们都失望了，只好无奈地站在楼下，眼睁睁地看着熊熊的大火无情地吞噬着祖孙二人。因为房子的所有通道都已被大火堵住了，根本就冲不进去。

小女孩的奶奶为了救她，终于耗尽了生命的最后一口气，绝望地死去了。孤苦无助的小女孩使出了浑身力气，爬到楼上的窗口，拼命地哭喊救命。

邻居们呆立在那里，显得束手无策。

忽然，有一个人两手拿着一架梯子，飞快地向这边跑来，来到楼下，他麻利地把梯子靠住房子，迅速地向窗口爬去，然后纵身跳进烈焰熊熊的屋里。当他再次出现在窗口时，他的怀里已经抱着小女孩了。他把小女孩交给了下面等待接应的人后，消失在漆黑的夜色中。

接下来，人们开始寻找小女孩的其他亲人。然而，经过几周的调查，人们发现小女孩已经没有任何亲人，她成了一个孤儿。于是，人们决定在镇上的会议大厅召开会议，决定由谁把孩子带回家抚养……

一位老师说她愿意领养这个小女孩，并说小女孩在农场生活，一定会过得很满足，并且会很健康；紧接着，又有很多人争先恐后地表示愿意领养这个小女孩，并且还列举了很多这个小女孩跟他们在一起生活会得到的诸多好处。

最后，镇上最有钱的人站了起来。瞟了一眼所有在座的人，然后不屑一顾地说："还是让我来养她吧，我可以提供给她你们所说的一切条件。"

人们无言以对，纷纷把目光聚集到小女孩的身上。

然后，从会议的开始一直到现在，小女孩始终都低低地垂着头，一言不发，保持着沉默。

"还有谁有话要说？"会议主持人大声问道。

就在这时，有个男人从会议大厅的最后一头向前边走来，其实，与其说是走，倒不如说是挪更为确切。因为他走得很慢，很慢，而且每挪一步似乎都十分艰难，很痛苦。终于，他挪到了主席台前，在小女孩的面前站直了身子，伸出了双臂，小女孩缓缓地抬起她低垂了很久的头，眼中闪出惊喜的泪光。

"他就是救我的人！"她欣喜地叫了起来。同时，纵身一跃，双手勾住了这个男人的脖子，紧紧地抱着他，就像那个失火的夜晚一样。她把脸深深地埋进他的怀抱里，忘情地啜泣起来。许久，她抬起头，凝视着抱着她的这个男人，微笑绽放在她泪水涟涟的脸上……

此时，整个会议大厅里鸦雀无声，人们都屏住了呼吸，惊讶地看着眼前所发生的一切。当然，他们也清楚地看见了这个男人的手上和臂膀上那遍布的可怕的伤疤。

“散会！”会议主席大声宣布。

施 与

“今天，我一定要断然拒绝他们的要求。”

出门之前，老妇人就这么想。

这一天，下着很大的雨，她在这样的天气却不顾一切地跑出来，目的是想赶快为这一件事画个休止符。

老妇人平时以慈善家闻名。到目前为止，她不时捐东西给遭到天灾地变的人，或买了很多衣料，送给本市的贫民。可是，这一次的事，性质大不相同，使她无法像平时那样，爽口答应。

虽然目的是为了贫苦无依的孤儿们着想，但要她捐出祖传的土地来建造孤儿院，她着实无法同意。她对世世代代传来的那一片土地，有无限的感情，何况，她年纪已大，此后的生活，主要的收入来源，就靠那块土地。这是跟她此后的生活，有直接关系的事。说得严重一点，她若失去这一块土地，她的生活马上就要受到影响。

“无论对方如何恳求，也不能起一丁点同情心，否则……”

想着，想着，老妇人的脚步就越来越快了。

雨势越来越大，风也吹得更起劲了。不多久，她到了目的地——一个慈善机构古色苍然的房子。她推开大门，走进去。由于是个大雨天，走廊上到处湿湿的。她在玄关口寻找拖鞋来穿。

“请进！”

这时候，随着明朗的声音，一位机构里面的女办事员，出现在她眼前。

那位女办事员，看到没有拖鞋了，居然毫不考虑地脱下她自己的拖鞋给老妇人穿。

“真抱歉，所有的拖鞋都给别人穿了。”那位小姐还向她恳切地赔不是呢。

老妇人看到那位小姐的袜子，踏在地板上，一刹那之间，给染湿了。

老妇人为她这个行为，感动莫名。就在那一瞬间，她才感悟了“施与”的真正的意义。她想：

“平时，我被大家称为慈善家，可是，我做的慈善行为，到底是些什么？

我捐出来的，全是自己不再使用的旧东西，再不就是挪用多余的零用钱罢了。

那与其说是‘施与’，不如说是‘施惠’更妥切。所谓的‘施与’，应该是拿出对自己来说是最重要的东西，那才有莫大的价值呀！”

老妇人的内心突然起了180度的大改变——她决心捐出那块祖传的土地，给这个慈善机构，为可怜的孩子们建立设备完善的孤儿院了。

老妇人对那位女办事员说：

“好温暖的拖鞋。”

女办事员红了脸，不好意思地说：

“对不起，我一直穿着，所以……”

老妇人连忙打断她的话：

“下，不，我没有怪你的意思，我是说，你的心，令人感到温暖。”

老妇人向她投以亲切的微笑，然后，朝着干部办公室，急步走去……

深深的体谅

康娜的弟弟杰恩斯是初出茅庐的画家，居住在西班牙的马约尔加岛。

一大早，母亲和弟弟气喘吁吁地把两个大旅行箱从那座具有200年历史的古老公寓的四楼搬下来，他们把旅行箱放在几乎无人通过的路边，坐在箱子上等出租车。

马约尔加岛不是大城市，出租车不会经常往来，当然也无法通过电话叫车，只能在路边等着。谁也不知道出租车何时能来。

康娜的弟弟杰恩斯因为已在岛上住了3年，很了解这种情况，所以显得坦然自在。马约尔加岛的生活与华盛顿快节奏的生活截然不同。

大约过了20分钟，从相反车道过来一辆出租车，杰恩斯立即起身招手，但他看到车内有乘客时就放下手，出租车缓缓地驶去。

然而，那辆车驶了30米左右就停住了，那位乘客下车了。

“噢，真幸运，那人在这里下车呀。”

从车内走出的是一位看起来颇有修养的老绅士。杰恩斯对这个偶然感到很高兴，并迅速把旅行箱装进车的后备厢。

坐进车后，杰恩斯告诉司机：“去机场，”并说，“我们真幸运，谢谢你。”

司机耸了耸肩膀说：“要谢，你们就谢那位老先生吧，他是特意为你们而早下车的。”

杰恩斯和母亲不解其意，于是司机又解释道：“那位老先生本想去更远的地方，但是看到你们后就说：‘我在这里下车，让那两位乘客上车吧。这么早拿着旅行箱站在路边，一定是去机场乘飞机的。如果是这样，肯定有时间限制。我反正没什么急事，我在这里下车，等下一辆出租车。’所以你们要谢就谢那位老先生吧。”

杰恩斯很吃惊，他恳请司机绕道去找那位老先生。当车经过老先生身边时，杰恩斯从车窗大声向那位悠然地站在路边的老先生道谢。老人微笑着说：“祝你们旅途愉快。”

后来杰恩斯在给康娜的信中这样写道：“我对他人的体谅与那位老先生相比程度完全不同。我即使体谅他人，自己在心里也会想：能做到这点就不错了……自己随意决定体谅他人的限度，我对自己感到羞耻。我现在真想成为像那们老先生那样的人，成为那种不经意之中就流露出对他人深深体谅的人。”

宽容是心与心的体谅

我17岁那年，好不容易找到一份临时工作。母亲喜忧参半：家里有了指望，但又为我的毛手毛脚操心。

工作对我们孤女寡母太重要了。我中学毕业后，正赶上大萧条，一个差事会有几十上百的失业者争夺。多亏母亲为我的面试赶做了一身整洁的海军蓝，才得以被一家珠宝行录用。在商店的一楼，我干得挺欢。第一周，我受到领班的称赞。第二周，我被破例调往楼上。楼上珠宝部是商场的心脏，专营珍宝和高级饰物。整层楼排列着气派很大的展品橱窗，还有两个专供客人看购珠宝的小屋。

我的职责是管理商品，在经理室外帮忙和传接电话。要干得热情、敏捷，还要防盗。

圣诞节临近，工作日趋紧张、兴奋，我也忧虑起来。忙季过后我就得走，回复往昔可怕的奔波日子。然而幸运之神却来临了。一天下午，我听到经理对总管说：“艾艾那个小管理员很不赖，我挺喜欢她那个快活劲。”

我竖起耳朵听到总管回答：“是，这姑娘挺不错，我正有留下她的意思。”

这让我回家时蹦跳了一路。

翌日，我冒雨赶到店里。距圣诞节只剩下一周时间，全店人员都绷紧了神经。

我整理戒指时，瞥见那边柜台前站着一个男人。高个头，白皮肤，约莫30岁。但他脸上的表情吓我一跳，几乎就是这不幸年代的贫民缩影。一脸的悲伤、愤怒、惶惑，有如陷入了他人置下的陷阱。剪裁得体的法兰绒服装已是褴褛不堪，诉说着主人的遭遇。他用一种永不可企的绝望眼神盯着那些宝石。

我感到因为同情而涌起的悲伤。但我还牵挂着其他事，很快就把他忘了。

小屋打来要货电话，我进橱窗最里边取珠宝。当我亟亟地挪出来时，衣袖碰落了一个碟子，6枚精美绝伦的钻石戒指滚落到地上。

总管先生激动不安地匆匆赶来，但没有发火。他知道我这一天是在怎样干的，只是说：“快捡起来，放回碟子。”

我弯着腰，几欲泪下地说：“先生，小屋还有顾客等着呢。”

“我去那边，孩子。你快捡起来这些戒指！”

我用近乎狂乱的速度捡回5枚戒指，但怎么也找不到第6枚。我寻思它是滚落到橱窗的夹缝里，就跑过去细细搜寻。没有！我突然瞥见那个高个男子正向出口走去。顿时，我领悟到戒指在哪儿。碟子打翻的一瞬，他正在场！

当他的手就要触及门柄时，我叫道：“对不起，先生。”

他转过身来。漫长的一分钟里，我们无言对视。我祈祷着，不管怎样，让我挽回我在商店里的未来吧。跌落戒指是很糟，但终会被忘却；要是丢掉一枚，那简直不敢想象！而此刻，我若表现得急躁——即便我判断正确——也终会使我所有美好的希望化为泡影。

“什么事？”他问。他的脸肌在抽搐。

我确信我的命运掌握在他手里。我能感觉得出他进店不是想偷什么。他也许想得到片刻温暖和感受一下美好的时辰。我深知什么是苦寻工作而又一无所获。我还能想象得出这个可怜人是以怎样的心情看这社会：一些人在购买奢侈品，而他一家老小却无以果腹。

“什么事？”他再次问道。猛地，我知道该怎样作答了。母亲说过，大多数人都是心地善良的。我不认为这个男人会伤害我。我望望窗外，此时大雾弥漫。

“这是我头回工作。现在找个事儿做很难，是不是？”我说。

他长久地审视着我，渐渐地，一丝十分柔和的微笑浮现在他脸上。“是的，的确如此。”他回答，“但我能肯定，你在这里会干得不错。我可以为你祝福吗？”

他伸出手与我相握。我低声地说：“也祝您好运。”

他推开店门，消失在浓雾里。

我慢慢转过身，将手中的第6枚戒指放回了原处。

心地善良、宽容体谅往往会有一种意想不到的力量。

天使的礼物

新年临近，邮局工作人员黛妮西尼·罗茜在阅读所有寄给圣诞老人的1000封信件时，发现只有一个名叫约翰·万吉的10岁儿童在信中没有向圣诞老人要他自己的礼物。

信中写道：“亲爱的圣诞老人，我想要的唯一的一样礼物就是给我妈妈一辆电动轮椅。她不能走路，两手也没有力气，不能再使用那辆两年前慈善机构赠与的手摇车。我是多么希望她能到室外看我做游戏呀！你能满足我的愿望吗？爱你的约翰·万吉。”

罗茜读完信，禁不住落下泪来。她立即决定为居住在巴宁市的万吉和她的母亲、39岁的维多莉亚·柯丝莱托尽些力。于是，她拿起了电话。接着奇迹般的故事就发生了。

她首先打电话给加州雷得伦斯市一家名为“行动自如”的轮椅供应商店。商店的总经理席迪·米伦达又与位于纽约州布法罗市的轮椅制造厂——福彻拉斯公司取得了联系。这家公司当即决定赠送一辆电动轮椅并且在星期四送到，并在车身上放一个圣诞礼物的红蝴蝶结。显然，他们是圣诞老人的支持者。

星期五，这辆价值3000美元的轮椅送到了万吉和他妈妈居住的一座小公寓门前。在场的有10多位记者和前来祝福的人们。

万吉的妈妈哭了。她说道：“这是我度过的最美好的圣诞节。今后，我不再终日困在家中了。”她和儿子都是在一次车祸中致残的。由于她的脊骨骨节破裂，她得依靠别人扶着坐上这辆灰白色的新轮椅，在附近的停车场上进行试车。

赠送轮椅的福彻拉斯公司的代表奈克·得斯说：“这是一个一心想到妈妈而不只是自己的孩子，我们感到，应该为他做些事。有时，金钱并不意味着一切。”

邮局工作人员同时也赠送给他们食品以及显微镜、喷气飞机模型、电子游戏机等礼物。万吉把其中一些食品装在匣内，包起来送给楼下的邻居。

对此，万吉解释说：“把东西赠给那些需要的人们，会使我们感到快乐。妈妈说，应该时时如此，也许天使就是这样来考验人们的。”

基督的化身

1921年，路易斯·劳斯出任美国星星监狱的监狱长，那是最难管理的监狱。可是20年后劳斯退休时，该监狱却成为一所提倡人道主义的机构。研究报告将功劳归于劳斯，当他被问及使监狱改观的原因时，他说：“这都是由于我已去世的妻子——凯瑟琳，她就埋葬在监狱外面。”

凯瑟琳是三个孩子的母亲。劳斯成为监狱长时，每个人都警告她千万不可踏进监狱，但这些话拦不住凯瑟琳！第一次举办监狱球赛时，她带着三个可爱的孩子走进体育馆，与服刑人员坐在一起。

她的态度是："我要与丈夫一道关照这些人，我相信他们也会关照我，我不必担心什么！"

一名被定有谋杀罪的犯人瞎了双眼，凯瑟琳知道后便前去看望他。

她握住他的手问："你学过点字阅读法吗？"

"什么是'点字阅读法'？"他问。

于是她教他阅读。多年以后，这人每逢想起她的爱心还会流泪。

凯瑟琳在狱中遇到一个聋哑人，结果她自己到学校去学习手语。许多人说她是耶稣基督的化身。在1921年——1937年之间，她经常造访星星监狱。

后来，她在一起交通意外事故中丧生。第二天，劳斯没有上班，代理监狱长暂代他的工作。消息似乎立刻传遍了监狱，大家都知道出事了。

接下来的一天，她的遗体被放在棺材里运回家，她家距离监狱有0.75英里。代理监狱长早晨散步时惊愕地发现，一大群平时看来最凶悍、最冷酷的囚犯，竟如同牲口般齐集在监狱大门口。他走近去看，见有些人脸上竟带着悲哀和难过的眼泪。他知道这些人极爱凯瑟琳，于是转身对他们说："好了，各位，你们可以去，只要今晚记得回来报到！"然后他打开监狱大门，让一大队囚犯走出去，在没有守卫的情形之下，走近1英里路去见凯瑟琳最后一面。结果，当晚每一位囚犯都赶了回来报到。

无一例外！

拉蒂·麦可琳

1987年，我是一位年轻的电脑专业工程师，喜爱拍摄有趣的脸和地方，我申请离职一个月，然后展开30天的巴士之旅。我带着一部佳能相机，一套换洗的衣裳及50美元，从奥兰多展开我的旅程。我并没有真的想往哪儿去、到哪里停留，或考虑50美元是否够用30天。我唯一的计划只是到西北部冒险，体验美国人——除了自己外，还在乎什么。

这趟旅程让我对有趣的人和地方，留下很深的回忆，而其中最特别的回忆是发生在西雅图，我在那里遇见了流浪的拉蒂。

拉蒂大约60，但是看起来像100岁，她的瘦脊、长肩膀、白发说明了她长期向人乞讨的困苦生活，她穿得破破烂烂且全身都是酒味和尿味。

当我第一次遇到拉蒂时，她正站在热闹的西雅图城镇的路边，对着每一位路过的人微笑且有礼貌地乞讨。人潮急速地通过拉蒂，不管他们有没有注意她的存在，或者是故意避开她——一位浑身臭味、乞讨的无业游民。

我决定把拉蒂当做我摄影的主角，所以我请求她让我站在看不到的角落拍下她的一举一动。

我花了三天的时间躲在人群中拍拉蒂，大部分的时间她并不知道我的存在。

在一个特别的日子，我坐在一张有点距离的板凳上观察拉蒂，看到一位六七岁、梳辫子、穿得很漂亮的年轻小女孩从拉蒂的背后接近，然后拉拉拉蒂的衣角，拉蒂回头，小女孩把手伸出来，给了拉蒂一些东西。

就在那时候，拉蒂也很高兴地把手伸进她的口袋给了小女孩一些东西，小女孩跑回她的双亲等她的地方，很兴奋地展现她所收到的东西。

我很好奇她们究竟交换了什么东西，迫不及待地想跑去问拉蒂究竟发生了什么事，可是碍于我要拍下她和小女生，所以我不能暴露自己的行踪。等到傍晚我完成拍照时，我才问拉蒂究竟她和小女孩发生了什么事。

她告诉我："小女孩跑来拿给我15美元，所以我也回报她两个15美元，我只是想要告诉她，当你慷慨时，你将会得到比你付出的更多的回报。"

这时的拉蒂看起来是那么的漂亮，原本我只期望能捕捉到她更多的镜头，可是她给了我比照片更有意义的东西，她为我上了一堂人性的课，她告诉我不管我们的社会地位如何，每个人都有能力帮助别人，关键是发现我们的礼物并花时间去分享它。

用你的赞美使别人如沐春风

几天前，雅特 · 鲍奇华和一位朋友在纽约搭计程车，下车时，朋友对司机说："谢谢，搭你的车十分舒适。"

这司机听了愣了一愣，然后说："你带的钱不够吗？"

“不，司机先生，我不是在寻你开心，我很佩服你在交通混乱时还能沉住气。”

“是这样呀！”司机说完，便驾车离开了。

“你为什么会这么说？”鲍奇华不解地问。

“我想让纽约多点人情味，”朋友答道，“唯有这样，这城市才有救。”

“靠你一个人的力量怎能办得到？”

“我只是起带头作用。我相信一句小小的赞美能让那位司机整日心情愉快，如果他今天载了20位乘客，他就会对这20位乘客态度和善，而这些乘客受了司机的感染，也会对周遭的人和颜悦色。这样算来，我的好意可间接传达给1000多人，不错吧？”

“但你怎能希望计程车司机会照你的想法做吗？”

“我并没有希望他，”朋友回答，“我知道这种做法是可遇不可求，所以我尽量多对人和气，多赞美他人，即使一天的成功率只有30%，但仍可连带影响到3000人之多。”

“我承认这套理论很中听，但能有几分实际效果呢？”

“就算没效果我也毫无损失呀！开口称赞那司机花不了我几秒钟，他也不会少收几块小费。如果那人无动无衷，那也无妨，明天我还可以去称赞另一个计程车司机呀！”

“我看你脑袋有点天真病了。”

“从这就可看出你越来越冷漠了。我曾调查过邮局的员工，他们最感沮丧的除了薪水微薄外，另外就是欠缺别人对他们工作的肯定。”

“但他们的服务真的很差劲呀！”

“那是因为他们觉得没人在意他们的服务质量。我们为何不多给他们一些鼓励呢？”

他们边走边聊，途经一个建筑工地，有5个工人正在一旁吃午餐。朋友停下了脚步，“这栋大楼盖得真好，你们的工作一定很危险辛苦吧？”

那群工人带着狐疑的眼光望着这位朋友。

“工程何时完工？”朋友继续问道。

“6月。”一个工人低应了一声。

“这么出色的成绩，你们一定很引以为荣。”

离开工地后，朋友对鲍奇华说：“这些人也许会因我这一句话而更起劲地工作，这对所有的人何尝不是一件好事呢？”

“但光靠你一个人有什么用呢？”

“我常告诉自己千万不能泄气，让这个社会更有情原本就不是简单的事，我能影响一个就一个，能两个就两个……”

“刚才走过的女子姿色平庸，你还对她微笑？”鲍奇华插嘴问道。

“是呀！我知道，”他答道，“如果她是位老师，我想今天上她课的人一定会如沐春风。”

站在同一立场上

珍妮丝·爱德生·康诺利开始教书的第一天，课程进展得相当顺利。她下定决心坚持下去。然后她上了这天的最后一堂课——第七堂课。

珍妮丝走向教室时，就听到课桌椅碰撞的声音。在转角处，她看到一个男孩把另一个按在地上。

“给我听着，你这个白痴！”躺在下面的那个咆哮着，“我可没跟你姐姐怎样！”

“你离她远一点，你听见了吗？”上头的男孩正在盛怒中。

珍妮丝如临大敌般地要他们停止打斗。忽然间，有14双眼睛盯着她瞧。珍妮丝知道自己看来不太有自信。这两个男孩互看一下，又看看珍妮丝，慢慢地回到座位上。这时，对面班级的老师把头倚在门边，对学生们大吼，要他们坐下，闭嘴，叫他们照珍妮丝的话做。这让珍妮丝感到自己懦弱无力。

珍妮丝企图把准备的课程教给他们，但却面对了一群不友善的面孔。课程结束后，珍妮丝叫那个参与打架事件的男孩留下来。他叫马克。

“女士，别浪费你的时间了。”他告诉珍妮丝，“我们都是白痴！”然后他就扬长而去。

珍妮丝深受打击，跌坐在椅子里，并怀疑自己是否该当老师。像这样的问题可以解决吗？珍妮丝告诉自己：“我只吃一年苦头，在明年夏天我结婚以后，我可要找个报酬高的差事做。”

“他们让你头痛，对吗？”一个早先曾教过这一班的同事问珍妮丝。

珍妮丝点点头。

“别担心，”他说，“我曾在暑期班里教过他们。他们只有14岁，大部分都没法毕业。别跟那些孩子浪费时间。”

“你是什么意思？”

“他们都住在荒郊野外的贫民窟里，他们是打零工的人和小偷的孩子。他们高兴来时才来上学。那个被压在地板上的男孩骚扰了马克的姐姐——在他们一起摘豆荚的时候。今天吃午餐时我曾叫他们闭嘴。你只需让他们有事忙，保持安静就够了。如果他们再惹麻烦，就把他们送到我这儿。”

珍妮丝收拾好东西回家，还是忘不了马克说“我们是白痴”时的那张脸。

白痴？！那个词在珍妮丝脑海里啪啦作响——她知道自己必须采取某些非常手段。

第二天，珍妮丝要求同事别到自己班上来。她决定用自己的方式处理。

珍妮丝到了课堂上，正视每个学生。然后到黑板上写下“ECINAJ”几个字。

“这是我的名字，”珍妮丝说，“你们可以告诉我这是什么意思？”

他们告诉珍妮丝，这个名字怪里怪气，他们从没见过。珍妮丝又到黑板上写字，这次写的是“JANICE”，几个学生念出了这个字，送给珍妮丝一个带笑的眼神。

“你们是对的，我叫Janice。”珍妮丝说，“我有学习上的障碍，医学上叫‘难语症’。我开始上学时，没法正确拼出我的名字。我不会拼字，数字更把我搞昏了头。我被贴上‘白痴’的标签。没错——我是个‘白痴’。我还忘不了那些可怕的叫声，还能感觉到那种难堪。”

“那你为什么会成为老师？”有人问。

“因为我恨人家这么叫我，我并不笨，而且我喜欢学习。这就是我要讲的这堂课的内容。如果你喜欢‘白痴’这个称谓，那么你就不该听下去，换个班级吧！这个房间里可没有白痴。”

“我也不会让这个班级的每一个学生放松要求，”珍妮丝继续说，“我们必须加油，直到你们赶上进度。你们会毕业，我希望你们有人会上大学。我不是在跟你开玩笑——那是我的承诺。我再也不要听到‘白痴’这个词了。你们理解吗？”

他们似乎肃静了些。

珍妮丝和学生们确实很努力，而她不久也兑现了承诺。马克的表现尤其出色。她听到他在学校里告诉另一个男孩："这本书真好。我们不再看小孩子看的书了。"他手上拿的是《杀死嘲笑鸟》。

过了几个月，他们进步神速。有一天马克说："可是他们还是认为我们很笨，因为我们说的话不对劲。"珍妮丝等的那一刻到来了。现在珍妮丝开设了一连串的课程，因为他们需要。

可是6月到了。他们的求知欲依然强烈，但他们也知道珍妮丝将要结婚，离开这一州。当她在课上提到这件事时，他们很明显地骚动难安。珍妮丝很高兴他们变得喜欢自己，但气氛似乎不太对，"他们是在为我即将离开学校而生气吗？"

在珍妮丝上课的最后一天，校长在学校入口大厅迎接她。

"可以跟我来吗？"他坚定地说，"你那一班有点问题。"他领着珍妮丝走向教室时正视着前方。

到底出了什么事？珍妮丝很犹豫。

她太惊讶了！在每个角落、学生的桌上和柜子里都是花，讲台上更有一个巨大的花篮。他们是怎么弄的？珍妮丝怀疑。他们大多家境贫寒，必须靠勤工俭学才能获得温饱。

珍妮丝哭了，他们也跟着她哭。

后来，珍妮丝才知道他们怎么弄的。马克周末在花店打工，看见珍妮丝教的其他几个班级下了订单。他提醒了他的同学。骄傲的他们不想被贴上"穷人"的标签，于是马克要求花商把店里所有"不新鲜"的花给他。他又打电话给殡仪馆，解释说，他们的班上要把花送给一位离职的老师，于是他们答应把每个葬礼后用完的篮子给他。

那并不是他们送给珍妮丝的唯一礼物。两年后，14个学生都毕业了，有6个还得了大学奖学金。

上帝所赐

玛吉在我的生活中只停留了一段短暂的时间，要不是那精巧的木质餐巾扣，有时我甚至会觉得她只是一个幻影。每次使用那个餐巾扣时，我就会想起她来。

她出现在一个4月的上午，清新得像春天的第一缕微风。我永远不会忘记我当时的惊奇感觉。当我打开门时，发现面前有一个亭亭玉立的姑娘站在清晨的阳光里。她穿着方格子棉布裙，有着健康的肤色，梳着金色的发辫，就像从《小妇人》中走出来的人物。她对于我是一个完全陌生的人，她的朴素美让我联想起基督教贵格会的教友，她的声音听起来柔和而流畅，让人觉得很安全、值得信赖。

我本想在报纸上登个广告招聘一名清洁工，只是迟迟没有行动。当我问起她怎么知道我需要人手时，她说她“就是知道”。

我独居了40年，尽管有生理上的障碍，我仍一直尽量自己料理家务。如果确实需要帮助，我总是可以向住在附近的朋友或邻居求助。但三年前我买了新房子，搬到了一个新城市，情况就有点不太妙了。

这是一个保守的城市，我在这里一个人都不认识。我住在一条安静的街上，邻居们都只顾自己的事情。我不知道住在东边那对夫妇的电话号码，而住在我西边那家人经常喝醉，还一直嫌我的狗吵。我现在不仅在紧急情况下需要帮助，连日常的家务也不得不依赖他人。

正当我需要这样一个帮手时，玛吉来了。我问起她的工作经验，她承认以前没有做过清洁工，但她经常打扫自己的家。我问她是否真的想要靠做清洁工生活，是否从事些更有趣的脑力工作会是她更明智的选择。她解释说：自己已经结婚了，有两个孩子。她目前想尽快赚些钱，这样就可以搬出乱糟糟的旧金山湾一带，或许能在北部郊区买座房子。然后，她握住我的手，那真诚的眼神胜过了千言万语，那一刻我就决定雇用她了。

“我不怕累，我喜欢帮助别人。我的硕士学位也和社会工作有关。我在一家医院工作过一段时间，也很喜欢那份工作。之后我就成了家庭护士，因为我喜欢照顾病人和他们的家人。但我不忍心从垂死的人手里赚钱，这似乎不太好。”

“当然不太好，但我不是将死的人，我的房间也很乱。”我说，“你收多少钱？”

“多少都行。”她说。

我们的友情就这样开始了。但我们很快就超越了雇主与雇员的关系。玛吉把我当做良师，我则一直视她为朋友。我们一起交流生活经验，吐露彼此内心深处的想法和渴望，还经常一起参观博物馆和画廊，听音乐会，散步，和她的孩子们去野餐。她待我如同家人一样亲密。每当我回忆起那段日子，我总觉得是上帝让玛吉来到我的生活中带给我活下去的希望。

在玛吉来我家之前的一年，我到苏格兰参加了爱丁堡国际文化节。我把一整年攒下的钱都花在机票、住宿、看歌舞剧和听音乐会上。这一年我还打算去。在玛吉来之前，我已做好了所有的准备工作，预计8月8日起程，在那里一直待到五朔节。

7月最后一个星期的一天，我急急忙忙去后院浇花，在拧水龙头时，不慎踩到水管滑倒了，接着便撞在墙上，重重地摔倒在地。我动不了，也喊不出声，几乎失去了知觉。后来我只记恍惚得听到玛吉急切的声音。

“林恩·鲁思！你在哪儿？”她在门口喊道。她一定是发现了我，因为她很快就来到我身边，小心翼翼地扶起我，帮我坐进她的车，送我到医院去。

那天并不是玛吉来打扫房间的日子。她恰好来我家附近办事，打算顺便给我送来一些她前天做好的苹果酱。她在我跌倒后不到五分钟就赶来了。

四小时后，我上了石膏模，安稳地躺在自己的床上。我撞坏了肩膀，上臂有两处骨折。玛吉一直陪我待在急诊室里，后来又开车送我回家。现在我既不能做饭，也不能洗澡，只能勉强走到卫生间。

“我怎么去苏格兰啊？”我焦急地询问医生。我已买好了所有的票，现在要取消的话肯定太晚了。

“我会给你开止痛药，并在你出发前给你换上合适的石膏模。”他说，“我们有十天时间让你恢复。我相信，如果你好好调养、放宽心，应该不成问题。”

当时我并没有意识到玛吉会对我的康复起那么大的作用。我们从来没讨论过照顾我会占用她更多的时间，她也拒绝另外收钱。当我醒来时，玛吉就坐在我旁边。她耐心、细致地为我擦洗，给我喂饭。在她离开我去照顾其他人之前，她总是在我的床边放上一本好书。然后，她又会在六点钟准时回来为我准备晚饭，打扫房间。十点钟时，她穿着睡衣回来看我，帮我做睡觉前的准备工作。我们在一起的时候总是说说笑笑的，这对我恢复精神和体力有非常大的帮助。

8月7日，玛吉陪我去了医院。医生给我换上较轻的石膏模，并破例为我的苏格兰之行开了绿灯。玛吉亲自送我去机场，送我踏上历时三周的文化之旅。在这段时间里，我慢慢地锻炼胳膊，逐渐恢复了肌肉和骨骼的力量。到劳工节时，我已能够不用人搀扶，自己走下舷梯了——玛吉就站在那里迎接我。她开车送我回家。一进门我就看到整洁的房间，装满食物的冰箱，还有桌上美味的晚餐。玛吉在前门上方悬挂了一张大条幅，上面装饰着蝴蝶和花朵。她满面笑容地大声喊道："欢迎回家，林恩·鲁思！"屋内的桌子上摆放着可爱的印花餐垫，配套的餐巾用木质餐巾扣束起，那餐巾扣做成可爱的猫咪形状，是她特地为我买来的。

第二天我就能自己做饭并开车去市场了。过了一阵子，玛吉来了。

"我有件事要告诉你，林恩·鲁思。"她说，"这个星期我还能帮你做事，但这之后……"

她抓住我的手。"……我和比尔在伊雷卡区外找到了一所房子，我们下个星期天就要搬到那里去了。"

那一刻，我既为失去她而伤心，又为她终于如愿以偿而开心不已。我紧紧握住她的手，流下了悲喜交加的泪水。

"我自己能行，你放心吧。"我说，"你会写信给我吗？"

"我会给你打电话的，"她说，"因为我不擅长写信。"

她没有打过电话，我也没再见到她。我找了另一个人帮我打扫房间。虽然我的肩膀一直疼痛，我还是能够照顾自己的。我思念玛吉，虽然我已不再需要她前来照顾了。我摔伤之后，如果不是她自始至终地陪伴在我身边，我只能孤孤单单地住进医院。而且我怀疑，如果那样的话，自己是否还可以恢复到能去苏格兰的程度。是玛吉帮助我继续生活下去，并为我的生活带来了阳光。然后，她走了，就像她忽然出现在我家门口那样不可思议。我想，一定是上帝把她派到更需要她的人那里了。

从此以后，只要我能做到，我总是努力地像玛吉一样对待他人。这是我向上帝表示谢意的方式。上帝在我最需要帮助的时候指引玛吉来到我的身边，又在我可以自立时把她带走了。

小贩的葬礼

1971年2月3日上午，牧师离开教堂到坟场去，心想也许最多只有五六个人出席赫伯特·华思的葬礼。气温在冰点以下，天色阴沉，还刮着风，眼看就要下雪了。他暗忖，葬礼不妨简简单单，大家敷衍过去算了。

两天前，停尸所一位执事打电话给他，说华思没有亲人，尸体也没有人认领，希望牧师去主持葬礼。

牧师只知道这老头儿是个卖家用杂货的小贩。牧师太太跟他买过擦碗布，牧师自己也依稀记得见过他：身材瘦小，灰白头发梳得很整齐，从不强人所难，总是彬彬有礼。我们即使没什么要买，通常也向他买点东西。

谁会来参加这么一个人的葬礼？

华思73岁，身高只有1.5米左右。他没有亲人，没有朋友，孤零零住在印第安纳州印第安纳波里斯市北区一幢整洁的木屋里。

华思27年来一直挨家挨户兜售杂货，最后11年更是每星期至少有6天在街上奔走。他手里提着两个大购物袋，每样东西都只卖两毛五，唯有花哨的端锅布垫卖5毛。布垫是他邻家一个十几岁的女孩手织的，他替她卖，但是不拿佣金。

“我从批发商那里买不到这么漂亮的布垫呢，”他对女孩说，“有这些布垫卖，我对顾客服务就周到了。”

他每天早上8点半钟左右出门，踏上仔细考虑过的路线，八九个钟头后回家。他从来不当自己是小贩，“我是推销员，”他对主顾说，“做买卖懂得运用心理学。我只卖顶刮刮的货色。我的路线是研究过的，每年到每户人家3趟，不多不少。这样才不惹人家讨厌。无论你买不买东西，我一定说谢谢。我要大家知道我是懂规矩的。”

他提高嗓子叫喊：“今天要不要端锅布垫？买一条漂亮的红手帕给小弟弟吧？”之后，总希望跟人家聊聊天，解解闷。他喜欢谈他母亲，而他过去一向孝顺母亲。天气暖和的那几个月里，他每个星期天都到公墓去，在母亲坟前献一束鲜花。那墓碑是双人用的，留了空位用来刻上他自己的姓名和生卒年月。1968年3月，他给自己挑选了一具灰色棺木，又预付了丧葬费用。

华思一直有件憾事，他的主顾大多都听他说过好几次：“我年轻时应该结婚。没有家，生活真寂寞。我一个亲人都没有。”不过他只是说说罢了，并不是要人家可怜他。

有一次，听他说话的那位家庭主妇虽急于回屋里去做家务，听了他辛酸的感慨，不免感动，就安慰他道：“什么话，华思，你朋友多着呢！”

“是呀，我做买卖的确认识了许多人。”他回答，然后提起购物袋，半走半小跑地匆匆往另一户人家去了。无论是在热得他满头是汗的夏天，或者在冻得他流眼泪鼻涕的冬天，这个瘦小曲背的老头儿从来不改变他的步速。

大家都喜欢他，因为他自尊自重，不求人，自食其力，从不向人要什么，最多是在大热天向人要杯冷水。

他也从不向邻居推销，如有邻居要向他买东西，他就说："我是你的街坊嘛。希望你当我是街坊，而不是站在你门口的推销员。"

他常常替人家扫树叶、铲雪，而且做这类吃力工作时也总是尽心尽力。

"我手脚也许慢一点，但从不马虎。"他得意地说。

华思每天傍晚回来，都会在他家附近的加油站歇息，在那里坐一阵，聊聊天，吃杯香草冰激凌，同时把口袋里的零钱换成钞票。

"我不抽烟，不喝酒，"他常说，"就喜欢吃香草冰激凌。"

1月30日星期六，华思将几条车道的积雪铲清之后，跟平时一样到超级市场去。但是在等面包送到的时候，他悄无声息地倒下了。

那天，邻居听到他的死讯之后，大多数都立即放下了工作，沉默良久。谁都没听说过他有病；大家都不相信这小老头竟然就这样过去了。

两天后，华思的名字在报纸讣告栏里出现。他的顾客打电话彼此询问："是我们的华思吗？"

一位检察官太太打电话问停尸所的职员："你们对于无亲无故的人怎样安排葬礼？"

"呃，我们会找牧师来祈祷，"那职员回答，"派两三个人送灵柩到坟场并参加葬礼，尽力而为就是了。"

"华思下葬时如果没有熟人在场，那就太凄凉了。"这位太太心想，"哦，会有熟人在场的，我一定去。"许多认识华思的人也打定了同样的主意。

葬礼之前一天，《明星报》一位记者写了段关于华思的讣告。这位记者访问过华思，写他的小贩生活。他在讣告中提到，华思告诉过他，就怕将来死了没有人送殡。华思的顾客大多数这才知道他去世了。

那天晚上，左邻右舍都在谈论华思，怀念华思，想起他生前多么寂寞。突然之间，每个人都想起自己也经历过寂寞。大家想起华思曾担心死后没有人送终，人人都感到难受。许多人决定无论如何都要参加葬礼。

人山人海，为孤独的小贩送葬对这些人来说，参加华思的葬礼只是尽个人义务，所以没有向别人提起。男人照常离家上班，没想到在坟场碰到太太。

男女老少，穷人阔人，9点钟就开始陆续来到坟场，比预定举行葬礼的时间足足早了一个钟头。貂皮大衣、喇叭裤及破旧布袄混杂在一起。穿制服的军人和穿深色衣服的商人在面积220公顷的公墓里大步走向华思的墓地。老年人，有些还拄着拐杖，拖着疲乏的双腿坚定地一步步前进。卡车司机、计程车司机和送货工人把车停在公墓外面，步行将近1公里多到达墓地。年轻的母亲抱着小宝宝，东遮西掩，唯恐小宝宝受到凛冽寒风侵袭。

街上车辆拥挤，牧师的车来到离公墓还有两个街口处就给挡住，无法前进。他只好绕道到另外一个入口进去。公墓里面，职员在拥塞狭窄的道路上指挥车辆。牧师糊涂了，怎么都想不起今天究竟是什么知名人物下葬。他停好车，步行到墓穴旁边，这才恍然大悟：这些人一定都是来给华思送葬的。

坟场方面没料到会有这么多人来。“我们全体职员都出动了，设法维持秩序，但是没有用。”公墓经理后来说，“汽车一定不少于600辆。谁也不知道停在更远处的还有多少，更不知道有多少人因为无法驶近坟场，只好离去。”

印第安纳史迹基金总干事布朗也认识华思，怕没人参加华思的葬礼，便决定自己去一趟。他和别人一样，看到墓地里竟人山人海时，不禁大感意外。他忽然想起坟场里历史悠久的永别亭，上面有座5层高的钟楼，楼顶挂着口古钟，不久前刚重新系好绳索。这口钟可能40多年没有敲过了。他走到钟绳旁抓住绳索，使劲一拉，敲出清晰的钟声，3公里外都能听到。他足足敲了半小时，双手都起了水泡。最后，他敲起丧钟：一声声隔得很久，响得很长，充满哀思。

10点半钟，雪片纷飞，牧师缓缓扫视了周围的逾千群众，讲了一篇简短而真挚的悼词：“华思做梦也没想到他有这么多朋友。人情冷淡，人对人有时候漠不关心，不过今天上帝一定很高兴。”

祈祷结束，群众还是流连不去。志同道合的感觉使陌生人变成了朋友。有些人很兴奋，有些人很满足，每个人都因为来这里而觉得欣慰，没有人急于离开。

“那天华思使大家有了同感，”有位商人后来说，“他使我重新对人类肃然起敬。”

华思一生自食其力，他只希望自己下葬时有几个人来送丧。其实，他施舍的恩惠远远超过他所要求的。

一个孩子的力量

美国首都华盛顿。这是个金钱即意味着能力，能力也意味着金钱的地方。在这里，一位基金募集者所要做的，是得在手里掌握一本记满乐善好施人士（特别是大户）姓名的通信簿，以便和他们随时保持联系。当然，还要经常陪他们“闲谈”。对于刚上小学四年级的小姑娘泰勒·塞文来说，她显然不知道所谓“闲谈”的真正含义。然而，正是这个喜欢收集芭比娃娃、吃三明治的9岁女孩在过去的一年半时间里，为隆巴底癌症研究中心募集到超过8000美元的捐款。

隆巴底癌症研究中心设在乔治城大学内。在泰勒以自己的能力一分一分、一元一元募集来的捐款中，既有硬币，也有支票；既有放在募捐箱里的，也有装在信封里汇来的。泰勒做这一切，是为了她罹患癌症的父亲阿兰·塞文，父亲于1999年10月21日去世，死时年仅37岁。

父亲去世后，泰勒为自己明确了今后生活的方向：为癌症研究中心募集资金。用她自己的话来说，投身于此，是为了“不让别的孩子像我一样伤心”。泰勒的行为似乎跟我们熟悉的类似的故事不太一样。凡是经历过生离死别的人，即使是成年人，都会知道，那种痛失亲人的悲伤将如何在自己的生活中蔓延。而泰勒，一个失去父亲的孩子，是怎样做到将悲伤化为行动的呢？

“我自己也不知道，”泰勒耸了耸肩，将一头齐肩的棕色直发甩到脑后，这样子倒有些像个十多岁的大姑娘了，她说，“我不过是想为募捐做点事罢了。”

如今泰勒和母亲基姆一起生活在马里兰州。基姆今年36岁，是政府部门的雇员。但隆巴底癌症研究中心的顾问盖恩斯可不这么看。他说泰勒所做事情的意义远远超出她自己所说的：“一个有如此能力的孩子身上肯定有些不同寻常的东西。这些东西来自她的父母——他们给了她自信。这孩子内心里有一种力量。她把这种力量表现了出来。”而对于该中心的临时代理主任卡伦来说，泰勒是他所见过的“心理最为健康的孩子”。他半开玩笑半认真地说：“如果不是怕违法，我们早就雇用她了。”

“泰勒从来就是爸爸的孩子。”对于泰勒的母亲基姆来说，泰勒如今所做的一切不过是一段亲情故事的最后一章，而这个故事从泰勒出生那天就开始了。她至今还记得女儿刚出生时丈夫阿兰抱起女儿的情景，他兴奋得甚至已经忘了身边产床上的妻子。

当有人问泰勒，她和父亲在一起最快乐的时候是怎样的，泰勒却显得十分踌躇。实际上，对于这一对父女来说，最快乐的时光是无法从每一天的生活中分离出来的，它们根本就密不可分。阿兰以前的工作是替人整理花园。那时，他常常把泰勒抱在腿上，由泰勒掌握着方向盘，一起驾驶着除草机。父女两人都爱洗热水澡，爱骑自行车和划船。

1998年12月，阿兰的右肩膀出现了肿块。经医院诊断，他患了平滑肌恶性肿瘤。这是一种极为少见的肌肉软组织癌。他先做了手术，然后是放疗，化疗。一个疗程接一个疗程。

从一开始，阿兰夫妇就知道这一诊断是残酷无情的。虽然他们一直怀着希望，但癌细胞仍然不可控制地继续扩散。令夫妇俩感到欣慰的是，当他们把这一切告诉泰勒时，女儿并没有被吓倒。阿兰夫妇宽慰女儿，得了癌症并不意味着一定得死。阿兰的病情到了晚期时，常常痛得整晚都睡不着觉。但一到白天，他还是像往常一样开着车，带着泰勒继续去替别人整理花园。

就在泰勒刚刚过完8岁生日的第二天，阿兰死了。那个凄凉的秋天之后，紧接着又是一个寒冷彻骨的冬天。一个多月后，在圣诞节前的一天，母亲基姆至今还记得，泰勒走进厨房问道："我想从现在开始为隆巴底癌症研究中心募捐，行吗？"母亲尽管有些吃惊，仍回答她说："当然。"

于是，泰勒开始翻阅父亲的通信簿，并按照通信簿上列出的名字和地址，一家一家地写信过去。她在信中写道："假如今年你想给我爸爸买一份圣诞礼物的话，为什么不把这钱捐给隆巴底癌症研究中心呢？"这一次，她一共募到了155美元。她把这些钱装进募捐箱，交给了隆巴底癌症研究中心。从中心回家的路上，她开始琢磨怎样可以募到更多的钱。

泰勒的下一个努力是促使她所在的教区学校设立一个"便服日"。这一天学生们可以不穿校服去上学，但必须要交50美分给班里，这些钱都捐给了隆巴底癌症研究中心。后来，她开始给自己和家人的朋友们写信。这些人发现，他们很难拒绝泰勒的请求。比如她给一个名叫克里斯的叔叔写道："你已经有了三辆车，还没有老婆，所以你可以捐得更多些，你可以做到。"克里斯确实可以做到，他也确实就这么做了。

现在的泰勒有了更大的设想。为什么不举行一场募捐音乐会？于是她写信给著名的乡村歌手希尔和麦克格罗。因为麦克格罗唱过一首歌叫做《请记住我》，那首歌让她想起父亲。她还在给希尔的信中写道：“我恳请你的到来，是因为我和妈妈都喜欢你，而我爸爸生前也觉得你很漂亮。”这封信是今年2月份发出去的，至今没有收到回音。泰勒说，他们可能没有收到。于是她又写了一封信。在泰勒的脑子里，没有放弃，只有坚持不懈。

学校的又一个“便服日”又到了。这一次的价码涨到了2美元。与此同时，她又想到了父亲曾经参加的棒球队。她的募捐计划又有了新的目标。泰勒说：“一开始我只是尽力而为。然后就想着要翻一番，再翻一番。当然，这不是件容易的事。”在阿兰的39岁生日后两天，泰勒给隆巴底癌症研究中心寄去了一张5114美元的支票。而中心也反馈给她一个好消息，以他们父女俩的名字命名的实验室已经启动。

在阿兰生命的最后时刻，他平时戴的呼吸器已经被取下了。医生对基姆说：“只有几个小时了。”但他没有说对。确实，用了大剂量镇静剂的阿兰已经不能说话，和植物人差不多了，但他一直坚持着自己呼吸。基姆坐在他身边，握着他的手，等着说再见的那一刻到来。长夜过去了，黎明来临。那时，基姆意识到，阿兰是在等着什么。

上午9点，基姆拿起电话，打到自己的娘家，泰勒在那里。她对父母说：“叫醒泰勒，让她听电话。”泰勒来了，基姆把电话放在阿兰耳边。她听见女儿的声音：“爸爸，我爱你，想你，我知道你不能和我说话，我只是想让你知道我有多爱你。”

基姆挂上电话的时候，她看见丈夫的眼边有一滴眼泪。她走近床边，把手放在他的胸口上。他走了，只有他的女儿可以让他安心离去。有时候，一个孩子的力量，是足以令人敬畏的。

刻在树上的爱情

一位老妇人给地方乃至国家的报纸写信，抗议修建那条贯穿她所居住的小村庄的公路。其实从地图上看，那条路离她的房子还有一段距离，而且那里的环境也不像想象中那么有魅力。

我很困惑，为什么这位老妇人会为这些毫无用途的老灌木丛发出如此呼吁？于是我敲响了这个叫玛丽·史密斯的老人的家门。我受到了热情招待，然后与她一同踏上了前往树林的小路。

“我是多么爱这个地方。”她说，“这片树林给我留下了多少难忘的回忆。它通向哪里并不重要，重要的是它使我们有了来这里的理由。它远离喧嚣的人群，使人们忘却了烦恼。”

在这片林子里，能听到很多鸟儿歌唱，松鼠们十分大胆地从这个枝头跳向那个枝头，显然这里很少有人走过。我可以想象当那条路建成之后，汽车发出噪声将给这片祥和宁静的树林造成怎样的破坏，现在我能够理解她抗议的原因了。但是，当我想到那些权威人士的建议时，我又沉默了。

“看看这棵树。”在短暂的沉默之后，她说道，“对，就是这棵树。”她温柔地抚摸着树干，“看这儿，你能看到什么？”

“好像有人用刀在上面刻了些什么。”我仔细地看了看。

她充满柔情地说：“这里刻下的是爱的誓言和一对情侣的心。”

我更加仔细地看了一遍，上面刻着一颗被箭射穿的心，旁边的字母不太清晰。这代表一个爱情故事？”

我问道：“你知道他们是谁吗？”

“啊，当然，我知道他们！史密斯太太说，“R.H.爱M.S.（玛丽·史密斯的缩写）。”我明白了！

她继续说道：“这是我和他一起刻下的。我们很相爱，但是他很快就走了。那是我们一起度过的最后一个黄昏，在刻完那些字之后，他收起刀，转过身来，紧紧地拥抱着我。我能察觉到他的绝望、紧张和渴求。

“他的拥抱弄疼了我，我没退缩。其实他没有必要那样紧紧地抱着我，我已经不再想逃跑了！然后他吻了我。那吻像蜂蜜一样甜美，那一刻好像成了永恒。他没有再做其他的，虽然他很想做点儿什么。其实在那个晚上，我是不会拒绝的，因为第二天他就要走了……”

史密斯太太呆呆地沉静了一会儿，接着，她啜泣了起来：“他的母亲让我看了电报，我的罗宾在战争中牺牲了。我很后悔没有能拥有一个我和他的孩子。”

在一段长时间的停顿之后，史密斯太太温和地抚摸着那棵刻着爱情的树，好像她正在抚摸她的爱人一般。

“但是，现在他们想从这儿拿走我们的树。”她默默地抽泣了一会儿，接着她转过身看着我，“我也曾经年轻美丽过，那时我拥有一切，我拥有生命中想要的一切，爱人、健康和梦想。”史密斯太太再一次沉默了，微风通过叶子将叹息的声音轻轻地传过来。她突然很坚决地说道：“现在除了这片树林所保存下来的记忆，我一无所有。如果那个可怕的计划通过了，我会毫不客气地质问那些同意修路的人，难道你从来没有爱过？”

后来，许许多多的人知道了史密斯太太的爱情故事，他们联名向政府打报告，要求留住那片爱的树林。政府终于同意了人们的请求，公路从小树林旁边绕过去。人们把这片树林叫做“爱的树林”，许多恋爱中的男女的青年都到这片树林里来感受爱的圣洁，有时他们能看到白发苍苍的史密斯太太。

（美国）托尼·加塞科尔

云襟胸怀

“我从来就不恨北方佬，最可恨也最让人诅咒的就是那场战争……”

我的姨妈贝蒂一讲起她的故事，总是用这句话开头。她的故事，在我还是个小孩时就听过了许多遍。

贝蒂姨妈住在弗吉尼亚州贝列维尔的一所旧房子里，每逢我们去看望她时，她都要讲她的这个故事。那时，尽管贝蒂姨妈快80岁了，但我可以想象到故事里她的音貌——刚刚20岁，长着一双亮晶晶的蓝眼睛，非常漂亮。

贝蒂姨妈完全有理由憎恨内战——南北战争。她的兄弟中有一位在葛底斯堡战场上战死，另一位当了俘虏。随后，她年轻的丈夫詹姆斯——南部邦联的一名军官——也被俘虏，关到了某地的一所不为人知的战俘营里。

9月下旬的一个热天，贝蒂家从前的奴隶迪克·郎纳来到贝蒂家，告诉她一件奇怪的事。他在查看离范·米特家半英里处的一家农舍时，原以为那是一所空房子。但他却听到屋里有人的低声呻吟声。他随着呻吟声来到阁楼上，发现那里有一名受伤的联邦政府士兵，在他的身边还放着一支步枪。

贝蒂姨妈跟我讲起她第一次看到那个身穿污泥斑斑的蓝军服、长着胡子的人时，她总是说："我简直就像是步入了一场噩梦之中；令人作呕的可怕的绷带，吓人的血腥气味。孩子，那就是战争的真实写照：没有军号，没有战旗，只有痛苦和污秽，无可救药与死亡。"

在贝蒂看来，这个伤兵不是敌人，而是一个受苦受难和需要帮助的同胞。她喂他水喝，并设法洗干净了他那可怕的伤口。然后，她走出农舍，到外面去呼吸一点清凉的空气。她倚在房子的旁边，想到自己看到伤兵那只血肉模糊的左手和断裂的右腿时，竭力抑制因惨不忍睹的场面所涌上喉咙的阵阵恶心。

贝蒂在阁楼上发现伤兵的证件，她从这些证件中得知，他是弗蒙特州第11志愿军D连的中尉亨利·比德尔，现年30岁。她很清楚应该把这位联邦政府军官的情况向南方邦联的军队报告。但是，她也明白自己不会那么做。她是这样向我解释的："我一直在想，他是不是在什么地方有一位妻子等着他。盼着他，可又毫无音信——就像我这样。对我来说，唯一重要的也是要做的事情，就是让她的丈夫重新回到她的身边。"

由于贝蒂的精心护理和照料，重新点燃了亨利·比德尔身上奄奄一息的生命火花。要说药品，她几乎一无所有，而且她又不愿从南方邦联医院里少得可怜的医院用品中去拿。但她还是尽其所有做了最大的努力。

当比德尔的体力有所恢复时，他给贝蒂讲起他在弗蒙特州韦斯·菲尔德的妻子和儿女。当贝蒂讲起她的两个兄弟和丈夫詹姆斯的情况时，比德尔也仔细地倾听着。贝蒂姨妈总是给我说："我知道他的妻子一定在为他祈祷，就像我为詹姆斯祈祷一样。真奇怪，我觉得我和他妻子之间的感情是多么接近。"

在山谷地带，10月的夜晚变得越来越冷。骤降的气温加剧了比德尔伤口的感染。在一个黑夜里，贝蒂果断地将比德尔搬到她自家暖烘烘的厨房上面的一个秘密阁楼上。

但在第二天，比德尔发起高烧来。贝蒂明白她必须求人帮助，否则他就会死去，所以她就去找她的私人医生、多年朋友——格雷厄姆·奥斯本。

奥斯本医生仔细地为比德尔做了检查，然后摇摇头说："几乎没什么希望了，除非能弄得到合适的药品。"

"那好，"贝蒂说，"我到哈珀斯渡口的北方军队那儿去弄。"

医生惊讶地看着她说："你简直是疯了！联邦政府军的司令部在20英里之外。即使你去了，他们也决不会相信你的话。"

“我要带上证据，”贝蒂说着，从阁楼上取下一份血迹斑斑的、上面盖有战时统帅部官方大印的证件，“这是他最后一次晋升的记录，我让他们看看这个，他们就一定会相信的。”

她叫医生列出了所需药品的清单。第二天清晨，她就揣着清单起程赶路了。

她赶着马车走了5小时，马要休息时她才停下来。当她终于赶到哈珀斯渡口并找到联邦军司令官时，太阳都快落山了。

约翰·D.史蒂文生将军听了她的叙述，仍不相信她的话。他说：“我们已经接到比德尔阵亡的消息。”

“他还活着，”贝蒂坚持说，“但是如果他得不到清单上的这些药品，他就活不了多久了。”

“好吧，”将军最后说，“我不想为了搞清这件事，而拿一个巡逻队的生命去冒险。”他转向一个下级军官说，“你负责让范·米特太太得到这些药品。”他并不怎么理会贝蒂的感谢，却说道，“不管你讲的是真是假，你都是一位勇敢的女性。”

有了贝蒂带回贝利维尔的药品，奥斯本医生将比德尔从垂危中拯救出来。10天以后，比德尔就能拄着贝蒂为他制作的拐杖一瘸一拐地走路了。

“我不能再这样连累你了，”比德尔对贝蒂说，“我现在身体状况已经够棒了，可以走了。我想尽早回去。”

于是他们作了安排。由贝蒂的邻居和朋友萨姆先生用他的运货马车送比德尔回驻守在哈珀斯渡口的联邦政府军司令部。

他们将贝蒂的马和萨姆先生的骡一起套上车。比德尔躺在一个装满干草的旧木箱里，他的步枪和拐杖就在身边。

那是一个迟缓和漫长的旅程，差一点功败垂成。在离联邦政府军防线仅有1小时的路程时，突然出现了两个骑马的人。一个人举着手枪，开口逼着要钱；另一个把萨姆先生从车上拉下来。贝蒂吓呆了，坐着一动也不敢动。就在这时，一声枪响，举手枪的歹徒应声倒地，一命呜呼。又一声枪响，另一个歹徒也倒地身亡。

是比德尔开的枪！贝蒂看着他放下步枪，掸掸头发里的干草。

“上车吧，萨姆先生，”他说道，“我们继续赶路吧！”

在哈珀斯渡口，联邦士兵们惊奇地盯着这位老农和这位年轻的女子看。当缺了一条腿的比德尔从装着干草的木箱里站起来时，他们更是惊愕不已了。

比德尔被送往华盛顿。在那里，他把自己的经历向战时陆军部长埃德温·M.

斯坦顿作了汇报。斯坦顿给贝蒂写了一封感谢信，并签署了一项命令，要求把詹姆斯·范·米特从战俘营中释放出来。但首先必须找到詹姆斯。经过安排，由比德尔陪同贝蒂，查找贝蒂的丈夫。

有关文件记载，有个叫做詹姆斯·范·米特的曾经被送到俄亥俄州的一个战俘营。可是，当那些衣衫褴褛的俘虏们被带到贝蒂面前时，詹姆斯却不在其中。接着又查了几个战俘营，结果也是一无所获。贝蒂担心自己的丈夫已经阵亡了，但她还是拼命地控制住这种令人战栗不已的恐惧感。

后来，在特拉华堡，在靠近一排战俘的末尾处，一个高个子的士兵从队伍中走出来，蹒跚着扑向贝蒂的怀里。贝蒂拥抱着他，泪流满面。

亨利·比德尔拄着拐杖站在一旁，此时，只见他正悄然垂泪……

（美国）贾莱斯·凯瑟·莱斯特

空投糖果

1948年6月24日，苏联决定封锁进入西柏林的水陆通道，要迫使美、英、法退出西柏林占领区，由苏方独占柏林。西方国家动用了全部空运力量，对柏林展开大规模空中运输。这是一次航空史上罕见的空运活动。长达11个月，250万西柏林居民，完全依赖飞机运来的粮、煤等必需品，熬过饥寒交迫的生活。在这11个月中，多少令人难忘的事发生了，这是其中的一件——

由于偶然的机会，在千钧一发的那几个星期里，有一个人比其他任何人都赢得了更多柏林市民的热爱，这就是27岁的哈弗森中尉。他在法兰克福郊外莱茵曼空军基地服役，在最初忙乱的日子里，跟其他任何飞行员没有什么不同：飞行、睡眠、再飞行。

当夜大部分时间，他都在执行飞行任务，不过在清早吃过早餐后，他前往谭贝霍夫。以前他驾机飞进柏林时，最使他感兴趣的是越过那些公寓楼房和极其陡峭的降落角度。哈弗森决心把降落情形摄入镜头，他徒步穿越纵横4公里的飞机场，手提照相机，对空拍摄俯冲降落的飞机。当他走近机场外围的高围栏，看到了围观的儿童——有十一二人，正在目不转睛地望着他。他们满是补丁的衣服和瘦削苍白的脸，几乎就是战后欧洲贫困的广告。

大一点的孩子正在学校里学英文，因此他们就结结巴巴地搭上了话。他问是不是觉得看飞机很好玩？孩子们迟疑地笑着说："我们整天看飞机。"

哈弗森在家乡时曾经和童子军在一起做过事，一直喜欢跟孩子接近。整个服役期间，他已习惯于孩子们紧盯着他，欢天喜地、吵吵闹闹地向他索要口香糖和其他糖果。而这群孩子很古怪，并没这样做。他们不知道会有什么甜头，也不期望得到什么甜头。

哈弗森口袋里只有两片口香糖。他拿出来把它分成四截，孩子们探头挤过来，脸上的表情显得"不敢相信，诚惶诚恐，简直像踏进了神仙世界"。那些无缘尝到口香糖的，只好舔包纸或闻闻香味聊以自慰。哈弗森心想，我只要花一点钱，就可以使这些孩子全都如登天堂了。

"明天再到这里来，"他说，"我的飞机过这时我会丢给你们一些口香糖和其他糖果，不过你们要答应平均分配。"

"但是我们怎么知道是你呢？"一个男孩问。

"注意机翼，"他告诉他们，"摆翼飞机就是我。"

回到莱茵曼，他几乎后悔许了这诺言。弄到些糖果不难，但是怎么投下？在一架C—54机上，唯一可以利用的出口是驾驶座后面25厘米宽的外倾斜槽，他能拿什么做降落伞呢？自然，任何这样的玩意儿都绝对违反空军规则。

他忽然有了主意。哈弗森要求他的副驾驶发誓严守秘密，然后回到宿舍，那里人有半袋手帕，是他买来应付伤风用的。

第二天他的飞机穿出谭贝霍夫上空的云层时，哈弗森看到那群孩子紧紧一团挤在铁丝网围栏边。他摆动机翼，然后一声令下，3块结成降落伞式样的手帕跟着从斜槽抛出，装的口香糖和其他糖果足够30个孩子分配。诺言已经实现，事情就此了结。

其实不然。实际上，这只是一个开端。一天又一天过去，那些孩子并没有走开，相反地，人数越来越多，最后竟有100多人紧靠铁丝网围栏，白费工夫伫望可以带来好消息的机翼摆动。这时哈弗森作了一个错误的判断："假使我再做一次空投，"他对自己说，"他们就会满足，然后散去。"

为了安抚他们，他无可奈何又做了两次空投，每次6块手帕结在一起。最后有一个下午，当他的飞机准备着陆时，雾气渐渐浸入谭贝霍夫机场，哈弗森心里大为宽慰。因为看不清机场的围界，他误以为孩子们已经不再在那里守候了。但当他下机后，在调度室里瞥了一眼柜台上好几扎用麻绳捆住的牛皮纸信封时，他惊得目瞪口呆。这全部是给他的信。

有些信封是用鲜艳的红色和绿色蜡笔写的，上面还有幼稚的素描，画出C—54机投下降落伞，附注“摆翼叔叔”或“巧克力飞行员”等字样。天哪，哈弗森魂不守舍地想，这一下可完了，说不定要受到军法审判呢。

果真不久就事发了。一天早上，大队长把他召去问他：“你这一向在干什么好事呀？”哈弗森很坦白：“像发了疯一样在飞行，上校。”他的长官火冒三丈：“喂，我可不是傻瓜——柏林报纸的第一版全都登出来了。你的糖几乎砸到一个记者的头啦！”火气稍退后，他接着说，“将军说，这事做得不错，你继续干吧。”

从那时起，空投糖果——不久就像雪球一样越滚越大了，有“零食作业”之称。哈弗森的手帕已经用光，但是忽然间他同单位的人都纷纷捐出他们自己的手帕和一盒盒糖果及口香糖。

一夕之间他变成了名人——不仅在德国，而且遍及美国各地。从洛杉矶到波士顿，广播电台纷纷响应他的义举——“请捐手帕”——不久哈弗森就每天收到5袋信件了。

据哈弗森回忆，这时谭贝霍夫机场周围已是“儿童满墙”。他们必须找些安全的空投地点，因此他单位里的每个人都打开舱门，分别就指定地点，从600米的高度展开空投——在“动物园”，在学校操场，在游乐场所。装糖果的厚纸板箱打开了，系着小降落伞的糖果犹如满天飞絮，冉冉飘落在公园和草地。

（美国）里查德·柯里尔

小男孩救大兵

1992年，我和丈夫随友谊交流团到德国，并相继在三个温馨美满的家庭里小住。最近，其中的一家来到衣阿华州我的家里做客。

我们的那家朋友，鲁梅尼德和托尼，住在德国鲁尔工业区的一个城市，那里“二战”期间曾遭到盟军猛烈的炮火袭击。他们在我家待了一个星期。有天晚上，任历史教员的丈夫想让他们谈谈“二战”期间在德国时的童年往事。鲁梅尼德就讲了这么一个催人泪下的故事。

战争结束前不久的一天，鲁梅尼德看到一架敌机被击落，机上两名军人被迫跳伞，和许多看到敌兵跳伞的好奇市民一样，11岁的鲁梅尼德跑到市区中心广场上看热闹。最终两名警察推推搡搡地押回两名英军战俘。他们得在广场等汽车来把战俘送到战俘营去。

围观的德国人一看到战俘，就愤怒地喊道：“杀死他们！干掉他们！”毫无疑问，他们想起了英军及其盟军对他们城市的恣意轰炸。围观的人并不乏出气的家伙——英国兵跳伞的当儿，好多人都在园子里干活，他们顺手操起干草叉、铁锨什么的就跑过来了。

鲁梅尼德望着两名英军战俘的脸，他们也就19或20岁的样子，看上去惊恐万状。两名旨在保护战俘的德国警察也难以挡住操着干草叉和铁锨的愤怒人群。

鲁梅尼德跑到战俘和人群之间，脸冲着人群，喊叫着让他们住手。人群不愿伤着这个小男孩，就稍稍后撤了一阵，就在这当儿，鲁梅尼德冲他们说道：“看看这些战俘。他们还只是孩子！他们和你们自己的孩子没什么两样。他们做的也正是你们的孩子正在做的——为各自的国家而战。要是你们的孩子在敌国中弹，做了战俘，你们也不想让那里的人们把他们杀掉。所以，请你们不要伤害这些孩子。”

人们听着，感到惊异，继而羞愧，最后一位妇女说道：“竟是个孩子告诉咱们什么是对的，什么是错的。”人群渐渐散开了。

鲁梅尼德永远也不会忘掉英军战俘脸上流露的宽慰和感激之情。他希望他们能长久而幸福地生活下去，他们也会终生铭记这个拯救了他们生命的小小男孩。

（美国）艾兰妮·麦克唐娜

不可亵渎事实

埃森·艾伦向波士顿一位先生借了60镑钱，那位先生派人带着欠条来收钱。艾伦手头不便，要求推迟还款日期。来人不同意，竟向法庭起诉，强行催收。艾伦找他的代理律师琼斯，介绍了事情原委，最后说：“现在我还没有钱还他，想请你把还债日期推迟一下，等我攒够了钱，我就把钱还给他。”

“没问题。”琼斯先生说。

等到开庭的时候，琼斯站在法庭上说：“尊敬的法官大人，我们对欠条上这个签名的真实性表示怀疑。”他知道，凭这个理由，法庭就得从波士顿传唤证人，这样艾伦就有时间准备还他的钱了。

不料，艾伦突然站起来，怒吼道：“琼斯先生，我不是雇你到这儿来撒谎的！这是一张真实的欠条！我签过字的——我可以发誓——我会还的！我并不是想要赖，但是时间不允许。我只是想让你说服法庭推迟还债的时间，并不是叫你来这里撒谎和蒙骗的！”

琼斯先生羞得满面通红，惭愧地离开了。但法庭最终还是同意把还款日期推迟。

爱的一课

拉丽莱晚年因战祸而家破人亡，卖掉了大房子，只留下偏处旧地产一隅的小茶室自住。

这件事发生时，拉丽莱正带着老家人，在伊豆山温泉旅行。有个17岁男孩在伊豆山投海自杀，被警察救起。他是个美国黑人与日本人的混血儿，愤世嫉俗，末路穷途。

拉丽莱到警察局要求和男孩见面，“孩子，”她说时，男孩扭过头去，不理她，拉丽莱用安详而柔和的语调说下去，“孩子，你可知道，你生来是要为这个世界做些除了你没人能办到的事吗？”

拉丽莱反复地说了好几次，男孩突然回过头来，说道：“你说的是像我这样一个黑人？连父母都没有的孩子？”

拉丽莱不慌不忙地回答：“对，正因为你肤色是黑人，正因为你没有父母，所以你能做些了不起的事情。”

孩子冷笑道："哼，当然啦！你想我会相信这一套？"

"跟我来，我让你自己瞧。"她说。

"老糊涂……"孩子嘴硬腿不硬，还是跟着走了出来，他当然不愿意留在警察局，但也别无去处。

拉丽莱把他带回小茶室，叫他在菜园里打杂。虽然生活清苦，她对男孩却爱护备至。

为了让他培植些有用的东西，拉丽莱给了他一些生长迅速的菜卜种。10天后萝卜发芽长叶，男孩得意地吹着口哨。萝卜熟了，拉丽莱把萝卜腌得可口，给男孩吃。

后来男孩用竹子自制了一支横笛，吹奏自娱，拉丽莱听了也很愉快，赞道："除了你还没有人为我吹过笛子，真好听。"

男孩似乎渐渐有了生气，拉丽莱便把他送到高中念书。在求学那四年，他继续在茶室园内种菜，也帮拉丽莱做点零活。

高中毕业，男孩白天在地下铁道工地做工，晚上在夜校深造。毕业后，在盲人学校任教。

"现在，我已想念真有别人不能只有我才能做的事情了。"男孩对拉丽莱说。

"你瞧，对吧？"拉丽莱说，"只有真正了解别人痛苦的人，才能为别人做美妙的事。"

男孩心悦诚服地点点头。

拉丽莱说："尽量让那些不幸的人知道活着的快乐，等到你从他们脸上看到感激的光辉，那时候，即使像我们这样，对生活不满而又厌倦了的人，也会感到有了活下去的意义。"

共同的信赖

心理学教授恩科带着一群学生做实验。他先让同学们面朝他站成两排横队，然后命令后一排的同学做好救助准备，待他喊了"开始"之后，前一排同学就往后一排相对位置的同学身上倒，他说："前面的同学别有顾虑，要尽力往后倒。好，开始！"

前排的同学们嘻嘻哈哈地笑着，按照恩科教授的指令，身子一点点向后倾斜，但是，大家明显地暗自掌握着身体的平衡，并不肯把好端端的自我撂倒到后面那个人的身上；后排的同学本来已经拉开了架势，预备扮演一回救人危难的英雄角色，但是，由于前面送过来的重量太轻，他们也只好扫兴地用手轻触了一下别人的衣服就算完事。

可是，这里面有个例外——一位男生在听到恩科教授的指令之后，紧紧地闭上了双眼，十分真实地向后面倒去。他的搭档是一位小巧玲珑的女生。当她感到他毫不掺假地倒过来时，先是微微一怔，接着就倾尽全力去抱住他。看得出，她有些力不自胜，但却倔犟地抿紧了双唇，誓死也要撑起他……

她成功了。

恩科教授笑着去握他和她的手，告诉大家说："他俩是这次实验中表现最为出色的人。这位男生为大家表演了'信赖'——信赖是什么呢？信赖就是真诚地抽干心里的每一丝猜疑和顾忌，连眼睛都让它暂时歇息，百分之百地交出自己。这名女生为大家表演的则是'值得信赖'——值得信赖其实是信赖催开的一朵花，如果信赖的春风吝于吹送，那么，这朵花就有可能遗憾地夭折在花苞之中，永远也休想获取绽放的权利；当然，如果信赖的春风吹得温暖，吹得和畅，那么，被信赖的人就被注入了一种神奇的力量——就像你们看到的那样，一个弱不禁风的女生可以扶起一个虎背熊腰的男生，一只充满了爱意的手可以托举起一个美丽多彩的世界。同学们，值得信赖是幸福的，而信赖他人是高尚的。让我们先试着做高尚的人，然后再去做幸福的人吧。"

一个老报人的故事

纽约城的老报人协会定期聚餐，席间大家常常讲些往事助兴，让思绪饱和些甜蜜的辛酸。这天，老报人威廉·比尔先生——这个协会的副主席——讲了一段自己的经历。

比尔十岁那年，妈妈死了；接着，爸爸也死了，留下了七个孤儿——五个男孩两个女孩。一个穷亲戚收留了比尔，其他几个则进了孤儿院。

比尔靠卖报养活自己。那年月，报童有菜园里的蚂蚁那么多，瘦小个子的便不容易争到地盘。比尔常常是拳头挨够，苦头吃尽。从炎热的夏日，到冰封的隆冬，比尔在人行道上叫卖；比这多得多的，是世态的炎凉。比尔小小年纪，已学会愤世嫉俗。

一个暮春的下午，一辆电车拐过街角停下，比尔迎上去透过车窗卖了几份报。车正在起动的时候，一个胖男子站在车尾踏板上说：

“卖报的，两份！”

比尔迎上前去丢上两份报。

车开动了，那胖男子举起一枚一角的硬币只管笑。

比尔追着说：“先生，给钱。”

“你跳上踏板，我给一毛。”他哈哈笑着，把那枚硬币在两个掌心里搓着。车子越来越快。

比尔把一袋报纸从腋下转到肩上，纵身一跃想跨上踏板，却一滑脚仰天摔倒。他正要爬起，后边一辆马车“吱”的一声擦着他停下。

车上一个拿着一束玫瑰花的妇人，眼里噙着泪花，冲着电车骂粗话：“这该死的灭绝人性的东西，宰了他！”然后又俯身对比尔说，“孩子，我都看见了。你在这儿等着，我就回来。”随即对马车夫说，“马克，追上去，宰了他！”

比尔爬起来，擦干眼泪，认出拿玫瑰的妇人就是电影海报上画着的大明星梅欧文小姐。

十来分钟后，马车转回来了，女明星招呼比尔上了车，对马车夫说：“马克，给他讲讲你都干了些什么。”

“我一把揪住了那家伙，”马克咬牙说，“左右开弓把他俩眼揍了个乌青，又往他太阳穴补了一拳。报钱也追回来了。”说着，把一枚硬币放在比尔的手中。

“孩子，你听我说，”梅欧文小姐对比尔说，“你不要碰到这种坏蛋就把人都看坏了。世上坏蛋是不少，但大多数都是好人——像你，像我，我们都是好人，是不是？”

好多年后，比尔又一次品味马克痛快的描述时，猛然怀疑起来：只那么一会儿，来得及追着那家伙，还痛痛快快揍一顿吗？

不错，马车甚至连电车的影子也没追着，它在前面街角拐个弯，掉过头，便又径直向孩子赶来，向一颗受了伤充满恨的心赶来。而马克那想象丰富的虚伪描述，倒也真不失为一剂安慰小心灵的良药，让小比尔觉得人间还有正义，还有爱。

比尔后来还经历过千万种辛苦。他没有正规上过学，只凭自学当了记者，又成了编辑，还赢得了新闻界的声誉。他的弟弟妹妹们后来也团聚了。

比尔向他的老报人同仁说："谢谢上帝，艰难困苦是好东西，我感激它。不过我更要感激梅欧文小姐，感激她那天的火气、她眼里的泪花和她手中的玫瑰。靠了这些，我才没有沉沦，一味地把世界连同自己恨死。"

（美国）F.奥斯勒

汽车站上的新起点

那是个隆冬腊月的下午，我独自一人向汽车站走去。早在一小时前。我所有的伙伴都放学回去了，但我却因为西班牙语课迟到，不得不在别人走后留下。

"这太不公平了。"我愤愤地自语，对惩罚我的老师充满了怨恨。还有，上次数学测验不及格，同样也不是我的过错。我觉得：这世界恨我，我反过来也恨这个世界。

信心是人们在教堂里谈论的字眼，但它对我有何作用？我感到困惑，抬脚将一个空啤酒罐踢过泥泞的街面。"信心对他们又有何帮助？"我注视着从有色人居住区窗口探出的每个游民身影，痴痴地想着。信心到底给所有人带来了什么？

我曾经对信心做过尝试，自信能胜任拉拉队长，但没有成功，他们根本不考虑我。信心对我作用何在？当我想起我的男友，更觉得这个世界在跟我作对——两天前，他殷勤地帮一个女孩把书往抽屉里搬。

"你想看什么电影？"他傻笑着问那女孩。以前我一直以为这表情只属于我。

"噢，我说不好。"她咯咯地乐着，当我从他们身边走过时，她正抖动着满头的金发。

真有意思，三天前，我也是这样回答他的。想着想着，一股愤怒之情油然而生。

离车站还很远，我沿着人行道疲惫地走着。

"老师有什么权力布置家庭作业？"我扪心自问，我憎恶拿在手里的这些课本，这些书我已勉强读了一年了。

到了车站，我把书丢在身边的公共长椅上诅咒起冰冷的天气。不一会，又来了位妇女，嘴里哼着一首欢快的乐曲。我苦笑了一下，今天的遭遇全齐了——我又碰到了一位汽车站上的疯女人。

“你在街那头上学吗？”她问我，嫣然的一笑，露出满脸的皱纹。

“嗯。”我不想和她啰唆，只应了一声。出于好奇，我上下打量起她。

她是一位体格健壮的中年妇女，虽说看上去神采奕奕，但穿着破旧，也不合体。手里拎着一只浅蓝色的大塑料袋，很像我小时候背的书包，里面塞满了各种古怪的东西。她注意到我对袋子发生兴趣，便将手伸进去，“这是我从那幢公寓后面捡的。”她说。

她显得很健谈。“你是个可爱的小姑娘。”我往椅子边上挪了挪，有些窘怯。

“谢谢！”我笑着答道，接着便整理我自己的书。

“记得在中学的时候，”她笑着说，“我非常想当护士，我曾经把书拿回家每天晚上苦读，梦想有一天能帮助人们。当然，我一直很清楚，像我这样的黑姑娘成为护士的希望很小，不过你知道，我还是当上了护士。”她满意地看着我，我发现自己也正注视着她。

“后来有一天，妈妈得了重病，我是家里的老大，只好回家照顾妹妹们。过了一个长长的严冬，到了春天，妈妈去世了。”她说着，仍在微笑。

“对不起！”我说，意指她母亲的死。

“不，”她笑得更响了，“妈妈常教我要有信心，我想上帝会照顾她的。不管怎样，我的命还不坏。我有个儿子，想当医生，这不就很好了吗？他是个好孩子，从不伤害别人。他靠助学金上大学，打算当医生。”我们相视而笑。

“他多想让他母亲自豪，可他得了白血病，医生大概能治好他。真是个好孩子，我每时每刻都在为他祝福，我相信奇迹会出现的。”她微笑着，这微笑把我深深地迷住了。

“你真漂亮，又年轻，看见你拿的书，我觉得你像个非常聪明的孩子。”她说什么倒无所谓，只是她对我说话的神情和那灼热的目光，以前我从来没有见到过。

在学校，我成绩平庸，屡次给自己丢脸，老师不满，同学讨厌。生物考试作弊被抓住，大家更是讥笑我，我也试图嘲笑自己，但结果却痛哭一场。

而在这儿——辛辛那提市中心的寒冷天里，一个陌生的、我自以为比我不幸得多的人，向我微笑，我感到一阵温暖。

汽车缓缓驶来。“我要上车了。”我嘴上这么说，身子却没动。

“生活多美！”她说着，将手放在我的手上，“我愿你找到属于你的一切。”

我上了车，心里充满了快乐，再也不觉得前面的路长，因为还有更远的路等着我。

天空飘起雪花，我看得入了神，多美啊！车外，孩子们在沿途的人行道上欢快地嬉戏，伸出舌头，接落下的雪花，他们同样很可爱。

我低头看着书包中的书，打开一本，“曾有一度，”书中写道，“主要科学领域彼此各有区分，但现在，这些界限已不复存在。”我读着，不是因为学习任务，也不是讨父母欢心，而是心里要读。

直到今天，我仍忘不了那位妇女脸上的光彩，更忘不了她赋予我的信心。如今，我走在鲜花铺成的路上。就是说，从那寒冷的下午起到现在，我已学到了和那天同样多的知识。我希望那位妇女能了解她给我的鼓舞，但我相信，她一定会知道的。

（美国）梅里莎·达奇

葡萄熟了

阿尔福雷德17岁那年在一次事故中双目失明了。此前，他是大学里的高才生，是校队出色的棒球手，是女生们青睐的美少年。可是，这一切都随着突如其来的黑暗消失了。他无法面对这样的打击，他将自己封闭在屋子里，拒绝与外界往来。

阿尔福雷德住在格拉夫的教母知道他的近况后，立即邀请他到乡下来散心。

格拉夫是法国著名的葡萄酒产区，阿尔福雷德的教母就住在一大片葡萄园边上。到格拉夫后，阿尔福雷德的心境并没有随着田园风景转好。他每天都独自闷闷不乐地窝在教母家门口的躺椅里。一个礼拜六的午后，正当阿尔福雷德昏昏欲睡时，一个稚气的女声在他身后响起：“嗨，你好，你就是那个新来的英国人吗？你真的什么也看不见？”阿尔福雷德没有吭声，每当有人向他问起这些，他的心里都会划过一种难言的刺痛，因为他能想到问话人那种无济于事的怜悯——哦，瞧他，真不幸！

但这次有点出乎意料，他听到轻微的脚步声走近了。接着，一只小手抓住他，又是那个稚嫩的声音：“来，用手摸摸我的脸，这样就能知道我的模样了。”他的手被那只柔软的小手拉着轻轻按在了一张小脸上，能感觉出柔软的皮肤，圆圆的鼻子，还有，睫毛有点长，头发是蓬松的。阿尔福雷德不由问道：“告诉我，你是谁呢？”“我是黛尔。”那个声音回答说。

黛尔是教母邻居家的小女儿，刚满9岁，她父母经营着一个历史悠久的葡萄酒庄园。大概村子附近没有跟黛尔年龄相仿的玩伴，所以孤单的小女孩就瞄上了阿尔福雷德。起初，阿尔福雷德并不想跟黛尔有什么来往，因为生活已经让他够心烦的了。可黛尔并不在意他的冷淡，她总是“一相情愿”地缠着他。

一天，黛尔用带点讨好的口气对阿尔福雷德说：“我带你到我家的葡萄园里去玩好不好？”

阿尔福雷德生硬地拒绝道：“不行。”“为什么呢？那里可漂亮了，葡萄已经熟了。”黛尔不解地问。阿尔福雷德才不管那里怎么样呢，他粗暴地打断她：“我是个瞎子，我又看不见什么鬼葡萄！”

黛尔细声细气地说：“可是，可是我不是带你去看葡萄呀，你可以用手触摸，用鼻子闻，用嘴巴尝，还可以用耳朵……”

“耳朵怎么啦？”

“耳朵可以听见早晨的露水从葡萄叶子上落地的声音，很小的声音，用心才能听见。” 是啊，即便看不到美丽的景致，还有心可以去聆听，去感觉啊，阿尔福雷德慢慢伸出他的手，在黛尔的牵引下向葡萄园走去。

生活的滋味果真不是单凭眼睛去发现的，整个夏天，经常可以看到阿尔福雷德和黛尔在葡萄园的身影。漫山遍野种植着许多酿酒的优质葡萄，出身葡萄酒世家的黛尔引着阿尔福雷德尝遍了园子里的葡萄，娓娓地告诉他每一款葡萄的名字：梅乐、解百纳、品丽珠、赤霞珠、苏蔚浓、白麝香等，有时，小女孩还调皮地跑来跑去，摘一些葡萄放在他嘴里，让他猜那些葡萄的名字，这似乎成了他们闲逛时的一件乐事。

收获葡萄的时节到来了，村里人按传统要开启陈年的葡萄酒庆贺。在这个热闹的宴会上，热情善良的葡萄园主把第一杯酒献给了阿尔福雷德，他小心地啜了一小口，咂了咂嘴，随兴说道：“我感觉大概有一半比例的赤霞珠葡萄、三成的梅乐葡萄和两成左右的品丽珠葡萄，还有点醋栗的味道。”

听了他的话，葡萄园主愣住了，因为他竟准确说出了那种葡萄酒的配方。过了片刻，又有一位客人换上另外一种酒请阿尔福雷德品尝，他依然准确说出了酿酒葡萄的比例。客人们接二连三地递给阿尔福雷德不同的葡萄酒，他居然屡试不爽。

这真是个奇迹，连阿尔福雷德自己也惊奇不已，但坐在一旁的黛尔并不感到特别，她明白其中的奥秘。小女孩不动声色地将自己面前的一小杯酒递给阿尔福雷德说："你可不可以告诉我这杯酒里有些什么呢？"

阿尔福雷德抿了一口，皱了皱眉头，又尝了一小口，然后笑着说道："哦，由精选的苏蔚浓和白麝香葡萄合成的干白，这是你们庄园最好的酒，不过，恐怕有人刚才私下加了一点没有成熟的新鲜塞蜜容葡萄汁，百分之八的比例。"黛尔顽皮地笑出声，她凑到阿尔福雷德耳朵边嘀咕道："这是我们的酒，是我们的秘密，只有你能尝出来。"

冬天来临的时候，阿尔福雷德离开了格拉夫，他已经不再是那个因失明而变得阴郁乖戾的小伙子了，生活对于他有了新的目标，而这些全都依赖一个9岁的小女孩所赐。

回到英国后，阿尔福雷德很快在英国的品酒师圈里崭露头角。一个品酒师通常是用舌头判定味道，用鼻子品评芳香，用眼睛观察色泽，而阿尔福雷德却是用心，他不仅用心品出了酒的味道，而且用心品出了酒的色泽芳香，更重要的是，他用心品出了酒的质地，体会到了酒的境界和韵感。时光流转，他以出神入化的品酒技能逐渐成为声名远播的顶级品酒大师，许多新款葡萄酒一经他鉴定都销路大开。

十多年过去，阿尔福雷德步入中年，在伦敦拥有了自己的葡萄酒鉴定公司。

一天，一位年轻的法国游客来到阿尔福雷德的公司，她还带着一款新制的葡萄酒，她坚持请阿尔福雷德本人鉴定。在二楼安静的品酒屋，阿尔福雷德将杯子里的酒放近鼻子嗅嗅，然后抿了一小口，他怔了怔，随即微笑道："由精选的苏蔚浓和白麝香合成，来自我一个朋友的葡萄酒庄园，而且还私下加了点新鲜的塞蜜容葡萄汁，百分之八的比例。这一次葡萄熟了，我想她也长大了。"来客爽朗大笑着拉住阿尔福雷德的手，像好多年以前那样抚在她的脸上——葡萄熟了，带着年轻稳定的柔顺气息。小女孩已经长大成人了，脸上还泛着阿尔福雷德看不见的羞涩红润。

把不幸当做快乐的起点

那年的圣诞前夜是个星期天，因此，往常周日晚在教堂聚会的年轻人打算好好庆祝一下。早礼拜以后，有个妇女恳求罗伯特·J.迈克米伦晚上开车带她的两个十来岁的女儿去教堂。

那个妇女离异了，丈夫移居别处。她不喜欢晚上开车——尤其是那天晚上还可能雪雨交加。

迈克米伦于是答应了。

当晚他们开车去教堂，两个女孩子坐在迈克米伦的身旁。

车开上一个高坡，迈克米伦看到前面不远的立交桥那里许多车撞在一起。因为路面结冰，非常滑，车轮无法刹住，猛地撞到一辆小车的后部。

迈克米伦身边的一个女孩尖叫了一声。

“噢，多娜！”迈克米伦回过头去看那个坐在窗边的女孩子怎么样了。当时车内还没有时兴装配安全带。所以她的脸部撞到了风挡玻璃上，落回座位时，锋利的玻璃碎片在她左颊留下两道深深的伤口，血如泉涌，可怕极了。

所幸这辆车里有急救包，于是用纱布止住多娜的流血。前来调查的交警说事故难以避免，不是迈克米伦的责任。可迈克米伦仍然内疚不安——一个如花似玉的少女脸上将要带着疤痕过一辈子，而且这可能还是因为自己的缘故。

多娜很快被送到医院急诊室里，医生开始为她缝合脸上的伤口。过了好久，迈克米伦担心会出什么事，就问一位护士，手术怎么现在还没有结束。护士说，当班的医生恰好是个整形的外科大夫，他缝合细密，很费时间。这样伤痕就会很细微。

迈克米伦害怕去探望住院的多娜，担心她会怒气冲冲地责骂自己。因为是圣诞节，医生们把病人送回家，有些可做可不做的手术也给推迟了。所以多娜病房所在的楼层里并没有多少病人。迈克米伦问一位护士多娜的情况怎样。护士微笑着说，多娜恢复得挺好。实际上，她就像一束亮丽的阳光。多娜看起来很高兴，对医治、护理方面问这问那。护士向迈克米伦透露说，病人不多，她们有自己支配的时间，经常找借口到多娜的病房里和她聊天。

迈克米伦对多娜说，发生的一切让自己心中非常不安和歉疚。她打住迈克米伦的道歉，说可以用化妆品遮住疤痕。接着她开始兴高采烈地描述护士们的工作和她们的想法。护士们围在床头，微笑着。多娜看起来很愉快。她是第一次住院，周围的一切引起了她的极大兴趣。

后来，多娜在学校里成了大家瞩目的中心，她一遍遍地讲述事故的经过和她在医院的经历。

多娜的母亲和姐姐并没有因此而责怪迈克米伦，反倒感谢他那晚对姐妹俩的照顾。至于多娜，她并没有毁容，而且化妆品确实差不多弥盖了她的疤痕。这让迈克米伦感到好受了些，但他仍难以抑制心中的刺痛——这么美丽可爱的少女，脸上却有疤痕。

一年后，迈克米伦移居另一个城市，从此和多娜一家失去了联系。

15年以后，那个教堂邀请迈克米伦去做一系列的礼拜活动。临结束的那晚，他忽然看到多娜的母亲站在人群中等着和他告别。

迈克米伦蓦地战栗起来，想起车祸、鲜血和伤疤。

多娜的母亲笑容可掬地站到迈克米伦面前。当她问他知不知道多娜现在怎么样了时，她几乎开怀大笑起来。

“不，我不知道多娜怎么样了。”

“那你记不记得多娜住院时对护士的工作极感兴趣？”

“是的，印象很深刻。”

多娜的母亲接着说：“嗯，多娜打算做一名护士。她接受培训，并以优异成绩毕业，在一家医院找了份不错的工作，结识了一位年轻的医生并相爱结婚。婚姻很美满，现在已有了两个漂亮可爱的孩子了。多娜告诉我不要忘了向您提起那次车祸是她一生中最大的幸事！”

世界最大的黑钻石

数年前一个北风怒吼的冬夜。在比利时安特卫普附近的萧顿镇，年届50的荷兰钻石琢磨师富力克·范纳斯和他太太汀尼姬刚要就寝，门铃忽然响了。来访的是一位钻石业同行。“我一定要立刻见到你。”他兴奋得连连喘气，“你看我这块是什么？”他从口袋里掏出一块黑黝黝的东西。那是一块巨型的黑钻石原石。“我刚把它买进，重量是125克拉。我有预感，这块黑石里面藏着一颗价值连城的白钻石。”

来客买下这块原石并未付出高价，因为卖家认为它只适合制造工业用的钻石粉。“你的经验比我多得多。”来客对富力克说，“如果你愿意合作，我出原石，你负责琢磨，将来我们平分利润。”

富力克没有立刻答复，因为他向来做事谨慎。他首先问自己，每日在安特卫普一家大钻石琢磨公司上班之后，是否还有余力做这件额外工作？不过，当时钻石生意并不很好，他常有余暇可以利用。他望了一望太太的眼色，然后转身对来客说：“好！我答应与你合作。”

“结果，”身材健硕的富力克事后回忆说：“这件工作竟成了我一生中最艰巨的任务。那块原石无论用什么方法都难以琢磨。”为了察看里面的较深层次，一定要在表面磨出一个小平面，等于开一个小窗。通常，琢磨钻石只是一种例行工作，但开这个小窗却花了一个星期。接着他又愁眉苦脸地说：“我看不到有白钻石的任何痕迹。进入石内的光线完全被黑暗的内部吸收了。”

富力克的那位朋友对这块黑石失去了兴趣，深信它至多不过值8750法郎（约折合233美元），与他付出的代价大致相等。“那就算了吧！”他对富力克说。“可是，”富力克说，“我心里却有一种难以压抑的愿望，很想把这块顽固的原石琢成一样东西。”

琢磨钻石要把原石固定在一个杯形托上，用钳子夹紧，然后抵在磨轮上去磨。磨轮是一个铸铁圆片，蘸上橄榄油和钻石粉，每分钟转动约3000转。只有顺着钻石的纹路抵在磨轮上去磨，才可以把它磨光。做首饰用的钻石，都是单一的纯碳结晶体，琢磨比较容易，但是这块非洲扎伊尔产的黑钻石却是由很多细小结晶体聚结而成的。它的纹路散漫杂乱，很多纹路的走向不同，甚至方向相反。

在经历许多世纪的钻石琢磨史上，从没有人尝试过将一块由很多小结晶体构成的原石打磨。但富力克试图琢磨这块结构极不规则的原石的愿望，却一天比一天增强。

他常一连好几个钟头躲在工作室里，和他所说的那个“难以对付的黑魔”搏斗。他有时感到失望，但是后来，必能“把这块怪石琢成一件华美宝物”的信心，增强了他的力量，使他能继续工作下去。他说：“自年轻时起，我就佩服那些排除万难、勇往直前的人，他们追求别人认为不可能达到的目标，例如攀登埃弗勒斯峰，潜入海底深处，或是在月球上漫步。对我而言，这块黑钻石就等于是我的月球，我一定要征服！”

他的工作进度慢得像蜗牛，因为他知道，在迅速旋转的磨轮上，一点小小的错误也会导致整块原石破碎。他要把这块原石磨成传统57个平面的目标，这时已隐隐若现。由于向内伸展的结晶体向四面散开，因此他必须分别为每一个磨面找到正确角度。而且，因为石质太硬，每次只能磨光一个平面的极小部分，所以，他对原石每一处所施用的压力都大不相同。他用了3个月的时间，才把石上最大的一个平面磨好。

他常把这块宝石带回家去，给汀尼姬看他的工作进度，而他的这项工作也成了她最关心的事情。到了1980年，也就是他开始工作两年之后，汀尼姬遽然病逝，但富力克仍然继续努力不辍。“如果不是为了这块宝石，我早就完全垮了。”他承认说，“汀尼姬在天有灵，她也一定会要我继续进行下去的。”

这样又孜孜不倦地工作了一年。最后，富力克认为他的使命已经完成了。“当我完成了第57面的磨光工作时，”他说，“我觉得我已经达到了一生事业的巅峰。”

一直等到他把那颗光芒四射的黑钻石带回家后，他才想到这颗钻石的前途。“我的脑子里从来没有过拿它来赚钱的念头。”他说道。不过，现在他却渴望把他的杰作公之于世。他把这件瑰宝交给一位钻石经纪人，请他拿去给别人参观，看看有没有买主。出乎富力克意料之外，竟然没有人对它有兴趣。过了几年，连经纪人也放弃了希望，把它归还原主。富力克把这颗心爱的宝石放进银行保险箱里，偶然到那里把它拿出来抚玩几分钟，然后又放回保险箱去。

富力克于1928年在阿姆斯特丹出生，17岁就决定继承他曾祖父、祖父和父亲的衣钵，成为一个钻石琢磨师。他先随父亲习技，后在著名的阿姆斯特丹钻石学校深造，而于1949年在一家大钻石工厂找到第一份工作。他只工作了几个月，就被征召入伍，到1951年退役后才回到该钻石工厂做工。但两年之后，钻石业遭受严重不景气的打击，他乃宣告失业。

后来，他在邮政局找到一份低级的拣邮包工作。由于他工作勤奋，态度好，终于被擢升为邮件运送员。这时，他的前途似乎一片光明。

1958年的一天，富力克偶然遇到曾经随他学习打磨钻石的一位青年。这位青年谈到自己在安特卫普工作，并对富力克放弃本行感到惊讶。终于，深藏在他心里的回复本行的愿望使他再也无法忍受。于是在那永远难忘的1958年10月，他毅然登上了前往安特卫普的火车，几星期后，他重新回到磨钻石的机器旁边工作，而且一干就干了25年。

他的技术不久就为这一行里人所共知。1965年他成为老板，并有近20个打磨师傅为他工作。但到60年代末，由于生意萧条，他便放弃了自己的业务，受聘到安特卫普一家公司担任钻石打磨师傅的领班。他就是在这家工厂中打磨那颗黑钻石的。

1986年1月，即他的杰作存放在银行保险箱5年之后，他在街上偶然遇到那个以前的学徒。那位年轻人说：“我想，有一个人对你那颗钻石会有兴趣。他是个专买有色钻石的人。”

巴卜·韩德里克森也是一位钻石琢磨师，他一见到那颗黑钻石，就掩饰不住他的喜悦之情。“我好像触了电似的。”他说，“我一生经手过无数钻石，但从来没见过42.27克拉这么大的！只有像我这样的内行人，才能充分欣赏富力克的这件惊人杰作。如果是我的话，恐怕奋斗了几星期而无结果就会放弃，但是富力克却继续努力，摸着那块石头说‘我爱你’。这就是他成功的秘诀。我要买下这件瑰宝。”

富力克的第二个妻子嘉丽，永远也忘不了她丈夫和韩德里克森当时的情景。“他们俩人都流着眼泪。”她说，“富力克是因为把宝石转让给了别人而悲伤流泪，韩德里克森是因为做了宝石的新主人而喜极落泪。”

韩德里克森为这颗举世无双的宝石命名为“林布兰”，以纪念荷兰那位借着辛勤劳动而创造出许多艺术杰作的大画家。“林布兰”黑钻石于1986年6月2日在韩德里森的钻石店亮相。在一个喜气洋洋的开幕典礼中，他把这颗世界最大的黑钻石介绍给公众和新闻界。

那颗黑钻石高贵地放置在白丝绒垫上，闪烁着暗沉的神秘光芒。它因为购有数百万美元的保险，并由防弹玻璃罩着，周围还有电子防盗警钟，因此人们一直纷纷猜测它的商业价值。世界上与它大小最接近的两颗黑钻石，分别是荷兰的重33.74克拉的“阿姆斯特丹”和美国的重28.5克拉的“斯蒂克斯河”（此钻石于1958年被盗，迄今仍无下落）。这两颗黑钻石都价值数百万美元。不过，价值只是理论上的问题，因为韩德里克森不会卖掉他的宝物。

“林布兰”一举闻名于世，使它的主人和创造人都大为惊愕。韩德里克森说：“来自各大洲的客人，纷纷拥到我的店里参观。”全世界对富力克的非凡成就都一致赞扬，但对富力克本人来说，最高的夸奖却是来自他93岁的老父。“孩子，我为你而感到自豪！”这位退休的钻石琢磨师说，“你做了一件前所未有的事，一件非常了不起的事，它为我们这一行业带来了殊荣。”

富力克是否发了财呢？“我对所收到的回报很满意，”他充满神秘地回答说，“最重要的是我已成为世界上最快乐的人，而且自从完成琢磨这颗钻石之后，就一直有这种感觉。我没有逃避艰苦的奋斗。我坚持不懈，而且终于胜利了。没有什么比这个更令我心满意足。”

富力克的生活方式并没改变。现在一年之中，他会驾驶旅行露营车带嘉丽去度假数次。“我们旅行时交了很多朋友，”富力克说，“如果你诚实可靠而又有容人之量，人们就会对你推心置腹。我从琢磨钻石的工作中也学到了这个秘诀，它从不令我失望。”

距　离

25岁的时候，我因失业而挨饿，以前在君士坦丁堡，在巴黎，在罗马，都尝过贫穷和挨饿的滋味。然而，在这个纽约城，处处充溢着豪华气息，尤其使我觉得失业的可悲。

我不知道有什么办法能改变这种局面，因为我胜任的工作非常有限。我能写文章，但不会用英文写作。白天就在马路上东奔西走，目的倒不是为了锻炼身体，因为这是躲避房东讨债的最好办法。

一天，我在42号街碰见一位金发碧眼的大高个儿，立刻认出他是俄国的名歌唱家夏里宾先生。记得我小时候，常常在莫斯科帝国剧院的门口，排在观众的行列中间，等待好久之后，方能购得一张票子，去欣赏这位先生的艺术。后来我在巴黎当新闻记者，曾经去访问过他。我以为他当时是不会认识我的，然而他却还记得我的名字。

“很忙吗？”他问我。

我含糊回答了他，我想他已一眼看出了我的境遇。

“我住的旅馆在第103号街，百老汇那边，跟我一同走过去，好不好？”他问我。

走过去？其时是中午，我已走了5小时的马路了。

“但是，夏里宾先生，还要走60个街口，路不近呢。”

“胡说，”他笑着说，“只有5个街口。”

“5个街口？”我觉得很诧异。

“是的，”他说，“但我不是说到我的旅馆，而是到第6号街的一家射击游艺场。”

这有些答非所问，但我却顺从地跟着他走。一下子就到了射击游艺场的门口，看到两名水兵好几次都打不中目标。然后我们继续前进。

“现在，”夏里宾说，“只有11个街口了。”

我摇了摇头。

不多一会，走到卡纳奇大戏院。夏里宾说，他要看看那些购买月戏票子的观众究竟是什么样子。几分钟之后，我们重又前进。

“现在，”夏里宾愉快地说，“咱们离中央公园的动物园只有5个街口了，动物园里有一只猩猩，它的脸很像我所认识的唱次中音的朋友。我们去看看那只猩猩。”

又走了12个街口，已经回到百老汇路，我们在一家小吃店面前停了下来。橱窗里放着一坛咸萝卜。夏里宾奉医生的医嘱不能吃咸菜，因此他只能隔窗望了望。

“这东西不坏呢。”他说，“它使我想起了我的青年时期。”

我走了许多路，原该筋疲力尽的了。可是奇怪得很，今天反而比往常好些。这样忽断忽续地走着，走到夏里宾住的旅馆的时候，他满意地笑着：

“并不太远吧？现在让我们来吃中饭。”

在那满意的午餐之前，夏里宾给我解释要我走这许多路的理由。

“今天的走路，你可以常常记在心里。”这位大音乐家庄严地说，“这是生活艺术的一个教训：你与你的目标之间无论有怎样遥远的距离，都不要担心。把你的精神常常集中在5个街口的短短距离，别让那遥远的未来使你烦闷异常。常常注意于未来24小时内使你觉得有趣的小玩意。”

屈指到今，已经19年了，夏里宾也已长辞人世。我们共同走过马路的那一天永远值得我纪念。因为尽管那些马路如今大都已经变了样子，可是夏里宾的实用哲学，有好多次都解决了我的难题。

（美国）雷因

失败只是暂时的

你若今日造访我在加州的办公室，你会注意到房间的另一边摆置着一片美丽的旧式西班牙花砖，以及红木制的小吧台（过去药店里常用来贩卖冷饮的那种吧台），外加9把皮面的高脚椅，不寻常吧？这些皮椅若能说话，它们会告诉你，我也曾有过一段低潮沮丧的日子。

那时二次世界大战刚结束，经济十分低迷，工作机会难求。我丈夫鲍比原本向人借钱买了间小型的干洗店，收入还足够养活一家四口，以及应付汽车、房屋等贷款。后来由于经济萧条，我们的经济一下子陷入了拮据的状态。

我想赚钱贴补家用，但我既没上过大学，也没有特殊才能，实在不知道做什么，这时我突然想到高中的英文老师，她鼓励我往新闻报道方面发展，并指派我担任校刊的编辑，我自忖：“我可以为本地小型的周报写些《购物指南》之类的专栏，来赚些稿费偿付贷款。”

当时我们把车卖了，更花不起钱请保姆，所以我把两个孩子放在一辆摇摇欲坠的婴儿车里，后面绑个大枕头，一路上，车轮不断倾斜下掉，我只好用鞋跟把轮子敲回去，再继续向前走。就在这走走停停的当儿，我更下定决心不让孩子像我以前一样挨饿受冻。

然而在说明来意后，报社的负责人对我摇摇头：“抱歉，经济不景气。”情急之下我想出了个主意，如果让我刊登《购物指南》，我自己负责找广告商，负责人最后同意给我一个时间，但他劝我别抱太大希望，可能我推着那辆破婴儿车到处找广告商，找上一星期也不会有什么下文。但他们错了！

然而我的做法果然奏效，这份收入不但偿还贷款绰绰有余，同时还买下了鲍伯为我找到的一辆二手车。由于工作量增加，我请了位高中女孩来照顾小孩，时间是每天下午3点到5点，3点一到，我便提起报纸，匆匆忙忙出门去会见客户。

但在某个阴雨的午后，我到客户店里收取广告文案时，却一一遭到拒绝。

“为什么？”我焦急地问。

原来他们发现瑞塞尔药店的老板卢宾·阿尔曼先生并没有在我的专栏上刊登广告，他的店是本地生意最好的。如果他不肯选择我的刊物，那表示我的广告效果大概不理想。

听完之后，我一颗心沉到了谷底，我的房屋贷款全靠这4个广告客户呀！我咬了咬牙，决定再去找阿尔曼先生谈谈，他是个德高望重的好人，一定会给我个机会。其实以前我已拜访过他多次，他总是以“外出”或“没时间”等理由拒绝见我。如果他肯跟我合作，那么其他的药商也会跟进的。

我战战兢兢地走进阿尔曼先生的药店，见到他在柜台后面忙着。我脸上堆满笑容，手上拿着刊有《购物指南》的报纸，趋前向他表示来意：“您的意见一向很受重视，可否请您抽个空，看看我的作品，给我一点指教！”

他听了之后，嘴角立刻往下拉，坚决地摆着手说：“不必了。”看着他斩钉截铁的表情，我的心情像是瓶子摔到地上，碎了一地的玻璃片，不知如何收拾才好。

霎时，我像泄了气的皮球，连爬出店门的力气都没有。我在药店前面的红木小吧台前坐了下来，但我又不好意思白坐，于是我掏出身上最后的一枚硬币，买了杯可乐，茫然地思索下一步该怎么做，难道我的孩子会像我小时候一样总是居无定所吗？难道我真的没有写作天分？莫非我的高中老师看错我了？一想到这些，泪水突然涌上了我的眼眶。

就在此时，我身边传来了一个温柔的声音："为什么事伤心呀？"我回头一看，一位满头白发的慈祥老妇人正对着我微笑，我将事情原委告诉了她，最后我叹了一口气说："但阿尔曼先生二话没说就拒绝了我的要求。"

"让我看看那篇《购物指南》，"她接过我手上那份报纸，仔细阅读了一遍，看完后，她从椅子上站了起来，对着柜台那边，中气十足地喊了一声，"卢宾，过来一下！"她原来就是阿尔曼太太！

她要阿尔曼先生在我的专栏上刊登广告，他听了脸上立刻换上了笑容，接着阿尔曼太太跟我要了先前拒绝我的广告客户电话，然后一家一家打去交代，她告诉我只管去跟他们拿广告文案，其他的都不用担心，出门前，她给了我一个鼓励的拥抱。

阿尔曼夫妇后来不但成为我们忠实的广告客户，同时也是好朋友。我后来才知道，阿尔曼先生其实十分古道热肠，只要有人上门拉广告，他皆来者不拒。阿尔曼太太不希望他滥买广告，所以后来他才对谁都摇头。当时我如果消息灵通的话，就应该先找阿尔曼太太商量，小吧台旁的那番谈话改变了我后来的遭遇；我的广告事业越做越大，后来扩大到4家分公司，雇有员工285人，负责的广告案件多达4000件。

前一阵子阿尔曼先生装修店面，撤走了那个小吧台。我丈夫把吧台买来，摆在我的办公室里。每当有客人光临，我总爱请他们到小吧台旁坐坐，招待他们喝杯可乐，然后提醒他们千万别放弃，援手就在我们四周。

接着我会告诉他们，如果和别人沟通上困难，可以多去探听些消息，试着换一种方式，或是透过合适的第三者帮你转达想法。最后我会送上一句玛瑞亚饭店创始人比尔·玛瑞亚的金玉良言：

我永不曾遭遇过失败，

因我所碰到的都是暂时的挫折。

（美国）桃蒂·华特丝

拿着你的叉子

当玛莎的声音从电话另一端传来的时候，教兄吉姆的脸上总是会带着微笑。因为她不仅是教徒中最年长的一个，而且也是最虔诚的教徒之一。所有的孩子都叫她“玛莎姑妈”，她走到哪儿，就把虔诚、希望和爱带到哪里。

然而这一次，她说话的声音有些异常：“教士，今天下午您能来我这儿吗？我需要跟您谈谈。”

“当然可以，我大约3点钟到，好吗？”

在他们安静地坐在玛莎卧室里时，吉姆知道了为什么她电话里的声音异常。玛莎得知，她的医生刚刚发现她患了肿瘤，而这以前她从未觉察到。

“他说我大约还能活6个月。”玛莎的话十分严肃，她却表现出惊人的平静。

“我很难过……”吉姆话还没说完，玛莎就打断了他。“不要那样，上帝对我一直很好。我已经活了这么多年，我准备好了，这你明白。”

“我明白。”吉姆点了点头，低声说。

“但我很想跟你谈谈关于我葬礼的事。我一直在考虑这件事，有几个要求希望你满足我。”

他们平静地谈了好长时间，谈论着玛莎喜爱的赞美诗，多年来对她十分重要的《圣经》文章。又回想起了玛莎与吉姆在中央大教室所度过的5年时光。

当他们好像已经谈到了每一件事时，玛莎一下子停下了，抬头看了看吉姆，眼里闪着兴奋。“还有一个要求，教士，葬我的时候，我想一手拿着旧《圣经》，一手拿着叉子。”

“叉子？”吉姆确信他听清了每一件事，但这件事却让他感到惊奇，“您为什么想让一只叉子同您葬在一块儿呢？”

“我一直在想这些年参加过的教会里的宴会，”她解释到，“我不能全记起来，可有一件事却印在我脑海中，无法忘却。”

“在那些盛大的宴会上，正餐刚刚用完时，仆人或者女主人会来收拾盘子，这时我会想起那句话：请拿着你的叉子。因为有时，即使是在最大的宴会上，也会有人伏在我肩上告诉我：‘拿着你的叉子。’你明白那是什么意思吗？意思是还有甜食呢！”

“甜食不是指一杯橘子果冻或者布丁，也不是一碟冰淇淋，这些不必用叉子。甜食是指好吃的甜点心，像巧克力蛋糕，或者樱桃馅饼！他们告诉我时，我就会拿着叉子，我知道最好的是下一道！”

“这正是我希望人们在葬礼上谈论的话题，当然，他们谈起我们共同拥有的美好时光，那很好。”

“但是当他们走过棺材，看见我的蓝裙时，希望他们会问：‘为什么拿着叉子？’”

“我希望你能告诉他们，我拿叉子的原因，是告诉他们最好的菜是下一道。”

（美国）罗杰·威廉姆·汤姆斯

从袖手旁观到热心公益

一位平凡的妇女向市政当局提出的一项异常简单的请求，竟使一个乌七八糟的街区和生活在其中备受折磨的市民们受益匪浅，甚至于改变了弗吉尼亚州罗奈克市民与市府乃至整个美国和它的人民之间联结和相互影响的方式。

73岁的芙劳仑·邵希尔并没有掀起以上波澜的意思。她不过是想尽己微薄之力使所在社区变得更好一些。

于是她跑到市政厅，向一个满腹狐疑的官员请求借一台割草机去清扫一块杂草丛生的荒地。

许多年了，她走过街坊里巷，对那些颓垣危房、毒品黑市和褴褛的乞丐熟视无睹。1979年的一个礼拜天，在去教堂唱诗班的路上，邵希尔看到一个昏迷的女人躺在杂草丛生的空地上。她想那人是个瘾君子，于是就走开了，但她脑中却无法抹去那名妇女的影子。

她陷入深思。耶稣基督会教导她如何做呢？她回到家叫上儿子帮助那名妇女摆脱了危险。邵希尔并不知道那妇女的名字和她为什么会昏迷不醒，但这件事使她开始关注社会低层的惨境、贫困和悲哀。

这位9个孩子（有一个脑子还有毛病）的母亲决心做些力所能及的事。她借来割草机，清出了一块荒地。

左邻右舍先是感到好奇，继而加入进来。每到周末，15个中年人和老年人都在搬运垃圾或是割掉空地从生的荒草。

市政当局的官员们注意到一向冷漠的邻里关系开始好转。1980年罗奈克市让邵希尔和她的邻居们参加一项该市与邻近三市合搞的试点工程，目的是帮助市府设立目标，拯救那些贫苦困顿的人们。

由于邵希尔和其他和她一样平凡的人们的努力，试点很成功。现在罗奈克市有25个街区建立了这样的体系。弗吉尼亚州的其他城市也纷纷仿效。罗奈克模式成了全美学习的典范，政府官员们努力使公民加入到这个体系来。邵希尔和她的组织“西北社区环境组织”荣获1994年的“总统志愿者行动奖”。该奖由克林顿总统发起，意在表彰改变社区状况的志愿者的努力。

但邵希尔说白宫的认可并不代表着成功。成功在于使那些曾是毒品交易的露天市场变成设施完善的儿童游乐园，在于她的组织能购买住房来作为养育院并能获得市政当局的资助。

成功还在于能够吸引支持街区服务的人们提供低息贷款；在于能组织更多的业余人员参与社区志愿者活动；在于获得更多的资助。邵希尔说：“看到孩子们回家真让人高兴。我知道他们关心什么，我死之后他们会使这个街区保持下去的。”

（美国）托尼·维特

改变我一生的一次经历

两三年前，一次经历影响了我的信仰体系，以至于永远改变了我对世界的看法。那时我参与了一个名为“生命之泉”的意在开发人自身潜能的组织。我和其他50人还接受了为期3个月的“领导才能工程”的培训。某周的例会上，大家提出了一项富有挑战性的举措，从那天起，我对生命的意义有了新的理解。这项举措意在为洛杉矶市1000名无家可归者提供早餐。此外还要求搞些衣物来分发给他们。最要紧的是，我们还不能自掏腰包，不能动用本人的一个子儿。

可是我们中没有一个人在餐饮业或类似行业里工作，我的第一个反应就是：“哎呀，这不是勉为其难吗？”然而我们还被要求在周六上午做好所有这一切。现在已经是周四了，我更加预感做成这件事简直是太不可能了。我想不光是我一个人如此认为。

环顾四周，我看到50张板得紧紧的、好像刚刚擦过的黑板的脸孔。没有一个人对怎么着手这项工作有一点头绪。然而更意想不到的是——既然没有人站出来表态服输，那我们只好硬着头皮说：“是，可以，我们一定能做到，没问题。”

于是一个人提议道：“那好，我们要分一下组。一组去搞食物，一组去搞厨具。”又有一个人说：“我家有台卡车，可用来拉家什。”

“太棒了！”我们唧唧喳喳地叫起来。

又有人补充道：“还要一组负责招待和募集衣物。”我还未及多想，就被任命为联络组组长了。

到凌晨2点钟，我们列出一个单子，写下所能想到的应做的每件事，然后把任务分配给每个小组。之后回家小睡一会。我记得我把头搁到枕头上时还在念叨：“上帝，我简直不知怎么办才好，一点头绪都没有……但是我们要全力拼一下。”

6点钟，我被闹钟吵醒，几分钟后，两名组员来了。我们个个和组里其他人要试着在24小时之内为1000名无家可归者提供早餐。

我们翻出电话号码簿，给我们列出的每一个也许能帮上忙的人打电话。我第一个电话打给范恩合作总社。听完我的说明，那边告诉我说他们必须递交一份要求供给食物的书面材料，而且需要两周才能获准通过。我耐心地解释说我们等不了两个礼拜，我们需要当天弄来，最好在天黑之前弄到。那个部门经理说她一小时后给我回话。

我又给西贝格尔公司打电话，重申了我们的要求。老板爽然同意，真让人喜出望外。我们一下有了1200个过水面包圈。等给扎基农场打电话想从那里搞到些鸡肉和鸡蛋时，我的呼机响了，同伴告诉我说他在汉森果汁公司搞到了一卡车新鲜的胡萝卜汁、西瓜汁及其他种类的鲜果菜汁，汉森公司愿意把它们捐赠出来——这就像一个明确的本垒打让左右卫忙乱起来。

范恩合作总计的部门经理回电话说她为我们搞到了各类食品，包括600个面包。

10分钟后又有人打来电话说他们打算捐献500个玉米煎饼。实际上，每10分钟都有一个组员打来电话告知他搞到了多少多少的东西。“哦，难道我们真能把这桩事办好吗？”我不禁想。

经过18小时的紧张工作，我最后在半夜时驱车到翁绍尔面饼圈公司去拉800个面饼圈。我把它们小心地码在客货两用车车厢的一边，这样我就有地方去装那1200个过水面包圈（我已定好5点钟内去拉它们）。

经过几个小时必要的休息，我跳进车里，在西贝尔格公司的催促下，装上那些过水面包圈（这时候我的车子闻起来像个面包炉）。然后直奔洛杉矶。已经是周六早上了，我真有些疲惫不堪。5点45分，我把车开进停车场，看到组员们在搭设工作炉、给氦气球充气，设置简易厕所——我们什么都想到了。

我赶紧下车开始往下卸成袋的面包圈和一箱箱的面饼圈。上午7时，停车场门前排起了长队。我们赈施早餐的消息在附近的贫民窟中不胫而走。排队的越来越多，一直延伸到街上，绕了整个街区一圈多。

7点45分时，妇女甚至连小孩也加入就餐的队伍中。他们的盘子中装满了热炸鸡、煮鸡蛋、玉米煎饼、面包圈、面饼圈和其他食品。旁边是一堆堆叠放整齐的衣物。到天黑时，这些衣物都会被领走的。喇叭里响着激动人心的演说：“我们就是世界。”我面前人头攒动，不同的年龄，不同的肤色，都在尽情享用着早餐。到上午11点，食物发放完毕，总共让1140名无家可归者吃上了早餐。

后来自然而然地，我们工作人员和无家可归者在一片欢欣鼓舞中随着音乐跳起舞来。两个无家可归者来到我身边，说这顿早饭是给他们准备的最好的东西，也是他们参加的第一次没有发生冲突的食物赈济活动，其中一个人紧握住我的手，我的喉咙哽咽着。我们成功了，在不到48小时内为千余名无家可归者提供了食物。这次经历对我影响尤为深远。时至今日，每当人们告诉我说他们想做什么事但又觉得没有把握时，我会在心里说：“是的，我知道你的意思。我也曾那么想过……”

（美国）米歇尔·杰弗瑞斯

阳光女士

几年前，我迁到了圣地亚哥的一个公寓小区居住。之后不久，我因病动了手术。在圣地亚哥，我无亲无友，患了病就更觉寂寞。不想，术后却意外地收到一张暖人心意的慰问卡，落款处只简单地写了“阳光女士”几个字。我甚感蹊跷。

又几个月后，我的妻子患流行性感冒躺倒了。这时候，一张热情友好的明信片，又不期而至，署名仍是“阳光女士”。

这神秘的“阳光女士”到底是谁呢？疑惑不解的我向隔壁的邻居打听，邻居告诉我：“这准是比安卡·露斯切尔德女士。自从她搬到我们小区后，小区里任何人病了她都会寄上慰问卡。”

我深感诧异，也深为感动。小区里有200来户人家，她竟能个个记得明白，多年如一日长送爱心！

怀着钦慕之情，我和妻子一起登门拜访了比安卡女士。我问她：“您是怎么想到要担起这么件了不起的使命的？”

她告诉我们：“我出生在波兰，我曾经有一个其乐融融的大家庭。我的童年不仅沐浴在父母的爱心中，也生活在40多位亲戚的关怀里。然而，1939年，正当我满怀憧憬等待自己甜美的16岁生日晚会时，战争爆发了。纳粹践踏了我的家乡，把我们统统赶出了家门。就那样，我的生日晚会没有了；礼物没有了；贺卡没有了；有的只是近在咫尺的死亡。

“我们全家被驱赶到华沙区的犹太人居住点——其实是等待杀戮的屠宰场！我先是眼睁睁看着父亲和一个叔叔被折磨至死，之后是我的母亲和另两位叔叔……到1945年，我所有42位亲人全被残酷杀害了！

“只有我，被从一个集中营转到另一个集中营，而我也实在不想苟活下去了。在一次飞机空袭中，我真的盼望被炸个正中，让我一了百了。可是，遍地横飞的炸弹偏偏没有看上我！而且，我居然能活着看到法西斯的末日，居然能重新开始自己在灿灿阳光之下的生活！”

说到这里，这位女士眼里闪着泪花。

“这给了我一个启示：造物主让我历经劫难而活下来，必定是为了让我完成某种使命——传播爱与关心的使命。因为我尝过漫漫长夜里缺乏爱的滋味，所以我更知道每一缕阳光的价值。

“我的方法是关心我社区中邻人们的疾苦，以‘阳光女士’的名义向病痛中的邻人致以简短但十分真诚的问候。从中，我也体味到了幸福。

辞别比安卡女士，我想到节日里许多扮圣诞老人的人，他们自己往往生活不富裕，往往身经磨难。他们传播爱，是因为他们懂得爱。

（美国）安·希尼

感谢生命

一直没能记起那个年纪轻轻的小保姆长什么样子，那时我太小了，母亲说满了月的我才只有一只小猫儿大，邻人与接生护士都说：“这孩子怕是长不大的。”

但是父母还是将我带回了家。不久父亲去了前方参战，母亲的身体又极坏，于是那个年纪很轻的小保姆就来我们家了。1岁以前，我几乎每周都要生病，高烧起来又多半在夜间，医院离家有两三里路，要穿越一个坡地和一片旷野，妈妈抱着我，尚是小姑娘的保姆打着手电，深一脚浅一脚地在漆黑的夜里亟亟赶路，黑夜的风从四面呼呼吹来……母亲说：“那么白净绵软性子的小保姆怎么会有那么大的勇气每次都跟了我去，为了你我什么都不怕，她可只是来帮我们的小姑娘，非亲非故。”我想在我生命之初就得到这样的亲情和爱护确实是幸福的。

19岁那年我大学毕业了，本该充满幻想和激情地走进社会投身生活，可工作不久就开始发病，持续高烧和全身皮下出血，一纸诊断书将我禁锢在一间小小的房间里。因为一开始治疗无效，人迅速苍白消瘦，不久即衰竭卧床了。随着病情恶化，我的情绪日坏，绝望和急躁下，一个中午我拔掉了输液头，将所有的药水药片扔出窗外，关上房门将医护人员与家人拒之门外。我蒙在被子里脆弱地伤心：生命太苛刻了，我才19岁就要走上悲剧的结尾吗？

“咚咚咚”，有人敲门，我想使劲大叫：“我谁也不要见！”可声音听起来却是这么弱。

“我是八床。”一个熟悉的声音。

八床是一样的病友，因为患再障性贫血，20多岁的年纪已在这医院住了三年。我摇晃着下床，打开门。八床背个手风琴在门口站着。

“新练个曲子，你躺着，我拉给你听听。”

八床这是怎么了。这几天他一直不好，这么重的家伙护士怎么会让他背？我望着他好像明白了什么，琴声响着，断续又执著。八床苍白的脸上冷汗涔涔，按琴键的手指开始颤抖，那是非常熟悉的《桑塔·露琪亚》。刚入院的时候我和病友一起唱它，还讲有趣的故事。可现在我最先软弱下来垮了精神——“别拉了。”我按亮了床头的呼叫灯。

八床几个月后就病逝了，最后一次走过那病区的走廊。门口的黑板报上还是他的笔迹：

“你无法放弃。”

他用最后孱弱的生命教我懂得了珍惜生活的权利。

我的病使一个又一个医生退却，治疗无大的进展。最后，人们热心推荐一位退休十年已不主刀的老医生，是他，默默打量我许久之后，决定为我手术。

无影灯亮了，麻醉血压心率呼吸神经补液输血……那么多双眼睛专注在我一个人身上，老人高抬双手，眼里闪着慈祥的光：“姑娘，别紧张，你数数我的胡子就知道这老头看过多少病人。”

嘴里插着胃管，我牵动嘴角笑笑，我不紧张也不害怕，我甚至非常平静非常坦然，过去18年的日子飞逝而过，生命是我的，可为了这个生命，有多少人为我付出了那么多。幼年，少年到大学，到毕业，到现在躺在手术台上，多少深情，多少教诲，多少关切。那一刻我深深地感到幸福……

后来母亲告诉我，那时手术室外面的走廊站满了前来等候消息的朋友、同事和领导，甚至连一些不相识的人知道后也加入了等候的人群。

七天后，我醒来。我看到了面挂泪花的母亲、父亲，看到了慈祥欣慰的老医生，看到了我熟悉的病友，还有一些陌生的面孔，可是，我再也见不到八床了，脱离危险之后我第一次流了泪。

三个月之后。一个春暖花开的日子，我第一次下床，摇摇晃晃走出了病房大门。

残雪已经化尽，阳光温馨扑面，视野里土地和田野一直碧绿到遥远的天边，那是生命的延伸吧？无数新叶哗哗啦啦摇动在风中像无数只透明挥舞的小手掌，那是生命的欢呼吧？河水在春天的土地上柔软明亮地流动，蔚蓝的空中鸟儿自由地翱翔，那是生命的深情吧？一切都如此新鲜，一切都如此可爱，生活和生命重新回来了……

面对这美好的一切，我忽然泪水盈盈。人的一生，也许要经历很多很多，是苦难还是欢乐完全是命运的赐予。我们只有坦然地接受，勇敢地面对。不知相貌的小保姆、永不再见的八床、白发白须的老医生、辛勤善良的父母亲、关怀和帮助过我的朋友们，一切的一切，都是生命与生活所赐，让我永远感激。

玫瑰色的眼镜

“喂，”我说，“你喜欢吗？”

“喜欢什么？”妻说。

“新眼镜。”

她抬起头来，露出了诧异神情，随即说了一句怪话：“我不知道原来你戴眼镜。”

“也许，”我打趣说，“你也该戴副眼镜了。”

她顿了大约一秒钟，然后说道：“我现在就戴着眼镜。”

这个我一直爱着的女人，这个我当年不用戴眼镜时令我一见钟情的女人，以前是不戴眼镜的。在那第一个永不能忘的时刻，她有一头褐色的头发，腰围只有46厘米，皮肤洁白无瑕。而在那次令我神魂颠倒的初瞥中，她以近似浑然着迷的眼神望了我一眼。所有这一切，都在我永恒的初会记忆中永志不忘。

现在，我发现她的头发已羼杂了灰丝，她的腰小心地藏在没塞进裤筒里的衬衫下面。

但是相爱的夫妻之间是有默契的。我们同意彼此修正对爱情的看法，以一种宽厚的眼光互相看对方。

“在我心目中，”她说，“你是没有戴眼镜的。我不能想象一个戴眼镜的你。”

的确，我也不能想象一个戴眼镜的她。我看不出时光流逝的影响，也看不出肉体上的变化。

她仍然是个24岁的小精灵，站在我们办公室鸽笼一般的信箱前面踌躇了很久，然后以绝对诚恳的态度转过身来问道："我的姓名是什么？"

这些印象都历久而弥新。

"你认为怎样？"我问。

"什么认为怎样？"

"我说的是，我们彼此都不能想象对方是戴眼镜的。"我说。她永远不会错过取笑的机会。

"我们已经不再彼此对看了。"她说。

至少我相信这是我心里想说的话。有时我认为，她说的话其实都是我要她说的。有时是我把话塞进她的口里。如果她没有说，我可能会说。

人在情感激动的时候，由于视而不见听而不闻，便会发生这种情形。我们常互相把一些事情硬加诸对方。我们疯狂地互相保护对方的形象。我用她的名义送礼物给人，我代她找借口，没有人在我面前说她的坏话。

说到这里，你可以看出会有发生混乱和麻烦的可能性。但是没有办法。两个人一起生活——密切地一起生活——彼此推心置腹，在几乎不可能的情况下融为一体。（也许她认为有可能，但我不。）

所谓融为一体，一部分就是带她观望，而自己再度发现一切。我第一次带她去巴黎时，我就好像自己也从未到过那里似的。我和她在一起，觉得自己再度尝到新鲜滋味。一部我已看过二十次的电影，如果我单独再去看，我绝难忍受，但是我陪她去看了也感到新鲜。

我知道，如果她喜欢什么，我会特别再去尝试喜欢它，因为我信任她的判断力。如果有一本书我已经看过，而她觉得很好看，我会再看一遍。

在我们的婚姻生活的初期，她不大高兴我这样做。她会把书藏起来，指摘我侵犯了她在知识方面的隐私。但是渐渐地，她容忍了我在她心房的密室中出现。

有些人——可怜的家伙——认为这是非常沉闷无趣的事——妻子的一句话刚开始，丈夫就接下去把它说完。夫妻隔桌相对，对于对方的心意不言而喻。关于电影明星和歌星的看法，彼此都不必说出来。

简言之，这便是意义最深远的婚姻。双方都戴着玫瑰色的眼镜，以宽厚的眼光看对方。

“万事通”先生

我在见到凯兰达之前就有点不喜欢他。

第一次世界大战刚刚结束，横渡太平洋的航线非常繁忙，客舱是很难预订到的。我很高兴，弄到一个双人客舱，但当听到同伴的名字时，我就有点灰心了。“凯兰达”，这使我有一种在空气窒息不流通的房间里的感觉。想起在这14天的旅途中（我从圣弗兰西斯科到横滨），将和这个凯兰达共用一间房，我就感到不舒服。我讨厌他的名字，要是他叫史密斯或者布朗什么的也好一点。

上船后，我来到客舱，发现凯兰达已经来过。一只又大又难看的衣箱和一个贴满标签的手提箱放在他的床下，脸盆架上摆着他的香水，洗发精和润发油，檀木做的牙刷上镀金印着他的名字缩写。

我不喜欢凯兰达。

在吸烟室里，我要了一副单人玩的纸牌，正准备开始玩的时候，一个人走了过来向我问好。

“我是凯兰达。”他在我面前坐下，笑着露出一排雪白的牙齿。

“哦，我们好像住在一个房间。”

“听说你是英国人，我感到很高兴。在海外遇到自己的同胞，确实让人激动。”

“你是英国人？”

“当然，我是一个地地道道的英国人。”说着他拿出他的护照递给我。

“想喝点什么吗？”他问道。

我疑惑起来。美国正在实行禁酒令，船上是找不到一滴酒的，但是凯兰达狡黠地朝我笑了笑。

“威士忌，苏打还是鸡尾酒，你只要说一声就可以。”说着，他从后裤袋里摸出两个瓶子，放在我面前的桌子上，我兴奋起来，找服务员要了两个玻璃杯和一些冰块。

“嗯，不错。”我说。

“是的，我这里还有好多这样的酒，船上如果还有你的朋友的话，你可以把他们都叫来。”我没有说什么。

接着他跟我讲起纽约、圣弗兰西斯科，谈到戏剧、给画和政治。他很健谈，好长时间都是他一个人在那里滔滔不绝地说着。

我有点厌烦了，重新拿起我的牌。

“你喜欢纸牌魔术吗？”

“不喜欢。”我又开始讨厌他了。

“我来给你表演一个。”他抽出三张牌递给我。但我没有理他，说我要去餐厅找个座位。

“哦，很好，我已经为我们俩订了座位，我想我们应该坐在一块儿。”

我不喜欢凯兰达。

他不但和我住在一个房间，而且一天三餐都非要和我挤在一张桌子上吃饭。不论我在什么地方，都无法摆脱他。要是在我家里的话，我一定会在他面前“砰”地把门关上，让他明白自己是一个不受欢迎的人。

凯兰达擅长交际，在船上的第三天，就差不多认识了所有的人。他什么事都干：主持拍卖，筹集体育资金，组织高尔夫球赛，安排音乐会，举办化装舞会。我想大家一定有点讨厌他。我们都叫他“万事通”先生，甚至在他面前也是这样。他对此并不在乎，把这当做我们对他的恭维。

凯兰达非常健谈，并且喜好同别人争论，特别是在吃饭的时候。我们简直难以忍受，但又无法让他停下来。他好像比谁都懂得多，错误似乎也不会发生在他身上。在他讲话时，若有人反对他，他就会同他争个没完。在说服你之前，他绝不会放弃一个话题，不管它是多么的不重要。

一天晚上，我们坐在医生的桌旁，凯兰达仍像以往一样在滔滔不绝地说着。在座的还有在神户的美国领事馆工作的拉姆齐和他的夫人。

拉姆齐是一个很结实的家伙，皮肤绷得紧紧的，略显肥胖的肚子使衣服凸起。这次他是带着妻子重返神户的。他的妻子已独自一人在纽约待了一年。拉姆齐夫人的样子十分可爱。虽然她丈夫的工资不怎么高，她穿得也很简朴，但她知道怎样穿她的衣服，使她具有超过一般女人的迷人之处。这是一种端庄淑静的美。

看得出拉姆齐很讨厌凯兰达。他们时时争论一番，这种争论是长时间的，激烈的。

这时，话题谈到精明的日本人正在进行的人工养殖珍珠。凯兰达给我们讲了许多关于珍珠的事。我相信拉姆齐对此知道的不会很多，但他绝不会放过任何反驳凯兰达的机会。不一会儿，我们就被卷入了一场充满火药味的争吵。刚开始，凯兰达还是情绪激昂，滔滔不绝，但不久，他自己也有点厌烦了。最后，他显然是被拉姆齐的一句话刺痛了，敲着桌子叫道："我可以告诉你，在这方面我是最有发言权的。我这次到日本就是去洽谈珍珠生意的。没有哪一个懂这一行的人不会认为我刚才所说的都是千真万确的。"他得意扬扬地看着周围的人，"我知道所有珍珠的行情，没有哪一种珍珠我不能马上辨认出。"他指着拉姆齐夫人戴的项链，"夫人，你的这串珍珠项链就非常值钱，并且它的价格还在上涨。"

拉姆齐夫人的脸红了，她把那项链轻轻塞进她的衣服。

"你说这是天然珍珠吗？"拉姆齐好像已经抓住了凯兰达的什么把柄。

"是的，这种珍珠非常精致。"凯兰达答道。

"好。虽然这不是我买的，但我想知道，你认为它值多少钱？"

"在一般的市场要1.5万美元，但在美国最繁华的第五街，1.3万美元也能买得到。"拉姆齐冷笑起来。

"这是我夫人离开纽约前在一家百货商店里买的，只花了18美元。"

凯兰达的脸一下子涨得通红。

"胡说，这珍珠不但是真的，而且是我所知道的几种中最好的一种。"

"你敢打赌吗？我要用100美元和你打赌这是仿制品。"拉姆齐怂恿道。

"可以。"

"不，拉姆齐，你怎么能拿一件事实和人打赌呢？"拉姆齐夫人劝阻道。

"为什么不呢？如果放弃这样一个轻易能弄到钱的机会，那才是一个傻瓜。"

"但你也不能证明它是仿制品呀？"

"把它拿给我看一看，我就知道它的真假。"凯兰达说道。

"亲爱的，把它拿给这位先生看看。"

拉姆齐夫人犹豫着，她的两手紧握在一起，好像还在考虑着什么。

拉姆齐等得不耐烦了，他走过来亲手把项链解了下来，递给了凯兰达。

我预感到一件不幸的事要发生了。

凯兰达拿出一个放大镜，仔细地观察起来。不一会，一丝胜利的微笑闪现在他的脸上。当他把项链递给拉姆齐正准备开口说话时，忽然看见拉姆齐夫人的脸是那样的白，好像她马上就会晕过去。她的眼睛看着凯兰达，那是一种绝望的哀求。我很奇怪，拉姆齐没有看到这些。

凯兰达半张着嘴，半天都没有说出话。我看得出他在努力改变着什么。

“我错了，”最后他说道，“这是一个非常好的仿制品，18美元正合适。”

他从钱包里拿出100美元递给拉姆齐，没有再说一句话。

“也许这能教会你以后不要太自以为是了。”拉姆齐得意扬扬。

我注意到凯兰达的手在发抖。

这件事很快在全船传开了，凯兰达不得不忍受着别人的戏弄和嘲笑。对“万事通”先生来说，这确实是一个笑话。但是，拉姆齐夫人再也没有出来过，据说她有点头痛。

第二天早上，我起来正在刮脸，凯兰达躺在床上抽雪茄。忽然一阵窸窸窣窣的声音，一封信从门下塞了进来。我打开门，外面没有任何人。我捡起信封，上面用印刷字体写着“给凯兰达”。

我把信递给了他。

“哪里来的？”他打开信封。“哦？”拿出的不是信，而是一张100美元的钞票。

他看了我一眼，然后把信撕成碎片从舱口扔了出去。

“没有谁愿意被别人看成是一个傻瓜。”他说。

“那珍珠是真的吗？”我问道。

“如果我有一个漂亮的妻子的话，我绝不会让她一个人在纽约待一年。”他拿出钱包，把100美元放了进去。

这时，我觉得我不是那么不喜欢凯兰达了。

（英国）毛姆

钱买不了人情

妻和我住在维蒙特州林肯小镇一幢百年旧农舍里。即使以维蒙特的尺度来说，林肯这地方也很小，人口始终在九百上下。它有一流的义勇消防局，一爿杂货店，一座一尘不染的白色教堂。镇容就是如此了。我们和教堂合用一条车道，那就像一位老农对我们所说的："再没有借口不去教堂吧，对不对？"

我们在1986年万圣节从纽约市布鲁克林区搬到这里来，要比当地居民晚七个世代。搬家是因为我本来想写作，结果却在广告公司里卖漱口水，而妻本来想做摄影师，结果却在华尔街卖市政府公债。

我们虽不是本地人，但也不算是外人。我初来时只有三件工具（连卷尺在内）和一本修建住房手册，什么本领都没有，不过我也从来没装懂。要不是邻居好心肠，我们的农舍根本翻修不了，甚至于连第一个冬天也挨不过。

多亏邻居耐心指导，我学会了怎样砍柴、堆柴以及晒干柴，赶上冬天生火炉时取用；学会了怎样把灰泥抹在砖上使它像胶水般粘牢，砌成我们烧柴木火炉的炉床。然而，最难倒我的，是怎样向邻居们致谢图报。

问题是在两年前冒出来的，当时冬尽春来，差不多一连七天我都能看到车道的沥青路面，这告诉我们真的度过了第一个冬天。那就是说，我须对雷门这位老农有所表示，因为他替我们铲除车道上的雪，足有十五六次之多。

雷门替教堂车道铲雪已有半个世纪之久，所以我请他顺带清理我们这边的车道。他替教堂铲雪是免费的，不过我曾经声明要付钱给他。

我打电话问雷门，我欠他多少钱，他踌躇了好一会儿，才说我没有欠他多少，因为他认为替我做的事"微不足道"。

我告诉他，他大概使我省了50小时腰背酸痛之苦，他说他并没花那么多的工夫。

我没有跟他争论下去，只说他的服务总得付钱。我问他75美元够不够。

他说他认为不行，那太多了。从他的冷峭声调听来，我知道我得罪了他。

我恍然明白这不是钱的问题，便问他有什么可以效劳以作回报。他的农场可有什么事需要做的吗？我自夸刚学会怎样用铁锤敲敲打打。

他说他目前没有什么我可以"效劳"的。

这可伤害了我的自尊心。我坚持我的确会用锤敲打。

他说他并不怀疑我的本事。

我无话可说，只好再三谢他，并且不好意思地说我永远欠他一笔人情债，然后挂上电话。

我深信我得罪了雷门，于是问妻可有什么好的主意，能使我挽回一点面子。

她说有，办法是冰淇淋。

下个周末，我们从几十件所谓“实用”而我们从没用过的结婚礼物中挑出一件，用它做了四公斤咖啡碎屑冰淇淋送给雷门和他太太。他乐了，谢了我们，并且说出我自从搬到林肯镇以来所听到的最受用的一句话。

他想在下星期竖立些围栏柱，要是我哪天早上有空，能不能到他那儿帮个忙？

我欣然表示乐意，还说：“我会把我的铁锤带来的。”

（美国）克里斯朵夫·A.波佳

14级台阶

据说，一只猫有9条命，我相信这个。因为我虽然不是猫，竟然也能活过3次。

1904年11月一个明朗寒冷的冬日，我出生了。我们兄妹8人，我排行老六。父母都是农民。我15岁的时候，父亲去世了，家境越发贫寒。母亲留在家里煮饭做菜，我们则外出做事，收入菲薄，生计维艰。

后来我们长大成人，娶妻嫁人，各过生活。一个姐姐和我留在母亲身边照顾她。母亲晚年瘫痪在床，60多岁就过世了。不久后姐姐嫁了人，一年后我也结了婚。

这时的我初享生命的甘美：幸福快乐，身体棒棒的——我还是个很不错的运动员呢。我在圣·乔西有份很不错的工作，有一双活泼可爱的女儿，在圣·卡洛斯半岛有我美丽的家园，温馨的家庭。

对我来说那时候生活就像甘醇的美梦。

但这好梦并不长久，它变成了噩梦——夜深惊醒，冷汗淋漓。我患上了慢性进行性运动神经疾病，先是右臂和右腿，继而左臂和左腿，都被恶疾侵袭。

这开始了我的第二次生命……

尽管疾病缠身，凭借设在车里的一副特殊装备，我依然每天开车上班下班。后来是14级台阶——在一定程度上——维持着我的健康还有我的乐观情绪。

好笑？可真的是这么回事。

我们家从车库到厨房之间有14级楼梯，这十数阶必须之地就成了我生命的量规。它们是我生命的码尺，是我向继续生存进行挑战的寄身之所。我曾想如果那一天——当我举步维艰，再也不能跨越哪怕一级台阶——来临，我爬也会把它爬完，直至耗尽最后一息。到那时我会承认自己失败，会躺下来，等待死亡。

所以我坚持工作，坚持爬越这14级台阶。日月如梭，光阴荏冉，我的女儿们上了大学，又各自建立了美满的家庭。在我美丽的家园，只剩下我和老伴——哦，还有那14级台阶。

你也许会认为我是个充满勇气和力量的人——错了。我是个破子，步履蹒跚，幻梦破灭。是那14级辛酸的台阶支撑着我不至于迷乱，使我没有撇开妻子、工作，还有我的家园。

当我缓慢而痛苦地迈上一级又一级的台阶，我常常停下来歇一阵。有时候思绪会回到美好的往昔——那时我在体育馆工作，打高尔夫球、滑冰、游泳、跑步、跳高……可现在孱弱的身躯几乎不能征服几级楼梯。

年事渐高，我越发地绝望和沮丧，我敢说当我向我的老伴和朋友阐述我的人生哲学时，他们都会感到厌倦和不快。我越发相信上帝指派我到这世间就是为了含辛茹苦。有9年了，我随身戴着十字架。只要还能爬登这14步台阶；我都会戴着它的。

我已漠然于《圣经》中的慰藉之词了。“就在一瞬时，眨眼之间（号筒末次吹响的时候，因号筒要响，死人要复活，成为不朽），我们也要改变。”（《新约·哥林多前书》15章52节）这就是我在人世间的初次和第二次生命。

1971年8月的一个漆黑的夜晚，我开始了第三次生命的航程。事情来得太突然，我一点准备也没有。依稀记得那天早晨我去上班，觉得走下这14阶楼梯要比以往艰难得多。想到回家后还要爬一遍，心中不禁发憷。

当晚下起了雨。我驾着车行驶在一条人迹罕至的路上，狂风骤雨肆肆地抽打着车身。突然，我手中的操纵杆痉挛了一下，汽车猛地向右拐去，接着我听到一声可怖的声音——轮胎爆裂了。我费了九牛二虎之力才把车停在光滑的路边，蓦然觉得这下走投无路了。我的力量根本不可能换个轮胎——绝对不可能。

兴许能等来一辆过路车？但这念头很快就消失了。这样的天，怎么会有别的车呢？我不能坐以待毙。我记起来路边不远的地方有户人家，于是发动汽车，慢慢地开到一个泥泞的路口，拐了进去。谢天谢地，窗户的灯是亮着的！我停下车，按了按喇叭。

门开了。一个小姑娘走出来，瞅着我。我摇下车窗，说我的车胎爆了，需要人来帮助换掉。因为我无法活动，自己没能力换。

小姑娘走回屋，不多会儿，她穿着雨衣、戴着雨帽出来了。后面跟着个男人，那男人向我热情地打了招呼。

我坐在舒适的车里，浑身干松。而那个男人和小姑娘却在暴风雨中为我换车胎。我心中深为不安。我会给他们报酬的。雨小了些，我摇下车窗，看他们工作。我觉得他们干得太慢了，让人心焦。我听到车子后部金属的碰击声。小女孩说道："爷爷，给你千斤顶。"老人嘟哝着答应了一声，车身慢慢地升起了。

接着车后是一阵叮当声，摇晃和低低的话语。车终于修好了。千斤顶收回的时候，车身颠簸了一下，我听到车盖合上的声音，接着看到祖孙俩站在我车窗跟前。

老人穿着雨衣，弓着腰，看上去年老体弱。那个小女孩我觉得也就8～10岁的样子。她抬起小脸望着我，笑嘻嘻的。

老人道："这鬼天气，车子最容易出毛病。不过现在，你的车修好了。"

"太谢谢你们了，"我说，"该怎样酬谢你们呢？"

老人摇摇头："不用客气。西西娅说你的腿有毛病，不方便。我们很乐意帮忙，我想这事碰上你你也会这么做。不需要什么酬谢，我的朋友。"

我递出一张5美元的钞票说："不，我得按我的方式来。"

老人无动于衷。小女孩靠近车窗轻声对我说："我爷爷是个盲人，他看不见。"

接下来的几秒钟像是凝固了。不安和羞愧噬咬着我，我的心灵感受到前所未有的震撼。一个失明的老人和一个年幼的女孩！在黑暗中摸索着，用冷冰冰、湿漉漉的手指辨别螺丝和工具，来为我修车！而这黑暗对老人来说，是直到死亡也无从解脱的无边的黑暗。

他们在凄风冷雨的深夜为我换了一个轮胎，而我却和我的双拐坐在温暖舒适的车里。我的残疾！他们向我道了晚安，回家去了。我不知道我在那里坐了多久。我深深地陷入内省，发现了自己身上一些令灵魂难以安宁的品质。

我认识到自己沉溺于自怜、自私之中，对他人漠不关心，思想颓废……

我坐在那时祈祷着。怀着深深的谦卑。我祈祷勇气和力量，祈祷人与人之间的深切理解，祈祷更深刻地认识自己的缺点，祈祷能够具有这样的诚心，能在日课中坚持不辍地祈求心灵的帮助来克服这些缺点。

我祈祷上帝赐福与那个失明的老人和他的小孙女。最终我驾车离开，头脑如麻，灵魂谦卑。

“无论何事，你们愿意人怎样待你们，你们也要怎样待人，因为这就是律法和先知的道理。”（《圣经·新约·马太福音》7章12节）

从那以后，这条先知的告诫对我而言，已不单单是《圣经》的一纸文字，它成了我努力奉守的生活准则。尽管遵循起来往往很难，有时让人灰心丧气，有时让人耗时费钱，但它的价值毫无疑义。

现在我每天不仅要登越那14级台阶，而且尽可能地去帮助别人。也许有一天，我会为一个盲人——一个像我从前遇到的那样的瞎人——在深夜更换轮胎的。

（美国）海尔·曼怀瑞

STORY

感谢那只手

感谢那只手

感恩节的前夕，美国芝加哥的一家报纸向一位小学女教师约稿，希望得到一些家境贫寒的孩子画的图画，图画的内容是他想感谢的东西。

孩子们高兴地在白纸上描画起来。女教师猜想这些贫民区的孩子们想要感谢的东西是很少的，可能大多数孩子会画上餐桌上的火鸡或冰淇淋等。

当小道格拉斯交上他的画时，她吃了一惊：他画的是一只大手。

是谁的手？这个抽象的表现使她迷惑不解。孩子们也纷纷猜测。一个说："这准是上帝的手。"另一个说："是农夫的手，因为农夫喂养了火鸡。"

女教师走到小道格拉斯——这个皮肤棕黑、又瘦又小、头发卷曲的孩子面前，低头问他：

"能告诉我你画的是谁的手吗？"

"这是你的手，老师。"孩子小声答道。

她回想起来了，在放学后，她常常拉着他的黏糊糊的小手，送孩子们走一段。他家很穷，父亲常喝酒，母亲体弱多病，没工作，小道格拉斯破旧的衣服总是脏兮兮的。

当然，她也常拉别的孩子的手。可这只老师的手对小道格拉斯却有非凡的意义，他要感谢这只手。

我们每个人都有要感谢的，其中不仅有物质上的给予，而且也包括精神上的支持，比如得到了自信和机会。对很多给予者来说，也许这种给予是微不足道的，可它的作用却常常难以估量。因此，我们每个人都应尽自己的所能，给予别人。

红色运动衫

康威老先生叫我去他那里一趟，他是我们家的邻居。他年事已高，而我猜想他叫我去无非是为一件家务杂事，就像以前我妈妈叫我去做的一样，因为我已长大了。

我到他家后，老先生叫我把他的一双旧鞋送到城里吉特勒先生的鞋店修理一下。

就在我等着他把鞋脱下来时，一辆小轿车开过来，一个男的带个小男孩从车里下来，想要点水喝。当我给他们递去盛满水的水杯时，小男孩身上的红色运动衫引起了我的注意。他看上去跟我的年龄差不多大，14岁左右，运动衫也跟我的大小一样，但这是我所见到的最漂亮的一件运动衫，运动衫前面印着一只蓝色的仰着头的大角麋鹿。

小男孩正喝着水时，康威老先生养的两只小狗咬起他的鞋带来，小男孩转过身来和小狗一块儿玩起来。当小男孩与小狗玩熟时，我就大着胆子问他运动衫是从哪儿买来的，多少钱一件。他告诉我是在城里的商店买的，货架上全是这种运动衫。

他们走了以后，康威老先生用报纸将旧鞋包好，从衣兜里掏出1元4角5分钱对我说："对不起，孩子，我没有零花钱给你了，实际上这是最后一点钱了。"

我知道这都是真的，我曾经不止一次地问过我妈妈，为什么康威老先生不和孩子们生活在一起而独自一个人住在这里。

妈妈告诉我，老先生他不想和孩子们住在一起，是因为他爱他的小屋。而我告诉她，我看不出小屋有什么可爱的。妈妈说，这是因为我还是小孩子的缘故，不理解老人们的心思和感觉。康威老先生喜欢听窗户的响声，还喜欢那长满苔藓的屋顶、春风杨柳的景色和泉水的咕嘟咕嘟声，以及小溪的潺潺流水声。对他来说，老地方在他心中是多么的亲切和温馨啊。

但是我还是不懂，为什么老先生非要住在这里。此时，那件印有骄傲的大角麋鹿的红色运动衫又进入我的眼帘。

我夹着老先生的鞋往城里走时，他叫住我："告诉他，你就站在那里等他修好；告诉吉特勒先生，我就坐在火旁等你回来。"

我一边走，一边想着那件红色运动衫。我回到家后，一头钻进厨房，我想储钱罐一定放在碗柜里。我第一个想到的总是罐子，因为小孩子们总是要求妈妈给他们零花钱。

但这次我感到与往常不一样，我得说服妈妈。我告诉她。那个小男孩身上穿的红色运动衫以及运动衫上印的骄傲的蓝色大角麋鹿有多棒。没一会儿，我就向妈妈要了3美元。

我到了城里后，先到小男孩告诉我的那家大商店，并找到挂着那件运动衫的柜台，毫不犹豫地用3美元买了一件。出了商店我就穿上了。我并没有跑，我慢慢走着，心里充满了自豪，就和我身上的大角麋鹿一样。

在吉特勒先生的鞋店里，我将鞋子放在柜台上，他打开后检查了一下鞋子，然后转过身瞧着我，摇了摇头说："没法再修了，鞋底全坏了。"

我夹着那双旧鞋走出了鞋店。

我站在街角抱着鞋等了一会，我好像看到老人在他那小河湾旁的小屋里赤脚等着我。我瞥了一眼这双老人穿得不能再穿的破鞋子，我想那双鞋子可能是世界上他最亲近的东西了。

我开始在楼前徘徊。我又一次站在大商店的门口。我衣兜里只剩下1元4角5分钱了。我把运动衫脱下走进商店。

"我打算不要这件运动衫了。"我告诉售货员，"我想买双跟这双旧鞋一样大小的鞋子，用这件运动衫的退款再加上1元4角5分。"

我向售货员说明为什么想要买这双鞋以及老人的鞋不能再修了。

"噢，我认识那位老先生，他来过几次。"售货员和颜悦色地说，"他常想要双软点的鞋子，我这儿还有几双。"

她转身拿出一双鞋盒，我看到盒子上的标价：4.5美元。

"我用这件运动衫再加上1元4角5分买了。"

售货员没说什么，他只是爬上去，拿下来一双很重的长腰袜子，放进鞋子里，用旧报纸将鞋子包起来。

我将那件骄傲的仰着头的大角麋鹿运动衫放在柜台上，抱着鞋盒走出了商店。

当那间我熟悉的小屋进入眼帘时，我慢慢走着思考着，我想着一些稀奇古怪的想法和如何去对老先生讲。我记得妈妈说过，风暴过后总是阳光明媚，黑色的天空最易看见星星，以及悲伤之后是快乐。

"吉特勒先生说你的鞋不能再修了，鞋底全坏了。"我一本正经地对老先生说。

使我迷惑的是，老先生那蓝色的眼睛里没有出现失望的目光。

"噢，那就算了，把鞋放在这儿，我看我自己还能修一修再穿一段时间。"

我打开旧报纸，那双崭新的软皮鞋呈现在他的面前。我看到他那双大手不停地抚摸着软皮鞋，泪水从他的面颊流了下来。他站起来，走过去从枕头下面拿出一件印有仰着头的大角麋鹿的红色运动衫。

"我早上看到你眼睛盯着这件红运动衫，当那父子两人打猎回来时，我跟那小男孩说用小狗换他的运动衫……"

我长久地抱着老先生的脖子，然后冲出那间小屋，去给妈妈看我身上穿的这件印有骄傲的大角麋鹿的红色运动衫。

（美国）马克·哈格

为你点亮一盏灯

冬天的夜，来得早。

电话铃响了。

一个稚嫩的声音："是卡尔老师家吗？"

"我就是。"卡尔急忙应道。

打电话的是卡尔班上最调皮的男孩。

"明天一早，米娜要转学回老家。大家商量明早6点在学校为她送行。你能来吗？"

"当然！我一定准时到达！"一瞬间，卡尔好像看到了电话那头甜美的喜悦。

天哪，那是黎明前最黑的时候！坐落在山脚下犹如荒岛的小学校，天一黑，老师们都要结伴而行……卡尔的心乱极了，再想已没有可能。卡尔细数着钟表滴答，总算熬过了这一夜。

匆匆洗漱完，卡尔抓起背包便冲出家门，冰冷的黑土，呼啸的寒风，吞并着深沉的夜色扑面而来。奇怪的是，恐惧并没有想象中那样包围着卡尔。

卡尔加紧步子，心里盘踞的只有一个念头："愿孩子们安全！"卡尔一口气爬上了陡坡。

清脆的童声离卡尔越来越近。一个女孩惊喜地发现了卡尔。几个同学如欢奔的羔羊朝着他跑来，卡尔张开双臂想要将他们全部拥在怀里，告诉他们他有多么担心。

校园里一片漆黑，只有传达室里透出一点光亮。叫醒了值班的师傅，卡尔来不及过多地解释，只点点头表示歉意。当一个个并不明亮的灯泡被点亮时，他们都长长地舒了一口气。

一个男孩告诉卡尔："打开灯，所有山坡下和山上的同学很容易看到教室的亮光，他们就不会害怕了。"

望着这些天真无邪的面孔，卡尔眼睛湿润了。卡尔要去接没来的同学。站在土坡上，寒风撩拨着他的头发，冷极了！卡尔心里一遍遍地呼喊："孩子们，快让我看到你们！"焦急、企盼、忧虑交织在一起，眼泪冻结在他的眼里。

远处，山坡上传来一群孩子的说话声。卡尔激动得快要跳起来。

几个孩子挥舞着双臂向学校飞奔而来，大大的书包在他们身后一颠一颠的。黑暗中闪烁着点点微弱的白亮，那是孩子们精心赶制了一夜的贺卡。

"老师，已到25人，还有35个同学没来。"不知何时，卡尔身后已站着一大群孩子。

"那好，我们一起来等！"幽深的小土坡下疾跑来一个黑影，跳跃的两条麻花辫在夜里格外醒目。

"是米娜！"几乎是不约而同地欢呼。

米娜飞奔着扑进卡尔怀里。"老师，我妈妈病了，我必须回老家读书。刚才我老远就看见教室里的灯，我知道您来了。"

卡尔紧紧抱着她，什么也说不出。

天空吞没了最后一颗星星。晨曦里，校门口站齐了卡尔的60个孩子。他们注视着彼此冻红的鼻尖和脸蛋儿，在喷吐出的每一口雾气中会意地笑了。那笑容比初升的太阳还要美丽。

是的，虽然在冬季，卡尔却收获了。

等

一对相亲相爱的老夫妻，74岁的汤普生跟他69岁的老伴，到明年夏天就要举行金婚礼了。但这年一入冬，老伴害了支气管炎。9月的大雾和克拉斯莱城夹着煤烟的恶浊空气加重了病情，不出十天她就过世了。

老伴走了，老头也就差不多了。本来红润的脸色一夜工夫憔悴了许多。两只手颤抖起来，他像株失了水分的绿树一下子蔫了；整日靠着火炉，坐在他那把高靠背的椅子上不言语。他在想些什么吗？谁也不知道。

汤普生夫妇有四个子女：大儿子当兵死在海上，大女儿结婚后跟丈夫到澳大利亚谋生，二女儿莫特比小儿子波勃大15岁，住在本城另一头，波勃跟妻子安妮结婚时还没个家，老两口就让小两口跟自己住一起。本来，安妮的理想是一个丈夫加一个套间，但既然二者不可兼得，自己又急于跳出经济拮据的娘家，所以也就乐意搬过来跟婆婆同住。她很快发现这个安排很有好处：婆婆把家务都担当了，自己跟波勃大可安心做工攒钱，以便不久可以独立出去。

可是如今婆婆死了，家务事全落在自己身上。尤其那老头儿整日呆坐在高靠背椅里出神，她看着煞是碍眼。

“他弄得我烦死了，波勃，”一天晚上她在枕头边对他说，“我扫地他也不挪挪地方，一天到晚也没句话。”

“爸爸是变了，不过咱们总得依顺点，这个家可是他置的，咱们是住在他家，对不对？”波勃总是好言好语。

不过安妮觉得恰恰相反：她认为这个家应该是她的了。

这一天，安妮发现有一家新开张的家具店，里面摩登家具应有尽有。店门口贴着一张广告：“欢迎光临”。安妮犹豫了几秒种便跨了进去，立刻被入口处三件一套的配套沙发所吸引。上边有一张醒目条子：“每周请付十先令，可先搬去贵府。”条子下款是一行淡淡的小字：单价：九十四镑。

只需十先令！用银行里那笔准备盖房子的存款利息就够了……背后一个温和的声音吓了她一跳：“太太，您需要什么？”她一转身，一个店员已悄悄站在她身旁。

“哦，不，不，我只是看看。”她有点窘。

“您大概只想看看客厅家具？”年轻人彬彬有礼。

“哦，不，都想看看。”

“我们是应有尽有，请往这边陈列室，您准明白我说得不假。”店员边说边架起她的手腕。

她来到陈列室入口处举目一望，宽敞的大厅里摆满了各式各样家具：有客厅的，有卧室的，有厨房的，甚至电视机、收音机都配好了。

“太太，这样一整套家具，每周付三五镑就行了……”

半小时以后，安妮坐上公共汽车回家，脑子里出现了一间间布置精美的房间，她激动了！每周只付三五镑！明天还不赶紧办，毫无道理。当然，先得有房子。

“波勃，咱们什么时候有房子呢？都等了三年了，还没有。”

“哦，我说不上。”波勃轻快地答道，“眼下这景况，我看也没有多大必要另外弄房子，那样谁照料爸爸？”

“你姐姐呗？”

“不错，”波勃心里藏着几分反感，“需要让姐姐照料的话，她是会照料的。你也知道她心地挺好。但毕竟还没这个必要吧！再说，要搬家，往哪儿搬？三年前我们租不到房子，三年后的今天也还是租不到。”

“置一幢怎么样？”

“那总得等攒够了钱再说。”

“银行不已存够三百多镑了？”

“全数用来置家具还不够呢？”

“今天我看到一套家具，店员说只消每周付三五镑够了。”

波勃笑起来：“你是指‘分期付款’那类办法吧？我说那个包袱咱还是不背的好。等将来有了钱一下子买齐，好不好？”

“又是将来！”安妮对“将来”这个词有点讨厌，“干了三年活，还没个自己的家来安顿。”

“我说这个家其实也就是你的嘛！你高兴怎么安顿都行！我爸爸他老人家年纪也大了，日子毕竟……”波勃不愿再说下去。

安妮很快瞧了他一眼，说：“你是说毕竟他日子不多了？”

“住嘴！”波勃有点恼了，“你不该这么讲。”

小两口进屋时，屋里亮着灯。老人坐在火炉旁他那把高靠背椅里。

“还呆在这儿？”安妮说，“我还以为你早上床了呢！”

老人抬了抬头，不过啥也没看清，只顾说：“我这就上床，这就上床。”他并住双脚才站起来，然后不声不响走了出去。

日子总算相安无事。天气渐渐变暖了。每天下午，老人离开靠背椅出门去。他慢慢走过一个小山坡来到公园里，坐在长登上晒太阳。

老人一出门，安妮便透口气，觉得舒坦了许多。她开始体味到当家庭主妇的乐趣，这是她早就梦寐以求的。她擦东抹西，把一切尽量收拾干净。

但她总觉得有点欠缺，有点不称心：那些家具又古老又笨重，不论怎么擦洗还是黑糊糊的，显得那么土气。一天，她向波勃诉苦说：

“这些旧劳什子看着就叫人犯难，好像博物馆。角角落落只会积灰，我真不明白你妈怎么一辈子能看顺眼。”

“她习惯了。这还是她跟爸爸结婚时候办的，那时节作兴这式样。”

“怪不得都老掉牙了。”

“是过时了，将来咱们办几件像样的。”

“干吗要‘将来’？现在就办不好吗？波勃，咱们能把这个家收拾得像样的：铺上地毯，摆一套三件沙发，再——”

“等等，”波勃插嘴道，“爸爸可能不乐意的，这屋子他有感情。”

“你去问问呗！我猜他才不在乎呢。吃了饭就坐公园。”

“老家具怎么办？”

“卖掉呗！市上还是会有人要的。”

波勃一听要卖，心缩了一下。赶忙说：“爸爸还健在，不能这样办。卖掉老家具，咱们一走，他该怎么办？”

“咱们不走呀！我是说只卖老家具。这屋子要有新家具怕不派头？”

波勃一见她圆润的面孔泛起坚决的神色，便退了下来。她愿意跟他结婚，他心里还一直留着几分感激呢！不过……

“不过，我想……不过我想如果爸爸不在乎，咱们就把他这些旧家具搬到仓库放起来。万一他喜爱，总也还在。”

不过，最终旧家具还是卖掉了，老人也没有反对。他们把钱交给他，他默默看了看摊在面前的几张可怜的旧票子，伸手推开了。

小两口挽起袖子打扫房间，把一种很时髦的淡色糊壁纸贴到墙上，房间立刻显得大了些。窗帘也换了新的。还有地毯、餐室用具、三件配套沙发……真是面目全非，非同小可！安妮真想跳舞！

唯一碍眼的是那把木头高靠背椅。天气暖和起来，老人白天里多半时间上公园坐长凳；这把椅子，安妮把它搁哪也不顺眼。

这一天，安妮忍不住向波勃抱怨起一件她一直认为不公平的事：子女都应该服侍老人，波勃的姐姐应该把老人接了去。她说：“我们服侍他也快一年了，你姐姐接他去住一阵总行的吧！再说她们家房间比我们家也宽敞。”

“可这房子是爸爸的，”波勃说，“他舍不得离开的。”

“住那儿跟住这儿不都一样？他整天呆呆的，才不会想那么多呢！”

“我也不知道，不过这怕不太……”

“你去看看你姐姐，顺便讲讲这事。”

几天后的一个晚上，波勃回家来，看见安妮跟老人面对面坐着。老人像惯常那样两手支在膝盖间的手杖上，但屁股怯生生搭在一把新椅子的边缘。波勃把房间扫了一眼，急问：“您的靠背椅呢，爸爸？”

安妮脸红起来：“我……我给打发了，下午门口来了收旧货的，卖了五先令，你爸爸他不接钱。”

“你真卖掉了？”波勃似乎还不相信。

“我是觉得没地方搁，我想你姐姐不会要的。”

波勃听她料得这么准，忘了老人在场，便说：“姐姐不光不要，还……”但他立刻住了口。

三个人好一阵谁也没说话。沉默中一缕颤抖钻过老汤普生的心。他立起身，直挺挺面对着他俩：“你到莫特家去过了，对吧？要赶我走。”老人的声音又弱又尖，像愤怒在爆裂，“我懂你们的意思，你们在等我死。好哇，听我说：我是要死了。既然我亲爱的玛丽走了，还有什么值得我留恋！我也在等死呀，等上帝来召我去，去到我的玛丽身边。”他把手杖举起来重重顿了一下地板，说，“你们只消稍等——只消稍等了！”

老人的脸涨得通红，一双眼睛喷射着火，他说完便转身径直出门下楼。楼梯上响起迟钝的脚步声。他俩听着。她不说话，他也不说话。两人你看看我，我看看你，接着各自把目光移开。

（英国）S. 巴斯托

弟 弟

在劳伦成长的屋子里，在同一间房的一个角落，在同样的窗下和同样的乳黄色的墙壁旁，劳伦的弟弟奥立佛，仰面朝天在他的床上度过了整整33个春秋。奥立佛又瞎又哑，双腿奇异地扭曲在一起，甚至没有力量抬起自己的头，当然更不能有学习任何东西的智力了。

劳伦现在已是一名英语教师，每当劳伦给学生们介绍又瞎又聋的女孩海伦·凯勒顽强生存的故事时，劳伦总要告诉他们自己的弟弟奥立佛的事。曾经有一个男孩儿举起手问：“哦，德·劳伦先生，你是说，他只是一株植物吗？”

“是，我想你可以把他称为一株植物，可他仍是我的弟弟奥立佛。”

劳伦的母亲怀奥立佛的时候，曾被一个煤气罐里漏出的煤气熏倒，劳伦的父亲把她抱出门外，才使她很快苏醒过来。

奥立佛出生后看起来十分健康、丰满、漂亮。几个月后，劳伦母亲才意识到她可爱的宝宝竟是个瞎子。后来，劳伦父亲逐渐了解到，失明仅仅是问题的一部分。

医生告诉劳伦父母，对于奥立佛他们已无能为力了，他说：“你们可以把他送到慈善机构去。”

但劳伦的父母坚持要带他回家并且好好爱他。

在圣诞节，他们为奥立佛包好一盒婴儿麦片，放在圣诞树下；在7月的热浪中，他们用清凉的毛巾轻抚他汗湿的面颊；在他的床头，他们请来了教父挂上他的洗礼证书……

即使在奥立佛去世后的5年里，他也一直是劳伦所遇见的最为孱弱、最为无助的人，然而他却又是最为强有力的人们中的一员。除了呼吸、睡觉和吃饭，他决不可能做任何事，但是他却肩负着爱，激励着别人洞察世界的责任。

当劳伦还是孩子的时候，母亲常说：“你能看见这个世界，这难道不是一件很奇妙的事吗？”她描述着：“当你走进天堂，奥立佛会扑向你，拥抱你，他会对你说：‘谢谢你。’”

当劳伦刚20出头时，遇上了一个女孩并堕入了情网。几个月以后，劳伦带她去见父母，劳伦问那女孩：“你想看看奥立佛吗？”

“不。”她说。

不久，劳伦碰到了露易。到了该劳伦去喂奥立佛时，劳伦很为难地问露易是否愿意去看看奥立佛。

“那当然。”她回答。

劳伦坐在奥立佛的床边开始喂他，一匙，二匙……

“我能喂他吗？”露易满怀同情地问劳伦。劳伦把碗递给她……

这就是无力者独具的力量。他能使你知道该和哪个女孩结婚。如今，劳伦和露易已有三个可爱的孩子了。

钱 夹

一个寒冷的日子，我在回家的路上偶然发现了一个别人遗失的钱夹。我拾起它并试图找到一些可联系失主的身份证明。但是皮夹中只有3美元和一封被弄皱的信，这封信看来已经放在钱夹里很多年了。信封已磨损，唯有寄信人的住址还清晰可辨。我打开信，希望找到一些线索。信的落款日期是1924年，差不多写于60年前。信中的娟秀笔迹出自女性之手，在淡蓝色信笺的左侧角落有一朵小花。这是一封“绝情信”，写给迈克尔的，发信人因她母亲的阻拦再不能见他。即使如此，她写道她仍会一直爱他。信末署名是汉娜。

这是一封精美的信，但是除了迈克尔的名字以外，没有其他办法确定皮夹的主人。或许询问信息台，话务员可以通过信封上的住址查到电话。话务员建议我和她的负责人说，那位负责人犹豫了一会儿，然后说：“嗯，有那个住址的电话号码，但我不能给你。”她说出于礼貌，她可以打那个电话，说明我的情况后，看接电话的人是否愿意让她再与我联系。

我等候了几分钟，然后那位负责人回到线上：“有一位女士将会和你说。”

我问电话另一端的女士，她是否认识一个叫汉娜的人。

她吃惊地说：“哦！我们从一户人家买来这栋房子，他们家的女儿叫汉娜。但已经是30年前的事了！”

“你知道那户人家现在可能住在哪里吗？”

我追问。“我记得汉娜几年以前将她的母亲送到了一家养老院，”女人说，“如果你和他们联系，他们可能会找到她女儿。”她给了我养老院的名字，我拨通了电话。电话中的女人告诉我老妇人数年前就已经过世，但是养老院确实有个电话号码，老妇人的女儿可能住在那里。我谢过养老院的人并按她给我的号码去了电话。接电话的女人解释说现在汉娜自己也住在一家养老院内。我想我真是太傻了，为什么要费这么大的劲去找一个只有3美元和一封信的钱夹的主人，而那封信差不多已有60年了？

然而不管怎么样，我还是打电话给汉娜所在的养老院，接电话的男人告诉我："是的，汉娜是和我们在一起。"当时已经是晚上10点了，我问是否可以前去看她，那人犹豫地说："好吧，你可以试试运气，她可能在客厅里看电视。"

我谢过了他并开车到养老院。值夜班的护士和一个守卫在门口接待了我。我们上了大楼的三层。在客厅中，护士向汉娜介绍了我。她是一个和蔼的老人，满头银发，面带微笑，神采奕奕。我告诉她拾到钱夹的事并给她看了信。她看见左边有花的淡蓝色信笺的一刻，深深地吸了一口气并说："年轻人，这封信是我和迈克尔的最后联系。"她把视线转向别处，陷入沉思，然后柔和地说，"我非常爱他，但是我那时只有16岁，我母亲觉得我年龄太小了。哦，他是那么英俊，看起来像演员肖恩·康纳利一样。"

"是的，"她继续说，"迈克尔·戈尔茨坦是一个非常好的人。如果你能找到他，告诉他我时常想念他，并且……"她犹豫了一会儿，几乎是咬着嘴唇，热泪盈眶，"我一直没有结婚，我想没有人比得上迈克尔……"我谢过汉娜并跟她道了别，乘电梯下到一楼。

当我站到门口时，那门卫问："老人能帮助你吗？"我告诉他老太太已经给我线索，"至少我知道了姓氏，但我想暂时放一阵子，因为我已花费了几乎一整天时间来找这个钱夹的主人。"

我取出钱夹，那是个朴实无华的褐色带红边的皮夹。当门卫看到它的时候，他说："嗨，等一下！那是戈尔茨坦先生的皮夹。无论在何处，只要见到那鲜亮的红边，我就能认出来。他总是丢失那个皮夹，我曾在门厅中至少发现过3次。"

"谁是戈尔茨坦先生？"我问，手开始颤抖。

"他是8楼的一位老人，那肯定是迈克尔·戈尔茨坦的皮夹，他准是在散步时弄丢的。"

我向门卫道了谢就很快跑回护士办公室，告诉她门卫说的话。我们乘电梯去楼上，我祈祷戈尔茨坦先生还没睡。

到了8楼，楼层护士说："我想他在客厅里，他喜欢晚上看书，他是一个可爱的老人。"我们走进唯一亮灯的房间，一位老人正在看书。护士走过去问他是否遗失了钱夹。

戈尔茨坦先生惊奇地抬起头，手摸向他背后的口袋："哦，它是不见了！"

“这位好心的先生拾到了一个钱夹，我们想它可能是你的。”

我将钱夹递给了戈尔茨坦先生，他看见钱夹时，松了一口气，笑了，并说：“是的，就是它！一定是今天下午从我的口袋里掉出来的。我要酬谢你。”

“不，谢谢您，”我说，“我必须告诉您一件事，为了找到钱夹的主人，我看了里面的信。”他脸上的微笑突然消失：“你看了那封信？”

“我不仅看了信，还知道汉娜在哪里。”

他的脸色突然变得苍白：“汉娜？你知道她在哪儿？她还好吗？她还是那么漂亮吗？请快告诉我。”他请求说。

“她很好……就和你当初认识她时一样漂亮。”我柔和地说。

老人露出期待的微笑，问：“你可以告诉我她在哪儿吗？我想明天打电话给她。”他抓着我的手继续说，“你知道吗，先生？我是那么的爱那个女孩，以至于收到那封信时，我的生命就结束了，我一直未娶，因为我始终爱着她。”

“迈克尔，”我说，“跟我来。”我们乘电梯到三楼，走廊里很昏暗，只有一两盏小夜灯照着我们到客厅，汉娜正独自坐在那儿看电视。

护士走到她跟前。迈克尔和我等候在门口，护士指着迈克尔轻声说：“汉娜，你认识这个男人吗？”她扶了扶眼镜，看了一会儿，但沉默不语。

迈克尔轻轻地，几乎是在耳语：“汉娜，我是迈克尔。你还记得我吗？”

她一下激动起来：“迈克尔！我不敢相信！迈克尔！是你！我的迈克尔！”

他慢慢走向她，两人拥抱在一起。护士和我泪流满面地走开了。

“看，”我说，“上帝的安排！如果事情注定要这样，那就一定会这样。”

大约三个星期后，我在办公室接到养老院打来的电话：“你能在星期日抽空参加一个婚礼吗？迈克尔和汉娜要喜结良缘了！”

婚礼办得很热闹，养老院的所有人都盛装打扮前来庆祝。汉娜穿着一件浅米色连衣裙，看起来很漂亮。迈克尔穿着深蓝色的西装，站得笔直。他们让我做男傧相。养老院给了他们俩自己的房间。

76岁的新娘和79岁的新郎就像两个十几岁的年轻人一样，

一份持续了60年的爱终于有了完美的结局。

某君恋爱外史

N氏是公司职员，才能平平，器量小，是个诚实的男子。他进公司以来，工作一直是认真负责的。

他渐渐到中年，已经有了妻子。他在公司中地位还算可以。

他在上下班路上经常想："直到目前为止，我未尝有过风流的生活，恐怕以后的日子也都是平平常常的。我跟恋爱之类是无缘的，总感到有点空虚，但是，也许倒还是这样好。像我这样性格的人，笨拙地卷进花里胡哨的事，那是不会得到好结果的……"

便是，有一天，他却遇到了意想不到的事。

事情的起因，是N氏从茶馆出来的时候，看见一位女顾客，在收费处前显得很狼狈的样子，就问道："您怎么啦？"

那位女顾客几乎要哭出来了，说："我因为口干，就进来喝茶，等到结账的时候，才发现忘了带钱包。"

"那就使您感到为难了吗？不过是喝了一杯红茶的小事罢了，我来替您交费，好吗"？

"那该怎样感谢您才好呢？多亏您帮助我。我改日到您那里还礼，请您把地址和姓名……

"不啦，不啦，行了，行了……"N氏一边说，一边就一下子告诉了她，就这样有两天没相见，N氏总觉得遗憾。

到了第三天，那位姑娘找到公司来了，就这样，他们开始了来往。

姑娘二十五岁左右，很漂亮，语言谈吐优雅，衣着合身，打扮朴素大方，不像是个卖笑生涯的人。

她说，为了答谢N氏那日的破费，想请他吃晚饭。N氏着慌了，他对此表示感谢，但觉得那样做太过分了。话又说回来，把这么好的姑娘冷淡打发走，N氏于心不忍。

对他来说，请客完全是意外，考虑的结果，他提出：一人负担一半吧，那位姑娘答应说就这么办。N氏认为做得有点愚蠢，但女方对此却并不介意。

晚饭全吃完了，但食不知味。那个时候像驾着玫瑰色的云，做着美梦似的，自己究竟说了哪些话，完全记不得了。第二天上班后许久，N氏才稍微恢复常态。

过了两天，姑娘又来请他去吃饭。N氏当然不会拒绝，欣然赴约。那个姑娘喝酒时眼睛充满了迷人的魅力，目不转睛地凝视着他。

她为什么对自己如此表示好感呢？比我年轻、机灵、时髦的男子不有的是吗？他有些怀疑。他不是个纵情玩乐、有自信心的人。

现在有一种时髦的行当，那就是产业间谍。说不定她就是干这一手的呢。他感到：女方邀他在茶馆约会，这手段就很高明。

那样的话，就必须非常小心地加以提防。N氏放弃对那个女人的幻想，努力使自己冷静下来。但是，冷静考虑的结果是，他的公司似乎也没有这样的机密；要是有的话，也轮不到他知道。自己怎么竟然变得多疑、无情无义起来？

女方仍然给N打电话，邀请他外出。一天一天就这样过去了。快活是快活，但他还是没有自信心。

简直难以相信自己会有这样的艳福，如果不是别的公司的圈套，那也许是自己公司的头头脑脑想出来的考验职员是否会耽于女色的一种方法，作为提升职员的参考。

但是，他不露声色地跟同事打听有没有这样的事，他们都说没有这种经历，好像也没有哪个头头脑脑想得出这样的高招。

N氏又想道：这莫非是作奸犯科的人？看上去文雅、彬彬有礼的女人，后面跟着品质恶劣的男人，这种情况也很多。还可能有这种计划：估计到事情深入了的时候，男的就会出现进行恫吓。交不起钱的话，就强迫你给盗贼领路。这些好像是在哪本小说中看到过的。

不，她决不会干这种事，N氏为了相信她的爱情，又努力打消自己的疑虑。燃烧起来的爱情跟怀疑的惊惧交织在一起，他痛苦极了。结果在某一天，他偷偷跟在那个女的后面观察，调查她住在哪儿，过着什么样的生活。

没有什么特别的问题。她过着正常的生活，无懈可击。左邻右舍对她的评价也挺好，跟奇奇怪怪的男人来往的事，似乎也没有。

疑虑完全打消了，N氏高兴得不得了。她真是喜欢我的，不能想入非非了，要信任人家。

下次跟那位姑娘见面时，N氏断然提出：“这个休假日，咱俩去旅行，好吗？”

“这对您的妻子可不好啊……”

“可管不了那么多了。我爱上您了，打心眼里爱您。我产生这样的感情，这还是第一次呢。”

N氏竭力说了许多亲爱的私房话，但是，女方的回答却出乎意外：“但是，我却一点也不喜欢你。”

形势急转直下，N氏用狼狈不堪的声调说：“那样的话，您为什么，一直跟我来往……”

“这是我的工作，我是为了委托人才这样做的。”

“委托人？是谁委托您干这样奇怪的事？”

“您的妻子呀！我的职业是调查丈夫对妻子的爱情是不是专一。很多人的妻子都来委托我们，这一行的生意很兴隆呢。这是我们这个时代最尖端的职业，不是吗？”

N氏呆若木鸡，那个女人很快地从他面前走开了。果然是圈套！而且是最厉害的圈套。无论如何，她是不会替我说好话的。哎呀呀，连这样的职业都出现……

（日本）星新一

断残花瓶

卡丽契卡说：“无论如何，我们得给他们寄去点什么。”

耶尼克说：“卡丽契卡，就把那只花瓶送给他们吧！”

卡丽契卡睁大眼睛问道：“哪个花瓶？”

“就安娜姑姑送给我们的那一只，那只刻花的红花瓶。”

“可那花瓶已经断了瓶颈啊！”

“稍等一下。”

耶尼克打开衣柜，轻轻地把一只断了颈的刻花红花瓶放到桌上，又将另外一个纸包打开，取出那节花瓶颈，将它安在瓶上。

“如果瓶颈没断就值钱了，对不对？”

“对啊，真可惜！”

那刻花玻璃像泪血般地闪着光，这就是耶尼克的姑姑送给卡丽契卡的，贵重的花瓶寄到他们手里时已经断了颈。

“有啦，卡丽契卡，奥琳卡在我们家不是从来没见到过这只花瓶吗？我们将花瓶装到一个小木箱里，写上一张贺婚卡。喏，他们准会以为花瓶颈是在邮寄的路上断的。这样一来，他们顶多只会感到遗憾，但是在蜜月中这一点遗憾还是承受得了的。”

“我们怎能这样欺骗唯一的妹妹呢？”

“那你说还有什么别的办法吗？”

“就这样！”卡丽契卡想了一会儿说，“把这只花瓶给他们寄去，等以后我们什么时候有了钱，再给他们补上这个礼。”

奥琳卡结婚了。

“亲爱的贝比克，我真遗憾卡丽契卡他们没有来。他们该来参加我们的婚礼呀！她不是经常说他们过得如何开心，耶尼克对她如何如何好吗？”

“也许吧，他们尽管过得还不错，但也没什么剩余的。”

“还不到1号嘛，大概要等到发了薪才有条件表示这个心意。”

正在他们说话时，房门轻轻开了，女仆走了进来。

“夫人，邮差来了，说有你们的一个小木箱。”

“从哪儿寄来的？”

“布拉格。”

“卡丽契卡寄来的。”俩人同时高兴地叫了起来。

贝比克小心翼翼地正准备开小木箱，看到上面贴着的纸条上写着“小心！玻璃！”几个大字。

“先生，”女仆提醒说，“这儿还有一封信。”

贝比克放下用来撬小钉的刀子，拆开这信封。来信是耶尼克写的。

亲爱的约瑟夫：

虽然我们没来参加你们的婚礼，但是我们整天都在想着你们。每时每刻都在祝你们幸福。你知道吗，贝比克，我们本想来的，但是我们没有钱。这你可不要告诉奥琳卡，卡丽契卡正保着密呢，只要她以为谁都不知道这情况，她就感到自己仿佛并不那么穷。要是我们没干那件倒霉的事，我也不会给你写这封信的。我们想给你们送件礼物，可又没有钱，于是想出了一个小小的骗术：我们曾经收到过一只刻花的红花瓶，在邮寄的路上断了颈。我想，寄给你们的花瓶也可以在路上碰断啊。请不要生气，贫困逼着我想出了这么个馊主意，我便把那只断了颈的花瓶包了起来。我在这么做的时候，心里一直很难受，我为自己穷得连给自己最亲的妹妹送礼的钱都没有而生气，以至忘了把断下来的瓶颈包进去。卡丽契卡不知道这情况，她要是知道，会羞死过去的。第二天早上，我发现包在纸里的花瓶颈还在桌上，而那只小木箱已经寄走。约瑟夫，我求求你，千万不要生我们的气，尤其是别让奥琳卡知道我们的困境和骗人的把戏。不是为我，而是为了卡丽契卡，我求你这样做。祝你幸福。

可你知道，虽然我们一直穷得不行，但我们俩仍然过得很幸福。

你的耶尼克

贝比克读完信，想了片刻。

“这是什么？”奥琳卡问道。

“不要着急！”贝比克回答说。

“快，打开小木箱看看！”

“马上，马上……”

贝比克重又拿起了小刀子，可那钉子似乎老也撬不开。

“我得拿个榔头来……”

“小心点儿！”

贝比克摆好小刀的位置，对准它就是一榔头。

“小心些！贝比克！”

“该死的钉子！”贝比克喊了声，笨手笨脚地将木箱扔到了地上

“天哪——”奥琳卡吓了一大跳。

“奥琳卡，”贝比克请求她说，“原谅我，怪我性子太急。快进你的房间去，我先瞧一瞧里面的东西碎了没有。喏，不要伤心，要是摔碎了，我给你买个新的。别哭，奥琳卡，亲爱的！”

奥琳卡受了他一连串的亲吻以后，安静了下来，乖乖地上饭厅去了。女仆玛莉则被打发去买啤酒。贝比克徒手打开了木箱盖，一眼瞧见了耶尼克用纸包着的那只没颈花瓶，上面扎着一根粉红丝带，周围塞满了刨花。

“可怜的人啊！”贝比克小声地说。

奥琳卡得到了一只特别漂亮的刻花红玻璃花瓶，这是贝比克买来代替那只被他不小心摔碎的残花瓶的。奥琳卡那一次还一个劲儿地埋怨他性子太急，以至用榔头砸碎了花瓶，好让他一个劲儿地亲她，求她饶恕。贝比克为此觉得很幸福。美滋滋地竟然忘了给耶尼克写封回信，只是卡丽契卡却得到了妹妹的一封简短的信：

亲爱的、金子般可贵的卡丽契卡：

你们给我寄来的花瓶是我所得到的礼物中最喜欢的一件。我每天往它里面插鲜玫瑰，我看它老也看不够。谢谢你们，你们真好，给我们带来了莫大的欢乐。

你的奥琳卡

“小可怜的！”卡丽契卡看完信说，“她想告诉我们，花瓶在邮寄的路上摔断了颈子。她心眼儿那么好。我们却做了这丢人的事情，但总算过去了。”

“谢天谢地！”耶尼克感叹了一句，脸都红到了耳朵根子后面。

航海之梦

在轮船的甲板上，24岁的金发碧眼、肤色白皙的阿蜜姑娘，正站在游泳池旁边。当她环视周围的一切时，一阵喜悦涌上心头。这艘船正开向大西洋中的百慕大群岛作为期一星期的海上游弋。船上除了有许多老年人外，还有为数不多的年轻人。由于时间短，又值海上旅游淡季，她已遇到了一部分度蜜月的情侣和一些单身汉。显然，他们也像她一样，平时省吃俭用，这次住在价格较便宜的船舱里。

这时，她的目光遇到了一个高高的个子、极吸引人的年轻人，他正聚精会神地坐在一个迎风的、与外面隔离的角落里看着一本书。在前天晚上的迎宾晚宴上，她曾注意到他。一见到他，她就感到自己全身有着一种说不出的冲动。而仅仅当他静静地坐着时，仿佛才流露出一种青春的风采，一种他特有的炽燃的阳刚气质。

在她旁边，另一个纽约人娜妞随着阿蜜凝视的目光，呻吟地说："哦，别白白为他激动不已。他的名字叫韩瓦德，也住在纽约市。但他这次赴海旅游是为了逃脱女人们，而不是为了得到她们。"呼吸了口新鲜空气，她又说，"我有个女友就在他的化妆品公司工作。她曾告诉我，几年前他在国外工作，现在是公司里一位职位低的管理员，整天被包围在一群爽快的模特儿中。但在他的私生活中，仅和一些有特色的姑娘约会。他不但是一个奇妙的人，而且也是一个真正的高深莫测的人。"

阿蜜看上去闷闷不乐。她思量着：自己会是个有特色的姑娘吗？她怀疑这一点。

那天下午，她绕着甲板轻快地散了散步以后，与一位个子矮小、面容憔悴的老年妇人相互笑着打了个招呼，就笨拙地坐在老人身旁，心情仍不平静地说："我叫阿蜜，才吃过两块早上留下的小面包。"

"我是爱丽斯夫人，就叫我爱丽斯吧。"

后来，阿蜜获悉，爱丽斯夫人的丈夫于两年前长眠了。他们夫妻共同度过了整整63年的恩爱生活。"在那时，每分每秒都是甜蜜时光。"她有点摇晃着说，"我们是最亲蜜的伴侣——哦，有时我们相互逗得对方大笑！"

离开她后，阿蜜陷入了沉思：这正是我所渴待的那种婚姻。身体结实、富有情感的韩瓦德的形象，突然炽燃在她脑海中。

这两天的生活缤纷得像五彩气球。尽管她是充满活力的小组中的一员，但她为那件事暗自烦恼。命运安排韩瓦德在她们圈子之外——一个满足的独自幸福生活着的孤独人。

第三天，当她正靠在船的栏杆上时，突然唐突地意识到他就紧挨在自己身旁。她不由得听到了自己轻轻跳动着的心音。

他温馨地转头望她微笑着说："我的五脏都混乱了，他们不习惯这里的空气。"

"太拘束了，"她毫无表情地说，"我数出每分钟我在船上呼吸的次数，其价值我打8分满意。"

他大笑了："如果你头脑保持冷静些，看看你周围的一切，就会请求退款。"他说毕后，便掉头慢慢离去。

阿密嫣然的笑凝结了，一动不动地站在那儿。后来，她转过身来看见老妇人爱丽斯沮丧地朝她走来。

"您好，爱丽斯。"阿蜜问候道。

她们坐下交谈起来。

"我还没向你告诉我登船的真正原因呢。聂达尔和我是在百慕大群岛上度过了我们蜜月生活的。我想付款给轮船上的招待，在她有空时带我到那幢我们曾住过的旅馆去。”老妇人的细声有些颤抖，“我还准备在那块草坪上坐坐，那时每晚我们都在那儿就餐……”

阿蜜乐开了：“我们都是浪漫主义者。”

“我想是的。刚才我看见你和那位美男子在一起。”

阿蜜叹息地说：“对他来说，我是位单调小姐。他不了解我。”

“单调小姐？”她吃了一惊，“他是个瞎子吗？”

“对我来说，他是个瞎子。”阿蜜说。

次日晨，船靠了百慕大群岛码头。阿蜜兴奋地哼着歌儿踏上甲板。她那十人小组已被安排参加一个海滨晚会，而韩瓦德也将参加。娜妞告诉她：“我负责午餐座位的安排，我包他坐在你旁边！”

一扭头，阿蜜看见一个矮小、缩成一团的形象坐在甲板上的一张椅子里。她猛然感到一阵不安。是爱丽斯？她想，那能是爱丽斯夫人吗？

她急忙走过去，发现老妇人弯着身子弓在椅子里，好像有点委靡不振。

阿蜜喊起来：“你怎么还不上岸呀？”

“我不想离开这儿，”老妇人含糊地说，“那招待把感冒传染给我了。”

阿蜜呆呆地站在那儿，不知怎么办才好。一阵突如其来的恐惧感掠过她的头脑。我不能带她！她想。我不能！今天是个重要的日子，而我对她不负什么责任。

如此激烈的内心矛盾，又使她不能走开。过了一会儿，爱丽斯夫人抬起头，她的眼睛像覆有一层薄膜似的，像一只垂死的鸟的眼睛。

阿蜜看见泪珠在老人眼中滚动，她也在做着她的梦。阿蜜暗自思忖：那是比我的梦分量重得多的梦。

费了极大的努力，她提高了声音：“我来扶着您，爱丽斯！”

后来，面对着古老的旅馆，老妇人惊叹不已：“聂达尔和我就住在225室。看，我们的阳台在那上面！”走进院内，她仿佛投身于回忆的海洋中。当她们坐在那块熟悉的草坪上时，阿蜜突然有了个主意——找了个理由离开了一下。回来时，她得意扬扬地举起一把钥匙说：“这就是225室的钥匙。我把你的故事告诉了店东，他说我们能住进去。”

过了一会儿，她们步入幽暗的房间。爱丽斯夫人喃喃地述说着：“这是我们的房间。虽然你不能使过去复活——但，多么生动的那一幕幕情景又重新浮现在你的眼前！多么甜蜜，它曾使我心醉！”

阿蜜走向那关闭着的阳台门，当她将门轻轻推开后，顿时，阳光照射进室内。放眼望去，蓝色的海水上闪烁着层层碧波。

“啊，多美的景色！”老妇人呼喊着，“过去，我们手握着手就在那儿吃早餐！”

她一步步地向前走去，慢慢地抬起头，温暖的阳光照射在她头上。这时，一个奇迹出现了。透过一些奇异的变化，万般的光束，岁月被强大的回忆融化了。只见她婀娜轻盈，精神奕奕，清秀漂亮；眼睛依然深蓝，双颊光滑；她的心灵深处充满了当年的蜜月情景，爱情使她昔日的容颜再现了。

“聂达尔，”她说，“亲爱的。”

透过她的目光，阿蜜感到一滴苦涩、悲伤的泪正刺痛着她。

回到船上，阿蜜又站在船的栏杆旁，凝视着坦荡而博大的海水。大口大口地呼吸新鲜空气。这时，她听到一种深沉的声音在她身后说：“在这儿要打另一个8分。”

是韩瓦德站在那儿。

“我刚才经历了一个奇特的时刻。当我在下面散步时，突然一位老妇人像只发怒的小鸡向我飞奔而来。”他强忍住笑，“‘孩子，她是一心一意的！你难道视而不见吗？’她叫喊，‘当你看着她时，难道你没有看出她是个出色的姑娘吗？’”他温柔地说，“然后，她告诉我，你们今天做了些什么？”他平静而真诚地凝望着她的双眼，最后补加道，“你是个令人满意的好姑娘。”

接触，阿蜜想道，接触多么使人捉摸不透！它吸引着小伙子和姑娘。多么令人激动不已。哦，谢谢您，爱丽斯！

回到船舱，注视着模糊的甲板，她仍然沉浸在一种不自觉的幸福感状态中。他们相约好在7点钟的鸡尾酒会上再相见。

真是令人惊奇的一天啊，她想道。几乎放弃了一个海滨晚会！现在，在她的思想中，又看见爱丽斯夫人在225室——仿佛神奇般茫茫然地使一个姑娘变成了一个战栗着的新娘。她觉得红晕遮住了脸，当她想到自己某一天也会做个新娘子时。

闭上双眼，突然一声静静的泣声涌入她内心深处。上帝啊，让事情像那样为我发生！让我像那样去爱，并被爱。仿佛是，隐隐听见了温暖而美丽的亲吻触着她不断颤抖着的芳唇，那一刹时将成永恒。这似乎意味着她的梦幻已成为现实。

最后，她遇见了属于她自己的韩瓦德。

红宝石饰物

去年圣诞节，我们几位朋友在蒙特利尔的X大夫家里共进晚餐。这位X大夫刚结婚不久，夫人是医院的一位护士。

在餐桌上，我们的目光都不约而同地转向风姿绰约的女主人，并且几次三番一个劲地盯着她看，这实在有点儿冒犯之嫌。不过这天晚上，我们总觉得这位女主人的打扮很别扭：廉价的大红宝石极其醒目地佩戴在浅色绸上衣的正中间，旁边又没有别的首饰陪衬，看上去很不协调。

主人显然意识到了这一点，但他却泰然处之。直到吃完晚饭，我们来到吸烟室，主人才提起这件事——

“今天晚上，我看得出来，你们对我妻子佩戴这样的首饰都感到惊讶，而她自己还以为打扮得很得体呢！”他讲下去，“再说，感到奇怪的也不光是你们。几年来，每逢圣诞节，这颗红宝石是一定要出现的。这一天，这颗宝石几乎是神圣的，我妻子无论如何也要把它佩戴在醒目的地方。”

就这样，那天晚上，我们知道了红宝石的来历。

五六年前的一个夏天，医院里来了一个12岁名叫小乔的男孩子，由玛格丽特——未来的X夫人负责护理。这孩子一条腿得了骨结核，诊断为不治之症。他是个可怜的外国移民，流落在伦敦街头，后来被救世军收容后，遣送到加拿大。他被安置在渥太华近郊的一个农场里。他在那里做苦工，再加上非人的待遇，本来就被凄苦的童年折磨得瘦骨伶仃的身体很快就支撑不住了。终于有一天，他被送进了医院。

由于小乔从来没有听到过一句温存的话语，因此只要有人表示想与他亲近，他那原来整天绷着的脸就更加眉头紧蹙，浓眉下面那对乌黑的眼睛更加冷峻。

第一个星期，小乔必须绝对卧床休息，每天上午得给他包敷伤口，手续很复杂，花的时间也很长。他生平第一次得到别人的照料，他那种惊惶失措的表情简直难以形容，连心肠最硬的人看了都会潸然泪下。后来，他精神慢慢松弛下来，冷峻的目光也变得柔和了，不时地用试探的神情东张西望。

一天上午，玛格丽特像平时一样来给他敷药，可怜的孩子目不转睛地凝视着她，目光比任何时候都更锐利、更执著，闪烁着从未有过的光芒。她突然问他："小家伙，你为什么这么望着我？是因为厌恶我，还是我使你害怕？"

这时，他双手合掌，用异乎寻常的口气回答她说："啊！上帝！不，这是因为我觉得你很美！"

另一次，玛格丽特正要离开病房，顺便问问他需要什么东西，他拉住她的手，回答说："不，我什么都不需要，只想问你一件事。"

"什么事？"

"我听说乖孩子死后，可以进天堂。你说，真是这样吗？我现在已经在天堂里了，是不是我已经死了呢？"

随着时间的推移，孩子的病痛减轻了，但要彻底痊愈是没有希望的。他终于能站立起来，拄着拐杖在医院的过道里来回走动了。他的健康状况在不断地好转，没隔多久，甚至能楼上楼下地整天转悠。

特别是当玛格丽特值班时，大家准能看到他守在她身后的某个地方，望着她走过来又走过去，活像一只渴望抚爱的小狗，眼巴巴地凝神望着她。他是那么崇拜她，如果换一个人来敷药，他就觉得受不了。

这时已是12月份，圣诞节渐渐临近了。这年的冬天姗姗来迟，并伴随着一场百年未见的大雪。对小乔来说，这是他在加拿大度过的第一个寒冬。在他的心目中，12月只意味着伦敦阴沉、细雨蒙蒙的天空，所以当他久久地把额头贴在窗户上，透过玻璃看到灿烂的太阳在一片银色世界中熠熠闪耀时，真是欣喜若狂，心醉神迷。

几天来气候一直很冷，圣诞节前夕更加寒气逼人。早就有人嘱咐小乔不要在走廊里逗留太久，尤其不要走近楼下的大门，因为那儿有许多病人出入，不断有凛冽的穿堂风刮来。孩子表面上很顺从地答应了，心里却止不住有个强烈的愿望：溜到街上去。内中的原因谁都猜不到。事后才知他脑子里孕育着一个愿望，想给他的恩人——玛格丽特买一件圣诞节礼物，来表达感恩之情，他要不惜一切代价来实现这个愿望。他有一笔小小的积蓄，差不多1美元，他在外面包了三层纸，珍藏在衣服口袋里。这1美元对他来说是一笔巨款，他要用它来购买一个奇迹。小乔听说，达鲁齐街的商店橱窗里摆满了各种美丽的东西。

是得上那儿。不过要溜出去却不容易，去请求医院批准吧，那简直是妄想，他们肯定会一口拒绝。再说，他心里想保守秘密，万一走漏了风声，他的礼物就不可能带来意外的喜悦了。他觉得，出其不意地献上礼物才是最快乐的事。他随时随地做好准备，穿上了最暖和的衣服——一件捉襟见肘、最多只能抵御秋凉的破上衣，然后开始注意楼下大门口的动静，等待有利时机，以便神不知、鬼不觉地溜到门外去。快4点钟时，他渐渐感到绝望，认为已无法成功，可是就在这时，机会终于出现了。一辆救护车停到医院门口，从车上异常小心地抬下一个受伤的男子。两边围了不少人，孩子趁人们忙乱之际溜了出去，幸好没有一个人发现。不一会儿，他走远了，朝达鲁齐街跑去。他的脸颊通红，眼睛清澈明亮，那条病腿在拐杖旁边欢乐地直蹦跶。

开始，他并不觉得太冷，尽管寒气彻骨，此刻他反而觉得热辣辣的。他到达头几家商店的门口，在闪闪发光的橱窗面前，他的心思全部集中到一个目标上，那就是找到一件幻想的奇迹，因此根本没有留意身子渐渐在变麻木。他跑了不少路，还决定不了买什么；当他走到一个更加光彩夺目的橱窗前时，他的目光立刻被红宝石吸引住了。这块红宝石摆在白色丝绒衬垫上，在一大堆娃娃、玩具和其他应时的廉价装饰品中，像一个光芒四射的大红点。啊！这件首饰，他情愿押上他全部的财产，非要得到它不可。他揣着一颗在希望的煎熬下变得衰竭的心，走进了商店，要求把宝石拿出来看一看，然后买下这件极其渴望的礼物。店主人要价很高，但是，看到孩子忧伤的眼光，看到他拿出仅有的1美元，店主心软了，把这个闪闪发光的小玩意儿卖给了他。

小乔感到真有说不出的高兴，一出门就朝医院跑去。上帝，他多么想快些到达医院啊！他希望看到，当他把这件装在一个小巧玲珑的盒子里的东西献给他的恩人时，她的眼睛里流露出来的快乐。但是，这一回，不管他怎样心急火燎地想走快些，可是四肢在严寒的不断侵袭下却渐渐变得麻木了，软绵绵的没一丝儿气力。现在夜幕已经降临，对他来说，夜间的阴冷是不可思议的，喉咙里像堵了什么东西，上气不接下气，喘息不止，腿变得越来越沉重。靠近瓦特街时，他终于在一盏路灯下栽倒了。几个好心的行人看到医院就在附近，连忙把他抬了进去。

玛格丽特像平常那样去护理他时却到处找不到他，这时她第一个跑来了。给他打了一针强心剂后，可怜的孩子总算睁开了眼睛，恢复了一点神志。在昏迷中，他本能地把来之不易的红宝石攥得更紧了，清醒后突然想了起来，便把礼物递给正站在病床边俯身照看他的护士，羞答答地说："这是我给您的圣诞礼物。"

在说这句话时，他眼睛里洋溢着难以形容的脉脉柔情，仿佛还想添上这么一句话：您知道，为了您，我什么都可以去做，即使献出生命。

然而，他却不能讲出更动情的话了，因为，当他断断续续、很不连贯地讲他逃出去的经过时，一下子又昏厥了过去。刚才已经把他压垮的病魔这次再也不肯放过他了，肺充血急剧扩展开来，一切医疗措施和精心护理都无济于事。玛格丽特整夜守在病榻前面，不肯休息片刻。想到自己无意中造成这一切恶果，心里非常难过。清晨，她从某些征兆中得知病人已进入弥留阶段，她把苍白憔悴的脸埋进枕头，紧贴着垂死者的脑袋，强忍了好久的泪水终于夺眶而出。

小乔在咽气之前又一次睁开了眼睛，看到红宝石，也许明白了他的恩人对这件礼物的珍惜。一丝喜悦的光芒闪过他干瘪的小脸，霎时起了变化的目光直到最后都凝视着他的护士。他眼中流露出来的那种神采，使人觉得他整个灵魂都在那光彩中升华，在向她致以崇高的谢意。

“现在，你们不会再奇怪，我妻子为什么珍惜这件礼物，为什么每逢圣诞节都怀着虔诚的心情小心翼翼地把它佩戴起来。你们可以看到，如果不是我弄错了的话，那一回她也许已经感受到了那种伟大的、无与伦比的感情，也就是说，一种真正的爱。一个女人，不管她将来做什么，都不会把这种感情忘却的。”

（加拿大）西尔瓦·克拉潘

献给尤兰达的玫瑰花

在这美好的日子里，为什么我会突然想起那个早已夭折了的小孩呢？尽管那个夏天的情景一直萦绕在我的记忆中，然而却从没有引起过我丝毫的忧伤情绪。

那是几年前的事了。那时，我到曼尼托巴的一个小村庄，去给一位生病的教师代课，从而完成他留下的教学任务。其实，就我所知，或许他不是生病，而是失去信心的缘故。

“将来，当你寻求一个固定职业时，”师范的校长曾这样告诉我，“你就可以说你已经有教学经验了。”

于是，那年春天，我发现自己到了一个非常贫穷的小村庄——只有几间简陋的木屋，周围除了几株细高的云杉外，别无他物。

“一个月，”我自言自语道，”能足够给孩子们留下深刻的印象吗？一个月值得去努力吗？”

或许孩子们心里也有着同样的想法，因为我从没见过如此沮丧、冷漠甚至是悲哀凄苦的脸孔。我几乎没有什么经验可谈，因为我自己也差不多还是个孩子。

9点了，教室里热得像一个火炉。每年的7月初，常常会有一股令人难以忍受的热浪侵入曼尼托巴。

我根本不知道该从哪儿或怎样入手。我翻开点名册，开始点名。孩子们的名字大多数是法文的，就这样，我不知不觉地记住了他们的名字，而且至今仍记忆犹新：玛法琳·柏鲁布；埃米列·杜蒙；塞西尔·列宾……

凡点到名时，他们都起立并回答："到，小姐。"大多数孩子有着微微细小的眼睛，深色的皮肤和乌黑发亮的头发，这些特征表明他们是法国人和印第安人的混血儿。

这些孩子面目清秀，对人彬彬有礼。除了他们和我之间保持着难以理解的隔膜外，确实没有任何可以挑剔的了。那难以理解的隔膜使我感到不安。"难道孩子们都是这样的吗？"我苦恼地问自己，"把自己封闭起来，你便无法接近他们。"

我喊到"尤兰达"这个名字时，没有人答应，我再喊一遍，仍然没有回答。我抬起头，看着那些对我来说似乎完全冷漠如冰的面孔。

后来，一个声音伴着苍蝇的嗡嗡声，从教室后面传来。起初，我压根儿没弄清声音是从哪儿发出的。

"她死了，小姐。她昨晚就死了。"

这孩子的声调镇静、平淡，也许再没有什么能比用这种声调来叙述更令人感到痛苦不堪。

"啊！"我失声叫道，再不知该怎么说了。

孩子们和我对视良久，彼此默默无言。我现在才明白，我从孩子们眼里所看到的，我错认为是冷漠的那种表情，原来是一种巨大的痛苦。

"既然尤兰达是你们的同学，……你们可愿意……放学后四点钟……去看看她？"

孩子们严肃的小脸蛋上流露出一丝微笑，尽管是那么拘谨、那样悲戚，然而，终究是微笑了。

4点过05分，我看到许多孩子已经在校门口等着我，总共有二十多个。大家都默不做声，就像放学后仍被留下来一样。有几个走在前头给我领路，其他的则紧紧地拥着我，几乎使我无法举步。五六个年纪较小的孩子拉着我的手，轻轻地牵着我往前走去。就像领着一个盲人。大家都悄然无声，只是默默地把我夹在中间。

就这样，我们一起来到一间孤立的小木屋前。小木屋的周围长着几株稀疏的云杉，屋门敞开着，所以我们还在远处，就可以看见已死的小孩被孤零零地摆在屋里。她的尸体安放在一块粗糙的木板上，木板搭在两条椅子中间

毫无疑问，她的父母已为他们的女儿做了力所能及的事，他们把一张洁净的床单盖在她身上。两条扎得很紧的小辫子，或许是她的母亲给她梳理的吧，贴附在她那瘦小的脸蛋上。现在，她的父母不在这里，可能是忙着做别的事。也许是到镇上给她买现成的棺材；或者是买几块板子，然后亲自给她做一个。

她的脸娇小清瘦，表情庄重。我看着孩子们的脸，成年人的忧虑似乎过早地煎熬着他们。她大约十岁，或者十一岁。

孩子们都看着我，我知道，他们现在正希望从我这里得知一些情况，虽然我并不比他们知道得多。这时，我想出了一个好主意。

“你们不认为尤兰达希望有人陪着她，直到把她安葬到地下吗？”

孩子们的脸色使我意识到我的主意不错。

“那么，我们就四个或者五个一组守在她身边，每隔两小时替换，直到葬礼那天。我们必须小心守护，别让苍蝇飞到她的脸上。”

孩子们乌黑的眼眸里流露出激动的神情，看来他们很赞同我的建议。现在，他们围着我，觉得我是完全值得信赖的。他们的信赖则使我感到非常惊喜。

不远处，云杉林里的一片空地上，我看到有一团鲜红的色彩，但不知是何物，也不知道是从哪儿来，太阳斜照在它上面，它像一团燃烧的火焰。在这天的这一瞬间，它有着某种魅力。

“她是个什么样的女孩？”我问。

起初，孩子们没弄懂我的意思。后来，一个年龄与死者相仿的男孩，用柔和但严肃的口吻回答：“尤兰达很聪明伶俐。”

“她在学校里表现得好吗？”

“今年她很少来上课，她经常缺席。”

“但我们以前的老师说，她会学得好的。”

“她是怎么死的？”

“她死于肺结核，小姐。”他们异口同声地说，似乎这里的孩子一般都死于这种疾病。

现在，他们开始热切地谈论她，我成功地敲开了他们内心深处的、恐怕还没有人

触及过的窗扉。他们告诉我在她短短一生中，许多感人的事迹。一天，在她放学回家的路上——那时是2月，不，另一个纠正，是在3月——她把课本丢失了，并且为此伤心了好几个星期。后来，她上课时只好向别的同学借——这时，我从一些孩子的脸上看出，他们曾因不愿把书借给她，而一直为此事懊悔不已。另外，尤兰达没有一件用于坚信礼的礼服，经她一再恳求，最后，她的母亲终于用屋里仅有的窗帘给她做了一件——“一件……用很漂亮的饰有花边的窗帘做成的，小姐。”

我又问：“穿着饰有花边的礼服，尤兰达一定很漂亮吧？”

他们使劲地点点头，在他们眼里闪烁着对那个可爱的身影的追忆。

我凝视着那张安详的小脸，一个爱书、爱端庄得体的服饰的女孩。接着，我的目光又瞥见那丛在这忧郁气氛中令人惊奇的鲜红色彩，并认出一族野玫瑰花。7月，曼尼托巴贫瘠的土地上，到处都有大片大片盛开的野玫瑰，这使我感到一点慰藉。

“让我们去摘些玫瑰花献给尤兰达吧。”我说。这时，孩子们脸上再次露出那种当我建议来看看尤兰达遗体时的、带着哀伤的淡淡的微笑。

一会儿，我们便开始采摘。孩子们还是阴沉着脸，郁郁不乐。但我听到他们已互相搭腔。他们争先恐后，要比比看谁采的玫瑰花最多，最鲜艳。时时有人拉拉我的衣袖，说：“小姐你看，我采到的这朵多好看！”

我们回到屋里，轻轻地把玫瑰花撕开，然后把花瓣撒到她的身上。不久，只剩下她的脸在粉红色的花堆中露着。然后——怎么了呢？——看来她不再那么孤独凄凉了吧。

孩子们站成一圈，围着他们的伙伴，相信她这时可能再没有痛苦和悲哀了。

“也许她现在已升到天国里了。”

“现在她一定很幸福。”

我倾听着他们的谈论，孩子们能活下来，已是最好地安慰了他们自己。

但是为什么？啊，为什么这次对那个盛夏的回忆却勾起我对她——已夭折的孩子的思念。

难道这思念是由随风飘来的玫瑰花的芳香引起的吗？

我早已不太喜欢玫瑰花的芳香了，自从那年7月，也就是我去到那个最贫穷的村庄——照他们所说，便是去获取经验——的那个7月开始。

施舍的树

从前有一棵树，她很爱一个男孩。每天，男孩都会到树下来，把树的落叶拾起来，做成一个树冠，装成森林之王。有时候，他爬上树去，抓住树枝荡秋千，或者吃树上结的果子。有时，他们还在一块玩捉迷藏。要是他累了，就在树荫里休息，所以，男孩也很爱这棵大树。

树感到很幸福。

日子一天天过去，男孩长大了。树常常变得孤独，因为男孩不来玩了。

有一天，男孩又来到树这里。树说："来呀，孩子，爬到我的树干上来，在树枝上荡秋千，来吃果子，到我的树荫下来玩，来快活快活。"

"我长大了，不想再这么玩。"男孩说，"我要娱乐，要钱买东西，我需要钱。你能给我钱吗？"

"很抱歉，"树说，"我没钱。我只有树叶和果子，你采些果子去卖吧，卖到城里去，就有钱了，这样你就会高兴的。"

男孩爬上去，采下果子来，把果子拿走了。

树感到很幸福。

此后，男孩很久很久没有来。树又感到悲伤了。

终于有一天，那男孩又来到树下，他已经长大了。树高兴地颤抖起来，她说："来啊，男孩，爬到我的树干上来荡秋千，来快活快活吧。"

"我忙得没空玩这个。"男孩说，"我要成家立业，我要间屋取暖。你能给我间屋吗？"

"我没有屋，"树说，"森林是我的屋。我想，你可以把我的树枝砍下来做间屋，这样你会满意的。"

于是，男孩砍下了树枝，背去造屋。树心里很高兴。

但男孩又有好久好久没有来了。有一天，他又回到了树下，树是那样的兴奋，连话都说不出来了，过了一会，她才轻轻地说："来啊，男孩，来玩。"

"我又老又伤心，没心思玩。"男孩说，"我想要条船，远远地离开这儿。你给我条船好吗？”

“把我的树干锯下来做船吧，”树说，“这样你就能离开这里，你就会高兴了。”

男孩就把树干砍下来背走，他真的做了条船，离开了这里。

树很欣慰，但心底里却更难过。

又过了好久，男孩重又回到了树下。树轻轻地说：“我真抱歉，孩子，我什么也没有剩下，什么也不能给你了。”

她说：“我没有果子了。”

他说：“我的牙咬不动果子了。”

她说：“我没有树枝了，你没法荡秋千。”

他说：“我老了，荡不动秋千了。”

她说：“我的树干也没了，你不能爬树。”

他说：“我太累，不想爬树。”

树低语说：“我很抱歉。我很想再给你一些东西，但什么也没剩下。我只是个老树墩，我真抱歉。”

男孩说：“现在我不要很多，只需要一个安静地方坐一会儿，歇一会儿，我太累了。”

树说：“好吧，”说着，她尽力直起她的最后一截身体，“好吧，一个老树墩正好能坐下歇歇脚，来吧，孩子，坐下，坐下休息吧。”

男孩坐在树墩上。

（美国）谢尔·西弗斯汀

盲　人

公共汽车、火车、飞机和机场都是陌生人彼此倾吐心事的好地方，因为他们知道，彼此可能永远都不会再碰头。1983年春天里的一天，在拉加尔地亚机场，就是这种情况。我正在候机，有位高大、强壮、穿着体面的男子，仗着我们彼此素不相识，颇感安全地坐到我身边，开始和我分享以下这个故事。

我当时正在曼哈顿市区的办公室里，准备把一天的工作结束，那时我的秘书已经走了差不多半小时，我也准备把东西收一收。就要下班了。不过这时电话响了，是我的秘书露丝打来的，她的声音听起来很慌张：“我不小心把一包很重要的东西留在办公桌上忘了带，那包东西得立刻送到盲人中心，盲人中心离我们办公室只有几条街，你能不能帮我送去？”

“你打电话打得还真是时候，我刚要走出门呢！没问题，我帮你送去。”

我一走进盲人中心，就有位男子向我冲过来：“感谢上帝，你终于来了，我们得马上开始。”他指指旁边一张空椅子，叫我坐下。我还来不及说什么，就在一排视力正常的人当中坐下，一队双目失明的男男女女正对着我们。有个25岁左右的年轻人站在前面，开始告诉我们该怎么做。

“等会儿，我会叫失明的朋友，想办法认识坐在对面的人。无论花上多少时间，你都要想办法认清对方的五官特征、头发质地、身体类型、呼吸频率等，这很重要。等我说开始，你们就伸出手，摸摸前面那个人的头，感觉一下他头发的质地，注意一下他头发是卷的还是直的，是粗还是细，想象一个那头发应该是什么颜色，然后慢慢把手指移到对方的眉头，感觉一下那个地方皮肤面积的大小、紧绷度和质地，用双手探索对方的眉毛、眼睛、鼻子、颧骨、嘴唇、下巴和颈部，仔细听对方呼吸的声音，看那声音是很平静还是很急促？看你能不能听见对方的心跳？跳得是快还是慢？不要急，慢慢来——好，现在，开始！”

我开始感到惊慌，想离开这个地方，平常除非有我的允许，否则任何人都不能碰我，更不用说是个男人了；他正在摸我的头发，天哪！感觉好怪！现在他的手又到了我的脸上，我开始冒汗，他一定会听见我的心跳，知道我正惊慌失措，我一定得平静下来，不能让他知道我正手足无措；当一切终于结束，我好不容易松了一口气。

接下来，那位年轻的指导员继续说：“视力正常的人也有相同的机会，可以好好看看坐在你面前的人。请闭上眼睛，想象自己这辈子从来没见过眼前这个人，想想自己想了解对方哪些地方？他们是谁？心里在想些什么？他们可能有些什么样的梦想？伸出手来，摸摸对方的头，感觉一下他们头发的质地，想象一下那头发应该是什么颜色？”

他的声音越来越小，自然融入周围的一切，我还来不及反应，双手就已经放上坐在我对面那个年轻人的头。他的头发摸起来又干又粗，我不记得他头发的颜色，该死的是，我从来不记得任何人头发的颜色。

事实上，我从来都没有好好地看过别人，我只会叫人家替我做事，其他人对我来说，全都是可有可无——我根本就不关心他们。我的事业很重要，我的合约很重要，这种抚触、这种感觉、这种认识他人的方式，实在不像我的行事作风，我以后也该接受这种方式。

我继续摸那个年轻人的眉毛、鼻子、脸颊和下巴，心中忽然涌起一种温柔的感觉，那是我从来都没有体会过的，一种易碎的脆弱，是我自己甚至我周围的人，从来都不知道的。我体会到这种感觉，因而觉得很害怕。我知道自己很快就会离开这间屋子，而且会一走了之，永远不再回来。

梦想？我对面这个年轻人有梦想吗？我为什么要管这个？他又不是我的什么人！我有两个十几岁的孩子——我连他们的梦想都不知道，非但如此，我的孩子心中只有汽车、运动和女孩，我们很少聊天，我想他们也不喜欢我，我根本就不了解他们，至于我太太——我们两个人老是各管各的。

我又开始冒汗，呼吸变得急促起来。指导员叫我们停下来，我把手放下，坐回位子上。“现在，”他继续说，“这是整个活动的最后一部分，每个人都有3分钟，可以和自己的伙伴分享刚刚认识他的经验，把你的感觉和想法告诉对方，把自己从对方身上学到的东西，也告诉对方，眼睛看不见的人先说。”

那个坐在我对面的年轻人开始说，他叫亨利。一开始他有种被排斥的感觉，因为他以为那天晚上他没有伴了。他很高兴我能准时赶到。他接着又说，他觉得我很有勇气，敢冒险表达自己的情感，并深刻体会别人的感受。“我对你刚才的表现印象深刻，”他说，“无论你多不愿意，你还是按照指示，做出一切的动作。你的心很大、很寂寞，你希望生命中能有更多的爱，但是你不明白怎样去追求。我很敬佩你有这种意愿，愿意找出那个和平日的你截然不同的自我。我知道你很想夺门而出，不过你还是留下来了。我第一次到这里的时候，也有同样的感觉，但现在我不再像从前那样害怕面对真正的自我。我可以哭，可以害怕，可以惊慌失措，可以想夺门而出，可以紧闭心扉躲藏在自己的工作里，这些都没关系，都只是我正学着接受与了解的正常情感。你也许会希望多到这里来几次，好学着了解真正的自我。”

我看着面前年轻、眼盲的亨利，不顾一切地潸然泪下，一句也说不出来，没什么好说的，我这一生从来没有到过像这样的地方，从来没有体验过这么多无条件付出的爱与智慧。我唯一记得自己告诉亨利的一句话就是：“你的头发是棕色的，眼睛很亮。”他可能是我这辈子遇过的人当中，第一个双眸令我难以忘怀的人。我才是瞎子；真正能够看清自我的是亨利。

聚会转眼到了尾声，我拿起座位底下的信封，交给指导员："我的秘书早应该把这个交给你的，很抱歉这么晚才送到。"

那个指导员微笑着收起信封，说："这是我第一次任这类指导员，我一直在等书面解说，好弄清楚该怎么做，不过书面解说一直没送到，我也只好自己冒险一试。我刚刚才知道你不是这里固定的学员，很抱歉。"

我到现在都没有告诉任何人，就连我的秘书都不知道，我一星期有两个晚上要到盲人中心去。我无法解释。但我真的觉得，我的内心开始涌出爱人的感觉。别告诉华尔街上的任何人，说这话是我说的，你知道，那是个狗咬狗的世界，而我必须在其中保持不败——或者根本不必？我好像再也无法肯定回答任何问题。

我知道，我还得学会很多东西，才能让儿子尊敬我。奇怪，我以前从来没有说过这种话，小孩本来就应该尊敬父母——至少这是我从小一直听到的话，也许这是双方面的吧！也许我们都该学着彼此尊重。而现在，我已经开始学习如何尊重自己、如何爱自己。

红木钢琴

很多年以前，当我还是20多岁的小伙子时，我在路易斯街的一家钢琴公司当销售员，我们利用在全州各小城镇的报上登广告的方式贩售钢琴。当我们收到足够的回函时，就驾着装满钢琴的小货车，到顾客指定的地方去拜访销售。

每一次我们在密苏里东南方的棉花镇刊登广告时，就会收到一张写着"请为我的孙女送来一架新的钢琴，必须是红木的。我会用我的蛋钱按月付给你们10美元"的回应明信片，而且那个老妇人每一次都会把回函写满，几乎没有空间写地址才寄回来。

可是，我们不可能卖钢琴给每个月只能付10美元的人，也没有一家银行愿意和收入这么少的人家接触，所以，我们并没有把她寄的明信片当一回事。

直到有一天，我恰巧到那个寄明信片来的老妇人住家附近，我决定到她们家去看看。我发现很多始料未及的事：她住的那间岌岌可危的小木屋位于一片棉花田的中央。木屋的地板很脏，鸡舍也在屋里面，看起来她显然不会有申请信用卡的可能性，既没有车、电话，也没工作。她所拥有的只是她头顶上稍嫌破烂的屋顶，然而在白天，我可以穿过它看到很多地方。她的孙女大约10岁左右，打赤脚，穿着麻布做的洋装。

我向老妇人解释我们无法以每个月偿还10块钱的方式卖给她一架全新的钢琴，但是这似乎没什么用处，她继续每隔6周就寄明信片给我们，一样是要求一部新的钢琴，红木的，并且发誓她每个月一定会付10美元给我们。这一切真是诡异。

几年后，我自己开了一家钢琴公司，当我在棉花镇刊登广告时，我又收到那个老妇人寄来的明信片，一连好几个月，我都没有去理会它，因为除此之外，我别无他法。

有一天，我恰巧前往那个老妇人住的地区，我的小货车上刚好有一架红木的钢琴。尽管我知道自己作了个很不好的决定，我还是亲临她的小屋，并且告诉她我愿意和她订下契约，她可以以每个月付10美元，免利息，分52次偿还的方式，购得她想要的钢琴。我把新钢琴搬进房子里，并把它放在最不会遭雨淋的地方，在我的告诫下，小女孩把屋里养的鸡赶远一点，然后我离开——当然，我的心情就像丢了架新钢琴一样。

老妇人允诺每个月要付的钱按时寄来，虽然有时候是用把3个5英寸的铜板贴在明信片上的方式付款，可是一如当初所约定的，52次一次也不少，很守信用！

20年后的某一天，我到曼非斯洽谈生意，在假日饭店用完晚餐后，到饭店中的高级酒吧坐坐。当我坐在吧台上点了杯餐后酒喝时，我听到身后传来一阵优美的钢琴弹奏声，我转头看到一位可爱的年轻女人坐在一架钢琴前。

虽然我也算是一位不错的钢琴手，可是我被她的钢琴声给吸引住了，我拿起酒杯走到她身旁的桌子坐下，仔细聆听且盯着她，她对着我笑，问我想听什么。中场休息时，她过来和我坐在一起。

“你是不是很久以前把钢琴卖给我祖母的那个人？”她问我。

我一时间并未会意过来，所以请她加以解释。

她开始告诉我，慢慢唤起我的记忆，我的老天哪！这就是她，她就是那个当年打着赤脚，穿着破烂麻布袋衣的小女孩！

她告诉我她的名字是艾莉莎，因为她的祖母没钱让她去上钢琴课，所以她只好听收音机学琴。起初，她是在两公里外的教堂里表演，有时候也到学校表演，并且获得许多的奖品及音乐奖学金，后来她带着她以前弹奏的美丽大钢琴嫁到曼非斯来。

我记起这件事，然后我说：“艾莉莎，这里有点暗，可以告诉我钢琴是什么颜色的吗？”

她回答我说："是红木的。"并且问我，"为什么这样问？"

我一时间说不出话，她知道红木钢琴代表的意义吗？她是否知道她的祖母不要任何其他的种类，而坚持要买红木钢琴给她的原因？我想她不知道吧！

她是否理解，那个穿着破烂麻衣的美丽小女孩在未来有这样了不起的才艺？不，我想她也不晓得吧！

然而我知道。只不过当时我的喉咙却哽咽得讲不出话来。

最后，我才说道："我只是好奇钢琴的颜色随便问问，我以你为荣，假如你可以体谅我，我想要回房去休息了。"

我站起来回房去，因为我不希望我这样一个男人在大庭广众下哭了起来。

接力棒

我快14岁那年，父母把我叫到一旁，迟疑了半天才告诉我，说我可能永远也上不了大学了。虽然他们很想为我和姐姐付学费，但由于要支付母亲那笔数额巨大的医疗费，所以我们基本是不可能上大学了。我看着母亲悲伤的脸，决定永远不再提起这件事。但我仍然梦想着会有好运突然降临，心里始终放不下这个愿望。

我的父亲是一位高中教师，同时还为当地的球赛做兼职解说员。虽然母亲不能挣钱补贴家用，可她总有办法用很少的钱甚至不花钱就弄出一些很特别的东西。她会用几片零头布为我和姐姐缝制出别致的衬衫和裙子。穿着为自己量身裁制的入时衣服走在街上时，我们一点也不觉得自己寒酸，心里也就不感到难过了。妈妈做各种手工活的天赋使我们从来没觉得自己生活窘困。

但是看到比我们稍大的邻居莎伦上了大学，我仍然觉得喉头发哽。我认为她是我认识的人中最幸运的。她看到了我那不自然的表情，便建议我试着申请一下奖学金。但是我打听了一番后，发现奖学金通常只够支付学费和生活费这有限的一部分，而我的存款总共才100美元，还不够我买一个学期的书。

不久，我升到高中一年级，忙着为三个家庭照看小孩，以便赚点钱。照看小孩一小时才一美元，不能为我的银行账户增加多少钱，而大学的学费似乎每年都在上涨。我父亲在我就读的高中教书，辅导别人家的孩子上大学。这样的现实对父亲来说实在有点残酷，但母亲的医药费必须得到保证，而且我的父母发誓永远不向别人开口借钱。

在高中三年级时，每当别人问起我要报考哪所大学，我都会出一身汗，嘟囔出几句要去工作的话。从我茫然若失的回答中足以看出我内心的感受，不过毕业似乎还是很遥远的事。

到学年的末尾，我的班主任把我叫进她的办公室，问我高中毕业后有什么打算。

我坐立不安，过了很长时间才终于承认我没有钱读大学，找份工作看来是唯一现实的选择。然后她问我可能找什么样的工作，我顿时结结巴巴，紧张起来。

我这才意识到，再有几个星期我就必须去找工作了。我悲哀地想到自己不会打字，也没有工作经验。得知这一情况后，她告诉我，我在办公室里唯一能做的事就是整理文件和接听电话。接着，她给我看了当天报纸上的招聘启事，我发现每一个工作机会都要求高学历或工作经验，或者两者都要，哪怕是整理文件的职员和接线生也不例外!

她问我，如果我有足够的钱去追求理想中的生活，我会做什么。我毫不犹豫地说纽约的康奈尔大学是我的首选去处。我的邻居莎伦就在那里上大学，她对那所大学的描述使我觉得那就是我理想中的学校，虽然它远在这个国家的另一端，离我的家乡加利福尼亚州有几千英里之遥。每次莎伦回家，我都迫不及待地想听她讲讲大学里的生活细节。现在回想起来，我真是个惹人讨厌的家伙，但她从没拒绝过我的要求。

我的班主任说康奈尔大学的费用远远超出了我的经济能力。即使加上我所有照看小孩赚的钱，我也只攒下了500美元。她给了我一个折中的建议：晚上去上当地的一所预科大学，白天做兼职的服务生。这离康奈尔简直太远了！我立刻否决了这个建议。我需要的是完整的大学生活，住在大学的宿舍里，在历史悠久的大学校园里散步，在古典建筑里听著名教授讲课。我离开了她的办公室，问题依然没有得到解决，我也没有做出一个明确的工作或学习计划。

那天晚上，我去了莎伦家，和她母亲伊斯维拉夫人聊天，其实我是想听听有关康奈尔大学的新闻。我告诉她白天班主任给我提出的建议，还说出了自己不得不面对现实时内心产生的种种悲哀。伊斯维拉夫人温柔地责备了我，她说，我不能只顾自己哀叹抱怨，不去考虑母亲在体弱多病的情况下为我付出了那么多。她说我让她失望了。

伊斯维拉夫人是深受大家敬慕的人。她为人善良，举止优雅。在母亲生病的这些日子里，她一直照顾我和姐姐。她教我怎么做辣蔬菜汤和通心粉沙司，这些都是母亲所力不能及的。她还借给我书看，教我怎么布置温馨的家。让她看到我那副自艾自怜的样子使我深感愧疚。我这才意识到，这些日子我一直都是处于这种状态。

在接下来的那个星期里，我去拜访伊斯维拉夫人并向她道歉，告诉她我已找到做服务生的工作，还在当地的预科大学注册了。伊斯维拉夫人说，如果我完成那里的学业，就有可能获得部分奖学金到一所州立大学上学，我的另一部分费用可以通过贷款和暑期打工来支付。她还提到一个特殊奖学金，并说到时候她会帮我打听细节问题。

接下来的两年里，我体验到做服务生的艰辛。我的脚站得火烧火燎，人也疲惫不堪。不论我感觉多么糟糕，我都必须微笑，显出友好的样子，即便在顾客很不礼貌的情况下也得如此。为了尽快完成学业，我白天全天都上课，在课间空闲的时间去做服务生，而不是像老师建议的那样在晚间上课。生活很艰难，但我不是唯一一个面对困境的学生。许多上预科的学生都打工，有些女生还要抚养小孩。

从预科大学毕业后，我申请进入当地的州立大学，并申请了贷款。在伊斯维拉夫人的帮助下，我也获得了她曾提起的那种奖学金，刚好能弥补我的亏空。这所大学虽然不是康奈尔，但教师们都很热情。莎伦曾提到她们经常是大班上课，很难和教授说上一句话。想到这儿我就感到更欣慰了，在我的学校里可不是这样！加州大学贝克斯菲尔德分校都是小班授课，给我们上课的都是教授，从来都不是讲师。我决定不住宿舍，而是与别人合租了一间小公寓。校园里有许多低矮建筑和棕榈树，不像我想象中康奈尔的古橡树和爬满青藤的建筑杰作那般优美如画。我们的校园里尘土飞扬，没有精心修剪的草坡和灌木。州立学校毕竟是建在油田的中央，但这样的校园和这个城市开采油田的历史背景倒很是相衬，似乎也没什么不好。

因为要打工，我花了三年时间才学完两年的课业，但我不仅按时毕业、拿到了学位，还顺利走向社会，在中西部定居了。几年之后，我趁重返贝克斯菲尔德探望家人之际，去了趟学校的援助办公室。我想亲自去还最后一笔贷款。我把支票交给职员，她从电脑里找出我的记录后祝贺我终于还清了全部贷款。我提到了那笔奖学金，说它对我有莫大的帮助，但她看起来好像有些迷惑不解，说没有关于奖学金的记录。

我坚持认为肯定是什么地方弄错了，并解释说那笔奖学金是专门为教师的孩子设立的。她摇摇头说这种奖学金并不存在。我再三详细地询问，但她仍是一无所知。

我感到十分奇怪，第二天又打电话去问另外一位职员，她也说并没有设立这样一个奖学金。但她经不起我反复请求，最终揭开了谜底。我上学期间，有人每学期都付给学校一笔钱。她说这人希望学校不透露姓名，所以她也只能说这么多了。但我立刻猜到了这人是谁。

伊斯维拉夫人已搬走了，似乎没人知道她搬到哪里去了。但我下决心一定要找到她。我和家人四处打听，最后在一家老人院见到了她。她是那里最有活力的人，并且一下子就认出了我。我们谈到各自的家人，谈到上次见面后彼此都经历了些什么。她问起我的厨艺，我说每当我做辣蔬菜汤时总会想起她。

最后，我告诉她我知道奖学金的事了，不知道该怎么感谢她。

她笑着说："每当你发现一个人值得帮助，就给他一点帮助。把这种友爱像接力棒一样传递下去，这就是纪念你所爱的人的最好方式。"

冬天里的两个秘密

83岁的弗兰茨是弗洛里安大夫的病人中年纪最老的。

弗兰茨是个孤苦伶仃的老人，他的妻子、他所有的亲戚和朋友早已进入天国。偌大的世界上他没有一个亲人。当他的妻子玛丽去世时，他卖掉住房和家具，搬进远离大城市之外的那所可爱的养老院。刚过完83岁的生日，他就开始感到很不舒服，住进了医院。

住院的时间过得很快。秋天送走了夏天，冬天来临了。到10月底时，弗兰茨先生的死期已经逼近。他十分虚弱，路也走不动了。他卧床不起，要靠人喂饭、洗脸。夜间做噩梦，大声地说胡话。同房的其他病人叫苦不迭。

弗洛里安大夫只好将弗兰茨先生转移到医院的最高一层的单人小房间。弗兰茨先生住在顶楼的房间，他的窗户朝着一条寂静的横街。他开始默默等待着死神降临。

但是死神没有降临。圣诞节到了，新年到了，而死神一直没有来。弗兰茨先生躺在顶楼房间里，久病不起。本就贫穷的他渐渐用完了积蓄。医院要把弗兰茨送回养老院，不再为他治疗，但弗洛里安大夫却坚持把弗兰茨留在医院。为了能够继续给这位老人以疗效好的药物、味美的饮食和良好的治疗，弗洛里安大夫尽了全力。弗洛里安大夫是有意识这样做的。因为他碰到一个解不开的谜：尽管这个老人看上去好像只剩下最后一口气了，但他还有强烈的活下去的愿望。凭弗洛里安大夫多年的经验，按理说，弗兰茨应该早已不在人世了。但是他还一直躺在病床上！无疑，使弗兰茨活下来的不是药物，而是一种神秘的力量。到底在这位老人心中蕴藏着怎样的秘密，才能产生这样的奇迹？

有一天下午4点钟发药时，弗洛里安大夫推开弗兰茨的门，却发现他正在朝窗外张望。看到弗洛里安大夫进来，他立即把脑袋缩了回去。弗洛里安大夫说："您应该静静地躺着休息，为什么老是往窗外张望？"

弗兰茨先生想了一会儿，摇了摇干瘪的脑袋，他对弗洛里安大夫说："请您走到柜子后面去，要不就不灵了。"

于是弗洛里安大夫就走到柜子后面去。弗兰茨先生坐起来，关掉床头柜上的灯。这时小房间里一片昏暗。接着他又开了灯，又关掉，又开灯。突然在他们对面横街的一间亮着灯的顶楼窗户里出现一个姑娘。这是个可爱的小姑娘，大眼睛，黑头发。她笑着并朝这儿招手示意。

弗兰茨先生也向她招手示意。小姑娘在对面鼓掌，然后把各式各样的东西摆在窗台上，她自己站在窗台后面。窗台上摆的尽是玩具，有乔木、灌木，有一个教堂，还有许多布洋娃娃，只要用手插到洋娃娃的四肢下面，它的形态就像活的一样。

小姑娘在她的窗口表演了一场真正的木偶戏！表演完毕，小姑娘鞠了一个躬。

弗兰茨先生笑了！几个月以来第一次看见他笑！弗洛里安大夫看得出神，情不自禁地往前走了两步。这时在小姑娘半明半暗的房间里出现了一个妇人。当她意外地发现弗兰茨先生和这位医生时，她惊呆了。她赶紧拉上窗帘。这时什么也看不到了。弗兰茨躺了下去，急促地呼吸着。

"对不起，是我妨碍了演出！"弗洛里安大夫沮丧地说。

过了好一阵，弗兰茨先生终于开口了："我认识这个小姑娘有五个星期了。纯粹是偶然的机会。

"一天，我想转身到另一侧，当我抬起头时，看到了她。她就把那些洋娃娃指给我看，并开始表演起来。为我……

"从那时开始她每天给我表演节目，而且每场节目总是新的。我是病危的人，但是我的视力还很好。我什么都能看得清楚，特别是对面也有灯光的时候。我几乎无法等到下午4点钟。这个时间我们用信号约好。"

接下来的整个冬天，弗洛里安大夫每天给弗兰茨先生检查身体，每天都关切地问同一个问题：

“您一定又往窗外看了吧？”

现在老人对此总是轻松地回答：“是的！”

雪融化了。弗兰茨先生已经能够坐在桌旁吃饭，能够自己洗澡了。3月份他可以自己走路。

对弗兰茨先生治疗上出现的奇迹，其他医生和护士都不理解。这是怎么回事？这怎么可能？

4月初，天一直还很冷，凉风习习。一天，弗兰茨先生惊慌失措地对弗洛里安大夫说：“大夫先生，大夫先生，昨天小姑娘不见了！要是她出了什么事……”

接下来的整整一周都不见小姑娘的踪影。可怜的弗兰茨先生完全失去了常态。他甚至有点旧病复发。

但是弗洛里安大夫对此完全不当一回事。第8天他心不在焉地说：“请您穿好衣服，有人邀请我们。”

“有人邀请？在什么地方？”

“那个为你表演的小姑娘的父母亲邀请我们去吃午饭。您动作快一点，要不我们就迟到了。”

弗兰茨先生穿衣服还从来没有这么快过！弗洛里安大夫想搀他过马路，但他走得比大夫还快。老人踉踉跄跄地径直上了对面那幢房子的顶层。

大夫似乎熟悉这里的房门。

他在一道门牌上写着“维德曼”的门上按了电铃。一位女士开了门，在她后面站着一位先生。当他们看到弗兰茨先生时，脸上马上泛起了笑容。“非常欢迎，亲爱的弗兰茨先生。”女士说。这位女士就是老人曾经在小姑娘的房间里常常看到的那个，那次当弗洛里安大夫在柜子后面走出来时，她赶紧走到窗口把窗帘拉上。

“不久前，弗洛里安大夫拜访过我们，谈起了您的情况。”

小姑娘的父亲解释道。他久久地握住老人的手。弗兰茨突然明白了大夫的良苦用心，他感激地看着弗洛里安大夫，急切地问小姑娘在哪里。这是他最关心的问题。

小姑娘的父亲领着弗兰茨走过穿堂，在一道门前站住。“我的女儿玛利亚就在这里面。这门应该由您来推开。”他对弗兰茨先生说。

弗兰茨双手颤抖着推开门，这是一间装饰得很漂亮的儿童房间。这个房间他已很熟悉。

玛利亚，他的小朋友，大眼睛，黑头发，她正躺在靠窗的小床上。被子滑落下来。弗兰茨先生看到玛利亚的右腿从脚趾到膝盖绑着石膏绷带。

“太好了，你终于来了！”

玛利亚兴奋地喊道。

维德曼太太费劲地说：“我的女儿6个月前患了严重的骨髓炎。她必须卧床，老是卧床。我们请了最好的医生，用了最好的药物，但是毫无用处。我们非常担心玛利亚会终身残废。您想想，弗兰茨先生，她还是个小孩！”

维德曼太太拭了一下眼泪，接着说道：“突然玛利亚的病情好多了，起先我们还不知道是怎么回事，后来我们才知道，她每天为您演出……

“我们每周都要带玛利亚去医院做透视检查，上一周的检查出现了奇迹。检查表明现在她只有局部发炎，医生说很快就能康复了。”

玛利亚向弗兰茨伸出一只手，他握住她的小手。现在他们两个坐在床上。她虽然还有点消瘦、苍白、虚弱，但是已能从病魔手中解脱出来了。

“您和玛利亚都有一个秘密。一个使另外一个得到健康，我们将永远感谢您！”小姑娘的父亲嗓音沙哑地说。

“但是，这只不过是一个小小的秘密。”老人喃喃地说。

弗洛里安大夫笑着摇摇头，意味深长地说：“不，有两个秘密：一个小小的秘密和一个大大的谁也无法探究的秘密。”

他说完之后，房间里变得十分寂静。弗洛里安大夫、玛利亚及她的父母亲和弗兰茨老先生都望着窗外，他们看到一轮战胜了严冬、绝望和死亡的红日正冉冉升起。

最漂亮的天使

过去20年来，我一直扮演本杰明·富兰克林（美国开国元勋）的角色对各式各样的听众演讲。纵然我从前的演说大多针对法人组织和工会，但我还是很喜欢到学校去演讲。当我在为费城地区之外的某个法人客户工作时，我要求他们赞助我到两所学校演讲，服务他们的社区。

我发现，再小的孩子都能妥善接收我所传达的富兰克林的信息。我总是鼓励他们问想问的问题，所以我通常会收到很有趣的问题。富兰克林的角色对学生们来说栩栩如生，因而他们很愿意抛开不信任感，把我当成富兰克林进行对话。

某个特别的一天，在一所小学的集会之后，我拜访一班五年级的学生，回答那些学生有关美国历史的问题。有个学生举手说："我以为你死了。"这个问题并非不寻常，我如此回答道："是的，我在1790年4月17日，84岁的时候去世了，但我并不喜欢死，不想再死一次。"

我马上要求他们再问其他的问题，叫了坐在教室后排举手的一位同学。他问："你在天堂的时候见到我妈了吗？"

我的心脏几乎停止跳动了。我真想找个地洞钻下去躲起来。我唯一的想法是："别吹牛了！"我了解一个11岁的男孩会当着全班同学问这个问题，若不是他的母亲不久前才去世，就是出自深切的怀念。我也知道我必须说些什么。

我听到自己的声音说："我不确定她是不是我认识的那个人，但如果是的话，她就是那儿最漂亮的天使。"

他脸上的微笑告诉我，它是正确答案。我不确定这个答案为何脱口而出，但我想，一定是那儿最漂亮的天使帮了我一点小忙。

（美国）罗夫·雅企鲍尔德

"瞧，我到现在还没事！"

我正在卧室里逐一打开我的行李箱时，妈妈过来找我。"礼拜堂里的一些孩子今年夏天要到一个疗养院去帮忙，"她说，"我看你跟他们一道去也不错。"

"不行！"我告诉她。我们刚搬完家，我因为舍不得一些老朋友，心里感到难过。当时14岁的我，最不愿意做的就是妈妈所说的这类义务工作。

两个星期后，我和另外22个孩子站在那家疗养院里。那里每个人都在忙碌工作，推着轮椅上或活动床上的住院病人，穿过拥挤的走廊，让他们去洗澡、做物理治疗或晨间活动。消毒剂的气味刺鼻难闻。

"当心！让路！"洪亮的声音来自一张从旁边经过的活动床上。说话的是一位满脸络腮胡子的大块头，头上有一堆蓬乱的白发。他穿过走廊时一路大声叫喊。

志愿人员领我们进入会议室时，有几个同伴心情紧张地咯咯傻笑起来。"我们的病人有许多视力衰退，再也不能看书，"一名志愿人员对我们说，"如果有人肯把他们自己选定的书念给他们听，那可是难得的乐事。"她解释说，桌子上每一本书的封面下面，都夹着一张卡片，写着选定这本书的病人的简史。

"你们各自挑一本，坐在那个病人床边的椅子上，然后安安心心地工作。谢谢你们。你们在这里所花的时间，对这些人来说很有意义。"

我抓起一本路易·拉摩的小说。里面所附的卡片写着："詹森先生，89岁，103室。长期卧床不起，退伍军人，妻子已故，亦无子女或近亲。需要氧气。"

我战战兢兢地走进了他的病房。"午安，詹森先生，"我低声说，"您好吗？"突然，我发现自己面对着的正是在活动床上大喊大叫的那个人。

"我好不好？你问我好不好？"他咧开没有牙齿的嘴巴，露出一个好大的笑容，接着开始背诵：

那个乐天派掉下十二层楼，
每掉到一个窗口，
他就向下面胆战心惊的朋友高喊：
"瞧，我到现在还没事！"

他的笑声更大了。

"坐在这里，小姑娘，"他粗声说，"念给我听！"

我依言坐了下来。在接着的两小时内，他聆听我念出的每一个字。其后的每个星期三下午，情形都是这样。我总是站在他的门口问："哈罗，詹森先生，您好吗？"

他总是高声回答：

"瞧，我到现在还没事！"到了那年夏末，我们已经念完了两本小说，我也记住了詹森先生的那首小诗。

不过直到9月间开学时，我才开始了解这首诗的意义。开学第一天上午，我站在学校外面的砖砌台阶上，眼睛充满泪水，我一个人也不认识。

我终于走到大门口，那门口就像那家疗养院的大门口一样。我挤出笑容，把大门推开。显然，我仿佛听到詹森先生的声音："“瞧，我到现在还没事！”

奇怪的是——我顿时就觉得没事了！

那年12月，我回到疗养院去唱圣诞颂歌。急于想感谢詹森先生那首诗，我先跑到他的病房，可是他不在那里。一名护士告诉我，他已于11月初因肺炎去世了。我听后呆若木鸡。如果他知道他的诗曾经帮了我多大忙，那该多好啊！

我记得大学毕业后，曾再度用詹森先生的诗句来安心壮胆。

当时我正坐在接待室里，等候接待求职时的面试。我四下打量其他申请人，突然觉得自己很不够资格，他们看来全部都有充分准备和丰富经验。显然，我是不属于这一级的。于是我走到办公室窗口，俯瞰下面的街道。

那个乐天派掉下十二层楼……

我记起了詹森先生的那首诗。

每掉到一个窗口……

我望着那些把这座玻璃建筑大厦箍紧的钢梁。

他就向下面胆战心惊的朋友高喊……

我至少可以告诉胆战心惊的我自己：

瞧，我到现在还没事！

我拉平上衣，深吸一口气，并再次想起詹森先生的乐天态度。不知怎的，他那些话给了我很大信心。那位接见我的人，也一定是感觉到了我的那种信心，因为我获得了那份工作。

其后再次想到詹森先生时，我是躺在活动床上的。我正在分娩，已经阵痛了8小时，我未出生的婴儿和我都出了问题。护士正拿着一张同意剖腹产的卡片让我签字。阵阵痛楚掠过我精疲力竭的身躯，我感觉自己开始失去控制。

我们穿过走廊时，那位医生向注视监听器的护士大声问道："情况怎么样？"

护士高声回答："胎儿到现在还没事！"

一听到这句话，我便骤然觉得已回复自制。我明白，在我身旁有能干和关怀我的人，我孩子的心脏仍在跳动。

"坚持下去，"我对尚未出世的孩子低声说，"我们到现在还没事！"

在手术室里，我被抬上手术台。接着，医生对我说："黛比，如果你能够再推送一次，我们也许可以用钳子接生。”

“那个乐天派掉下十二层楼。”

我在一阵挛缩再次到来时喃喃自语。我抓紧手术台的边，从我精疲力竭的身躯某处，我找到了再推送一次的气力。以后的事，我就什么也记不清了。不过，丈夫告诉我，帮助我们那漂亮、健康、4.5公斤重的儿子出世的，是钳子。

直到今天我仍深信，背诵詹森先生的那首诗，不知怎的竟曾帮我召来一种神奇的助力。它是一种令人恢复信心的力量。

甚至现在，这些诗句也能使我坚强起来。我有过多次健康问题，又可能要搬家，或者变换工作，这些都只是你日常碰到的问题。但是，如果你同时去想所有这些问题的话，它们便会任意地把你压得透不过气来。不过，我却谨慎地避免那样做，因为我知道，船到桥头自然直。至少，你瞧，我到现在还没事！

（美国）戴伯拉·斯姆特

决不放弃

“我们已经做到了所能做的一切，”医生告诉沃克夫妇，“恢复健康必须布里恩用奋斗来配合。”

“我还能走路吗？”布里恩曾问过父亲。

“当然能，”沃克坚定地回答，“只要你有足够强烈的愿望，你就能做到你想做的一切！”

晚上，布里恩奋斗着试图活动脚趾。5小时过去了，布里恩满身大汗，像掉在池塘里。

“我不能动了，”他无声地哽咽着，“我不会好了，我要死了！”

以后的两天里，布里恩昏睡不醒，他不能说话，不能动弹。任何奋斗都离他远去了。

2月16日，沃克终于唤醒了他的意识：“我现在就去找杰姆·米勒！”

对于球星杰姆来说，医院里的情景是令人不安的。沃克夫妇在二楼迎候。那儿一小群医院职工聚在一块要见见这位名人。但更使他感到不安的是布里恩。他瞥见了一个几乎淹没在软管和机器中的憔悴的影子。

沃克走近儿子，指着挂在墙上的一件“欧尔密斯”运动衫。“布里恩，”他说，“你是多么想见到这件运动衫的主人，是吗？”

“杰姆·米勒？”布里恩的脸亮了一下。“我不相信，”他想，“他不会在这儿。”

可是，那儿，那在门口的人，就是他所崇拜的英雄。泪水从他瘦削的脸上流下，他激动得颤抖起来。

“嘿，小伙子，你怎么啦？”杰姆说。他大步走向布里恩，在病床前俯下身，伸出手。真是不可思议，布里恩伸出左手，握住了这位足球明星的手。这是他两个星期以来第一次移动胳膊。布里恩紧紧抓住杰姆，足足有一小时。

“你会战胜的，但这可不容易，”杰姆说，“你一定要像攻入球门那样达到目标，并为此而努力。我呢，也必须为所向往的一切而战斗。等你好了些，我们就互相练射门！”

这些话对布里恩是特效药。“我和杰姆·米勒一起踢球？”他喃喃说道。

“你可不能放弃希望，”杰姆平静地继续说，“我知道，你将战胜这一切。我打算每星期都来看你，直到你出院回家为止。我希望看到你的进步。好，答应我，你打算试一试。”

“我全力以赴。”布里恩吃力地点了点头。

布里恩的左手垂在床上，一动也不能动。仅仅几小时之前，他还举起这只胳膊和米勒握了手。

“我已这样做过，就能做第二遍。”他把浑身的力气都向柔弱的手指集中，“动一动！”他命令道。但手指像块石头，一点也不听使唤。布里恩一次又一次地想活动手。每当要放弃努力时，他就想到了杰姆。“没法活动十个手指，”最后布里想道，“也许我可以每次活动一个手指。”他看着右手的食指。“动一下！”他说。什么也没有发生。

两小时过去，他已精疲力竭，他平时没有这样奋斗过。

“我不行了。”他想。突然，在又一次努力时，一个手指出乎意料地颤动了一下。“我能动了！一个能动，十个为什么不能？”

11点半，布里恩已能活动右手的全部五个手指了。第二天上午，他已在活动着左手的五个手指了。

“我一定能好起来，既然杰姆都相信我，那么，我一定要相信我自己。每个星期，我都要向他证明，我在战斗着。杰姆将为我而骄傲。”

在首次访问的一个星期之后，杰姆步入病房时，发现布里恩倚在一大摞枕头上，正在把一片汉堡包吞进嘴。

“你在吃饭！”杰姆对他的进步感到惊讶。

布里恩指指立在那儿的呼吸器。“我去掉了它，我自己能呼吸了。”杰姆明白了他的意思。杰姆很高兴。“好，小伙子，我知道你像一个战士，”他说，“我真为你自豪。有一天您将成为一个优秀运动员，因为你有运动员的毅力和勇敢！”

布里恩被夸得脸红了。

“我给你带了点东西。”转眼之间，杰姆把“索普杯”大赛时穿的那件衬衫递到布里恩的身边。这是杰姆穿过的一件真正的运动衫。

接着，杰姆谈起了他的最艰苦的比赛，谈到了他们所遇到的最强硬的挑战，谈到了日常的训练，还谈到了他的烦恼。

布里恩听得出了神。在他心中，一个美梦重新做起。“我是一名优秀射手。有朝一日我还要踢球，我知道我能。”

布里恩利用一切机会锻炼活动。用床栏作柱子，他试着坐起来。头和肩起了两英寸，这是一个巨大的胜利。过了一些时候，又能抬起四英寸。

当杰姆下一次来时，布里恩能动脚趾了。杰姆大笑着，看着仍然那么瘦弱单薄的布里恩。他甚至怀疑：“如果这件事落在我头上，我也能做这一切吗？”

布里恩正等得不耐烦，杰姆走进了门。

“哈罗！”布里恩脱口而出。

“你能说话了！”

“谢谢！”布里恩向朋友伸出手，“多谢你来看我。”

杰姆脸红了。“我为此感到骄傲，”他轻轻地说。然后，他对他的崇拜者微微一笑：“你是一个做到了一切的人，布里恩，你记住吧，这是你自己做到了。”

但布里恩知道：没有杰姆·米勒，他是不可能做到这一切的。

3月14日，布里恩出院了。他才仅仅能够站起来。医生们告诉他，他应该继续接受几个月的体育疗法的治疗。他没有在意，还是回家了。

6月初，布里恩终于回到了草坪前的足球场。“这一球，为了杰姆·米勒！”他大喊着。他向前两步，抬起右腿，把球一脚射出。

对布里恩来说，这一射虽然只有十五码远，但就像取得了“索普杯”一样漂亮！

最好的球员

高年级生布朗·霍斯顿，俄克拉荷马州立大学篮球队的佼佼者，最后将球传给布莱·瑞弗斯，看着这个肤色白皙、羞涩腼腆的新生将球投入篮筐。这两个俄州大学牛仔队的球员正在进行紧张的训练，准备晚上迎战加州大学伯克利分校篮球队。这时他们看到牛仔队的教练艾迪·撒顿向球场走来，旁边跟着一个推轮椅的男人，轮椅上坐着个孩子。

艾迪·撒顿叫停了两人的训练，说道：

“我想让你们认识认识司各特·卡特和他的父亲迈克。”

“嗨！伙计！”轮椅上的小男孩欢快地叫道，摇着细瘦的小胳膊。他看上去快12岁了，戴着一副和他苍白凹陷的小脸不相称的黑边角质架大眼镜，棒球帽盖住他头发稀疏的小脑袋。他左腿的运动裤下露出小半截塑料假肢。

撒顿解释说，司各特因患骨癌而截肢。接着他问司各特是不是想对他的球员说些什么。

球员们在想他会提到自己的疾病。但出乎意料，司各特耸耸肩，蹙着小脸说道：“嗯，我不知道，教练，我的话没能给足球队带来什么好运。他们上个赛季一场也没有赢。”

球员们先是静默，继而所有的人都大笑起来。

“小家伙有胆量。”霍斯顿在想。

而新生瑞弗斯尤其对司各特的沉静自信肃然起敬。这个腼腆的中锋第一次出席新闻发布会时，一个问题让他结结巴巴回答了半天。他当时满脸通红，琢磨着在这些运动员面前讲话需要的勇气。

司各特有两个哥哥。他生来就喜欢运动，他过去经常和爷爷波尔及伯伯汤姆一起钓鱼，不过那两人都已故去。司各特和父母住在图士拉，父亲是个律师，母亲名叫波拉。

有一阵小司各特老说他左膝疼痛，卡特夫妇还以为那是运动扭伤。后来医生说那是恶性肿瘤，必须动大手术摘除。听到噩耗，迈克和波拉相对而位。司各特看看父母，冲着医生假装生气地说："我真不明白他们为何要哭哭啼啼，我不就是坏一条腿嘛。"

司各特挺住了10个月腹痛如绞的化疗。当从腿部手术苏醒过来家人问他感觉如何时，他回答道："救救我！我再也不能站起来了。"

1991年12月的一个夜晚，牛仔队战胜了伯克利分校队。一周后又迎战弗琴查大学队。那天牛仔队的静水体育馆里座无虚席。比赛开始正要跳起争球的那一瞬，牛仔队副教练比尔·赛夫迈克·卡特正竭力挤着想把司各特弄进球场。他于是凑到撒顿的耳边说：

"瞧，他们来了。"

"如果小家伙想坐到球员席上，最好让他挨着我。"撒顿说道。

赛夫向迈克转达了撒顿的邀请。司各特兴奋地跳起来。他坐在球员旁边兴高采烈地欢呼大叫。这时候正值布朗·霍斯顿下场休息。

布朗·霍斯顿少年时代是在堪萨斯城严酷的街头度过的，现在成了身价不菲的球星，他和球迷乃至队友都很疏远。

司各特开始拿话刺激霍斯顿，说他在场上用肘捅了对方的中锋一下。

"你以为你力气大了不起。可我看打起球来就像个玩具熊！"

霍斯顿咬紧了下腭。这个病殃殃的小家伙敢指指点点我的技术？！但他马上领会了司各特嘲讽的微笑。

"走着瞧！"霍斯顿反唇相讥，"你将会讨厌看到这只玩具熊的！"

这场比赛牛仔队取得了第十九场连胜。撒顿带着司各特跟着其他球员走进更衣室。司各特用手摩掌着一个球员的光头说道：

"你们应该都剃成光头。"

看到他的队员们马上接受了司各特的提议，有个念头突然在撒顿脑中一闪。

"你正好是我们球队的吉祥物，"这个英俊而略带忧郁的教练慢吞吞地说，"以后每次主场比赛你都坐在队员席上怎么样？"

司各特睁大了眼。这一次，他不再闹闹嚷嚷的了。

"这事就这么定了。"教练说道。

于是就有了以下的仪式：每次比赛，司各特都坐在队员席上。每个牛仔队员下场离开时都要抱他一抱。到1月初的时候，球员们都离不开司各特了。

有天晚上司各特和父亲在收听一场比赛实况重播。节目主持人提议从牛仔队中选出一位“最佳球员”。

“爸爸，要是以我们的名义设奖，你看怎么样呢？”司各特说道。于是父子俩制作了一个证书，证书开头印着“司各特最佳球员奖”。该奖将授予为球队立下汗马功劳的队员。2月份的比赛牛仔队输给了科罗拉多大学队。司各特看到6号考奈尔·海克切在场上的三次偷袭，就给他起了个“牛仔队飞贼”的绰号。另一球员因笑话满腹幽默风趣而获“消磨时光奖”。队员们喜欢这样的称号，把它们写上纸条贴在更衣室和寝室里。

1992年2月初，牛仔队在国内大学篮球联赛的名次已上升到第2位。而此时主要得分手布朗·霍斯顿却因手腕严重扭伤，只得退出比赛。密苏里大学队以66：52战胜牛仔队，牛仔队已经连输4场了。

撒顿深知下一场对内布拉斯加大学的比赛中若缺了霍斯顿，牛仔队的日子会很不好过。赛前他问霍斯顿可不可以上场。

“够呛。”年轻的球星指着肿起的左踝咕哝道。

司各特摇着轮椅，来到霍斯顿面前，逗他道：“如果你不上场，我想我替你比较合适。”

霍斯顿噎住了。司各特的嘲讽刺激着他。自己不过是脚踝扭伤，可这孩子截去了半条腿！他幽默地捅了捅司各特说：“我会打一场最出色的比赛——为你。”

当晚终场哨声吹响时，牛仔队以72：51战胜内布拉斯加队。布朗·霍斯顿一人独得17分。没有人能想象到他所承受的痛苦。

赛后司各特摇着轮椅来到运动员更衣室，嚷道：“今晚的最佳救员奖属于那个不怕苦痛毫不畏缩的哥们，我崇拜他。他一心为的是他的球队，他是我的朋友。”奖状上是司各特歪歪扭扭的字体：“奖给布朗·霍斯顿”。

霍斯顿走到司各特身边，泪光闪闪。“谢谢你。”他咕哝着，又马上退到一边去了。

牛仔队本赛季最后一场主场比赛结束后的一周，当霍斯顿缓步走向球场时，场上的人向他欢呼致意。这个即将毕业的高年级生终于吐露了他许久来未曾说出的话，他用长而有力的臂膀紧抱着瘦弱的司各特，热泪盈眶，他附耳对司各特说：“我爱你，宝贝。”司各特答道：“我也爱你，霍斯顿。”

那段时间司各特充满希望。他可以拄着双拐行走了，肺和骨骼也未发现新的癌肿，医生说只要肿瘤不再光顾，司各特可以避开化疗，甚至又可以游泳和钓鱼了。

然而有一天医生打电话告诉波拉说，司各特脊椎骨上又发现恶性肿瘤，需要一次痛苦的大手术，之后还得从脖子到臀部用支架固定半年，还得接受更多的放疗和化疗。

波拉一直在努力促使儿子对病情持乐观态度。司各待听到这个消息后只轻轻地点了点头。但当波拉不住地抽泣时，他抱紧她，像妈妈似地摇着一根手指："妈妈，这会儿，咱们不能失去信心。"

司各特却关心着别人的痛苦。一天在医院走廊里看到一个浑身发抖的小男孩被放到轮椅里，他对波拉说："下回再有人说要为我祈祷的话，我要告诉他们为那个小男孩祈祷吧！我会好起来的。"

波拉和迈克常常给孩子们讲起上帝的众神。司各特每每表现出的热诚宽厚和仁爱之心，都让卡特夫妇确信，这孩子已经懂得一己私欲之上，另有真义永存。

司各特最近病情的恶化使牛仔队队员们焦灼不安。而当他们得知医生不能通过手术摘除所有的癌肿——因为那样会使司各特截瘫——时，他们的悲哀越发深切起来。

撒顿教练很想为司各特做点什么有特别意义的事情。一天他一闪念间按司各特的身材定做了一套牛仔队的训练服，寄给司各特。

"我猜这意味着我是一名真正的牛仔队队员了。"司各特在电话里说。

"你一直是牛仔队的队员，我的孩子。"撒顿保证道，"你具有不屈的战士精神。"

布莱特·瑞弗斯更是深深地为司各特坚定而快乐的情绪所感染。霍斯顿毕业后，中锋瑞弗斯成了牛仔队的核心队员，然而这个大二的学生尽管在场上表现得沉着自信，他在其他场合却落落寡合，抑郁不欢。

1993年年末一个寒冷的夜晚，牛仔队迎战密苏里队。司各特在医院里看电视转播，终场前2秒钟，比分64：61，牛仔队落后3分。这时候教练示意瑞弗斯把球传给边锋，然后由后卫远投3分。然而瑞弗斯却径直投向篮筐！"嗖"的一声，球随着终场的哨音应声入网。45英尺开外这不可思议的一投，使牛仔队赢得宝贵的3分。加时赛中牛仔队终于以77：73力克对手。

在那令人眩晕的一瞬，瑞弗斯觉得自己拥有了他从司各特身上看到的勇气和自信。他多么想把这一切说与司各特听，可是司各特却不在他身边。

一周之后，600余名球迷、新闻记者和球员的家人欢聚一堂，在学生联合会中心举行篮球队每年一次的宴会。欢宴将尽，瑞弗斯静静地坐在上首。他面前征程漫漫——也许是他一生中最坎坷的长路。

撒顿走向前台宣布瑞弗斯想对大家说些心里话。

瑞弗斯站在前台，下面一片静寂，偶尔听到玻璃杯的叮叮当当声。这个腼腆的球星深吸了一口气，定了定神。忽然他看到聚光灯外司各特一家正微笑注视着他。

“司各特·卡特激励着咱们球队的每一个人。他向我表明，决心和毅力就是一切。我深深地感谢他。”瑞弗斯说道，他的声音颤抖着。

瑞弗斯招呼司各特上台，司各特拄着双拐蹒跚着走来。瑞弗斯举起一个篮球，上面歪歪扭扭地写着：“致胜一投——俄克拉何马对密苏里——1993年2月24日”。

“这个篮球归我了。因为我曾用它在对密苏里队的比赛中攻入致胜一球。这是属于我的殊荣。”

撑着双拐的司各特被瑞弗斯宽阔的臂膀拥抱着。瑞弗斯强忍着不让眼泪流出来。整个屋子爆发出经久不息的掌声。

1993年10月初，司各特的脊柱上又发现新的肿瘤。这意味着将阻塞他的脊索，意味着腰部以下将失去知觉。此外，癌肿还扩散到脑部和肺部。

“这下完了，这孩子够戗能活到感恩节。”医生这样告诉司各特的父母。

忧惧——自从夫妇俩第一次听到“癌症”这个词时——在他们心中就生根了，他们现在需要的是积聚生离死别的勇气。

迈克夫妇小心翼翼地把坏消息告诉了司各特。这个瘦弱的少年安静地听着父母的诉说。他最后说道：“我在天堂又可以见到汤姆叔叔了。我会和他，和波尔爷爷一块儿钓鱼。”

感恩节那天，一辆大篷车在图士拉卡特家门前停下。

“你知道是谁来了吗？！”波拉向病卧在床的儿子嚷道。司各特微笑着看着牛仔队的队员、教练和他们的家人鱼贯进入客厅。

腰部以下瘫痪的司各特因大剂量地服用类固醇而水肿。抑制脑瘤发作的药物使他说话变得艰难。然而这一瞬间他的脸上闪闪发光。“你明晚会赢的，”他对瑞弗斯说，“因为我要去看比赛，去为你加油。”

第二天傍晚，牛仔队迎战普罗维登斯学院队。尽管挤满了人，牛仔队的队员座席上仍空出一个位子。整个上半场牛仔队打得毫无生气。

撒顿摇了摇头。也许依靠司各特来鼓舞士气业已失灵？然而他仍然希望这个孩子能带来又一场胜利。

忽然，从场下观众的喧闹声中，撒顿听到轮椅的吱吱声。他转过身，看到迈克·卡特正推着司各特向前来。司各特已不能坐起来了，他斜靠在轮椅上，支着脑袋看比赛。牛仔队队员蓦地喊道："司各特来了！现在我们要为他而战！"牛仔队最终以113：102战胜对手。高年级后卫布鲁克·汤普生一人独得33分。司各特苦汤普生道："打得是不赖，可最后一个球你怎么没进？！"（无论如何，这是司各特最后一次嘲讽了。）

接下来牛仔队队员挨个走过司各特面前，司各特苍白瘦弱的小手举在半空。每个队员都伸出汗湿的手掌抚摸他。这一次小司各特耗尽了生命中最后一息。

诀别的时刻终于到来。1993年12月2日，在牛仔队与亚利桑那州篮球队开赛后几分钟，司各特在家人面前停止了呼吸。他身旁放着一枚饰章，上面写着：

"那美好的仗我已经打过了，当跑的路我已经跑尽了，所守的道我已经守住了。从此以后，有公义的冠冕为我存留，就是按照公义审判的主到了那日要赐给我，不但赐给我，也赐给凡爱慕他显现的人。"（《圣经·新约·提摩太后书》4章7节）

牛仔队的队员们来了，他们为司各特抬棺送灵。司各特被葬在他曾经和爷爷、叔叔一同钓鱼的小溪旁。入殓时，他穿着牛仔队的黑色运动服。"愿他灵魂安息。"波拉和迈克对眼睛红红的撒顿教练和球员们说。

后来每当撒顿看到座席上那个人去席空的位子时，心里不由涌起一阵悲哀，看到球员抑郁委靡时，他常常回想起球队的"司各特奖"。最佳球员——他告诉他的队员——就是不畏任何艰辛，拼搏到生命最后一息的人。这样的球员才珍视他的球队和他的球迷，而他对上帝的无上忠诚使他从不畏缩。

他告诉他的队员，司各特·卡特将永远是他心中最佳运动员的典范。

（美国）苏姗妮·恰茵

长街短梦

有一次在邮局寄书，碰见从前的一位同学，多年不见了，她说咱俩到街上走走好不好？于是我们漫无目的地走起来。

她之所以希望我和她在大街上走，是想告诉我，她曾遭遇过一次不幸：她的儿子患白喉死了，死时还不到4岁。没了孩子的维系，又使本来就不爱她的丈夫很快离开了她。这使她觉得羞辱，觉得日子是再无什么指望。她想到了死。她乘火车跑到一个靠海的城市，在这城市的一个邮局里，她坐下来给父母写诀别信。这城市是如此的陌生，这邮局是如此的嘈杂，衬着棕色桌面上糨糊的嘎巴和红蓝墨水的斑点把信写得无比尽情——一种绝望的尽情。这时有一位拿着邮包的老人走过来对她说："姑娘，你的眼好，你帮我纫上这针。"她抬起头来，跟前的老人白发苍苍，他那苍老的手上，颤颤巍巍地捏着一枚小针。

我的同学突然在那老人面前哭了。她突然不再去想死和写诀别的信。她说，就因为那老人称她"姑娘"，就因为她其实永远是这世上所有老人的"姑娘"，生活还需要她，而眼前最具体的需要便是需要她帮助这老人纫上针。她甚至觉出方才她那"尽情的绝望"里有一种做作的矫情。

她纫了针，并且替老人针脚均匀地缝好邮包。她离开邮局离开那靠海的城市回到了自己的家。她开始了新的生活，还找到了新的爱情。她说她终生感激邮局里遇到的那位老人，不是她帮助了他，那实在是老人帮助了她，帮助她把即将断掉的生命续接了起来，如同针与线的连接才完整了绽裂的邮包。她还说从此日子里有了什么不愉快，她总是想起老人那句话："姑娘，你的眼好，你帮我纫上这针。"她常常在上班下班的路上想着这话，有时候这话如同梦一样地不真实，却又真实得不像梦。

然而什么都可能在梦中的街上或者街上的梦中发生，即使你的脚下是一条踩得烂熟的马路，即使你的眼前是一条几百年的老街，即使你认定在这老路旧街上不再会有新奇，但该发生的一切还会发生，因为这街和路的生命其实远远地长于我们。

假若人生犹如一条长街，我就不愿意错过这街上每一处细小的风景。

圣诞心愿

每星期五下午下班后，我都得要赶6点半的最后一趟火车回到普林顿和家人欢度周末。通常，火车在晚上9点抵达普林顿车站，我得在车上熬过很长一段时间。

这对于忙碌了一周、疲倦不堪的我来说，无疑是一段艰辛的路程。过去，每当我坐在这破旧、简陋、拥挤的车厢里，面对着那些困乏的矿工、提着大包小包的商贩和说干了嘴唇懒得开口的推销员，在沉闷的空气中昏昏欲睡，有时真感到难以忍受。然而，上个周末，一个在普林顿车站卖包谷的小女孩改变了我的这种心境。我不知道这个小女孩是什么时候开始在那儿卖包谷的，但近来我总能在周末的晚上在站台见到她。起初，我根本没有在意她，可上个周末，我却和她相识了。

那是一个炎热烦闷的夜晚。我乘坐的火车晚点，快10点半时火车才抵站。由于肚子饿得发慌，我不由得想起了那小女孩。她是否还会在那儿卖包谷呢？令我惊讶的是，一下火车，我就听到了她那稚气、清脆的吆喝声。

“先生，要买包谷吗？”当她看见我就径直朝我走来。

“嗯，是的。请给我来两包吧。”

“先生，一美元。”她把盛着包谷、盖着一块白纱布的盘子朝我递来。

她虽然不是天生丽质，但看上去像一个可爱的小天使。在她那稚气的小脸蛋上，有一双天真、聪慧、晶莹的大眼睛，像其他黑人一样，长着短短的鬈发，厚厚的嘴唇。当她脸上现出甜甜的微笑时，就会露出一排雪白的牙齿来。她的鼻子有点扁平，但还算秀气。她穿着一条漂亮的粉红色连衣裙，一双粉红色的凉鞋，看上去显得非常协调，清秀。虽然她是一个非常普通的黑人小姑娘，但从她身上透出一股纯真和可爱。

“告诉我，你有多大了？”拿起包谷时，我不禁问道。

“7岁，先生。”

“那么，你为什么这么晚了还在这儿卖包谷呢？”

“唔……这是个秘密。”似乎她拿不定主意是否该告诉我。

“啊，对不起。我只不过随便问问。”我意识到这会使她为难的。

“不，先生。”她有点不安地说，“没人知道我的这个秘密。嗯……不过，我想，我是可以告诉你的。”

她靠近我，踮起脚尖，在我耳边轻声说道：“我要给妈妈买一件圣诞礼物。”

“是吗？”我有点惊讶。

“是的，先生。你知道圣诞节快到了，我想给妈妈买一台录音机作为圣诞礼物。”

我感到有点困惑。大凡过圣诞节都是父母、长辈或亲朋好友给孩子们送礼物，我还从未听说过这么小的孩子给大人买礼物的，更不用说是靠自己的双手去挣钱买了。

似乎她看出了我的心思，便低下头，不安地挪着脚说："爸爸两年前去世了，妈妈的眼睛从那以后就再也看不见了。所以，我想如果平时能有音乐陪伴着她，也许她会快活一些的。"

猛地，我的心就像被人捏了一把似的酸痛。我被她的话深深震动了。我蹲下来，握住她的肩头，注视着她的双眼。我看见她眼里既有一种伤感，又有一种为某个希望而努力的兴奋和喜悦。

"啊，真是个好主意。"为了掩饰听到此话后的震惊和不安，我连忙假装轻松地说，"嗯，太好了，真是件不错的礼物。我相信当你妈妈在圣诞之夜收到它时，一定会非常非常高兴的。"我有意识地强调了"非常"这两个字。

我发现在她明亮的眼里闪烁着一种希望和兴奋。

圣诞节只剩下三个星期了，我不禁有点担心她的钱是否攒够了。

"唔，请你告诉我。现在你已有多少钱了？"

"嗯……大约有35美元了。"她有点不安地说。

"太棒了，再加把劲！你知道好的开端就是成功的一半，对吗？"尽管我清楚地知道，她的钱离买一台录音机还差得很远，但我却不愿打破她那美好的希望。

"对的，先生。我会尽力的。"听到我的话，她高兴地笑了。

我掏出钱包，抽出一张10美元的钞票，递给她："你，不用找了。"

"噢，不！先生，这太多了。我妈妈常对我讲，不能毫无理由地接受别人的恩惠。"她使劲地摇着头说。

我立刻意识到我伤害了她的自尊。于是连忙补救道："请收下吧，你瞧，现在我们不是已成为好朋友了吗？难道我不能为自己朋友的母亲尽一份心吗？你说，对吗？"

"嗯……"不等她犹豫，我赶快把钱塞进她的手中："好了，我的小天使。就这样吧！我想你一定会为实现你的心愿而感到高兴的。"

"好吧。谢谢你，先生。你真是太好了！"也许是我的话起了作用，也许是她非常想实现她那美好的心愿，她终于红着脸说道。

接下来，我送她回家。在路上，她告诉了我一些关于她以及她家里的情况。她是一个小学一年级的学生。除了她母亲外，家中还有年已7旬的外婆和5岁的弟弟。她父亲是一个矿工，在她5岁时死于一次事故。后来，她的母亲因悲伤和忧郁过度，双眼瞎了，可为了养家糊口，还非得到一家福利厂工作。

她的家离车站不远。那是黑人和一些没钱的移民居住的地带。到了她的家门口，她握了握我的手说："先生，谢谢你送我回家。今晚认识你，我感到非常高兴。"

"哈，我也有同感。从你身上，我又找到了希望和自信。"我摸摸她的头继续说道，"这，也许你还不太明白。今晚对于我来说是多么的重要。"

我又看着她的双眼一字一句地说道："请记住。今晚，是你给了我一件世界上最好的礼物。"

似乎，她明白了我的话。我看见她使劲地点了点头。

"下星期见，我亲爱的小天使。"我弯下腰吻了吻她的额头。"下星期见，先生。"她朝我挥了挥她的小手。

今天，又是星期五。下班后，我比往常更早些赶往车站。我发觉心中那种急于见到那女孩的心情竟如此强烈，因为我知道，正是那女孩使我找到了已失去的自信和对生活的执著追求。尽管我还不得不为生活疲于奔命；尽管公司正面临危机，自己有被裁减的可能；尽管我每周得钻进那破旧、拥挤、散发着污浊空气的车厢；尽管生活中还有这样和那样的不如意，但每当我想起那女孩，特别是她那双充满希望的双眼时，所有这一切都变得算不了什么了。是的，一切都会好起来的。只要你不懈地努力，困难只是暂时的。

五块钱成交

由于警察局寻回的失物往往无人认领，或者物主提出证据后又放弃不要，因此，警察局贮藏的物品真是琳琅满目，令人惊奇。那里有各式各样的东西：照相机、立体声扬声器、电视机、工具箱和汽车音响等。这些无人认领的东西，每年一次以拍卖方式出售，去年密苏里州堪萨斯市警察局的拍卖中，就有大批的脚踏车出售。

当第一辆脚踏车开始竞投，拍卖员问谁愿意带头出价时，站在最前面的一个男孩说："5块钱。"这个小男孩子大约只有10岁。

"已经有人出5块钱"，"你出10块好吗？好，10块，谁出16块？"叫价持续下去，拍卖员回头看一下前边那个小男孩，可他没还价。

稍后，轮到另一辆脚踏车开投，那男孩又出5块钱，但不再加价。跟着几辆脚踏车也是这样叫价出售。那男孩每次总是出价5块钱，从不多加，不过，5块钱的确太少。那些脚踏车都卖到35或40块钱，有的甚至100出头。

暂停休息时，拍卖员问那男孩为什么让那些上好的脚踏车给人家买去，而不出较高价竞争。男孩说，他只有5块钱。

拍卖又开始，还有照相机、收音机和更多脚踏车要卖出。那男孩还是给每辆脚踏车出5块钱，而每一辆总有人出价比他高出很多。

现在，聚集的观众开始注意到那个首先出价的男孩，他们开始察觉到会有什么结果。

经过漫长的一个半小时后，拍卖快要结束了。但是还剩下一辆脚踏车，而且是非常棒的一辆，车身光亮如新，有10个排挡，69厘米车轮，双位手刹车，杠式变速器和一套电动灯光装置。

拍卖员问："有谁出价吗？"

这时，站在最前面，几乎已失去希望的小男孩轻声地再说一遍："5块钱"。

拍卖员停止唱价，只是停下来站在那里。

观众也静坐着默不做声。没有人举手，也没有人喊出第二个价。

直到拍卖员说："成交！5块钱卖给那个穿短裤和球鞋的小伙子。"

观众于是纷纷鼓掌。

我的小哥哥

和一个大我7岁的哥哥一起长大，是一件不容易的事。

我崇拜史考特，因为我无法做到像他一样好，我也很羡慕能当他朋友的人，可是在他的眼里，我始终是他小弟……因为如此，我唯一希望的，就是有一天他能以我为荣。

所以，当史考特宣布他暑假将有一个教导心理障碍儿童的计划，且问我有没有兴趣成为义工时，我毫不犹豫地答应了，我兴奋地抓住和他共度时光的机会。

我当时14岁，而且是整个计划中唯一的义工，其他参与的成员大多为21岁或者更大些，并且都和我哥哥一样，或者在大学中修习相关的学分，或想在暑假中做点有意义的事情，这计划包括大约有30位学生，年龄从8岁到21岁，且大部分都和我年龄差不多，我和心理障碍者接触机会不多，以致于第一天我就遇到了一些问题。

一辆一辆的轮椅从巴士上下来，每一辆轮椅上都坐着特别的乘客，脸上都带着像阳光般灿烂的笑容，陪他们一起来的父母也充满了兴奋之情，就好像我第一天上学时那样的兴奋。

然后我看到了米奇，一个9岁，高瘦且有自闭症倾向的男孩，他独自一人站在角落，害怕地前后摇摆，无视任何的辅导员和其他学生，我朝他走过去，伸出我的手，然后他开始尖叫了起来，我永远都记得当时我哥哥脸上羞愧的神情，我好想挖个洞钻下去。我向后退跑到其他小孩那边去。

每天早上，米奇的妈妈送他来后，他就跑到角落躲起来，几乎一整天都一个人站在那里，其他的学生似乎也刻意避开他，不想引起他的尖叫声，也不想惹他勃然大怒。

每天下午，辅导员会要求学生两人一组从事不同的活动，米奇还是继续留在他的角落里，只是看着。隔了几天，我对第一天发生的事感觉较释怀后，我跑去找教授，问她米奇的事，她解释说，米奇曾参加过许多次她的计划，可是他每一次都是躲在角落里，没有人有时间把精力放在他身上。听完她的解释后，我问她我是不是可以协助他，起初她没有马上反应过来，而且我可以看得出来她心里在想着："你只是一个14岁的小孩，你能做什么？"

过一会儿，教授才回答我说："当然，反正也不会有害处。"从此以后，每天早上我都等着米奇的到来，当他走到他习惯躲避的角落时，我就贴近他的右边站着或坐着，且不发一言。

但他一样会尖叫，其他人也会盯着我们看，可是我让自己背对着他们，坚决不离开，就这样持续了两个礼拜。我知道所有的辅导员都和我哥哥谈起我。这个暑假跟我以前过的完全不一样，而我只希望能拉近和我哥哥的距离。

直到有一天发生了一件事，从此改变了我的人生。那一天我睡过了头，我的哥哥已经先去辅导营了，我匆忙骑上脚踏车飞奔到学校去，一路上对自己的贪睡感到羞愧，且担心不知道会受到什么责备。我走进教室，却发现一片雅雀无声，我心想："完了。"

然后我听到有一个人鼓起掌来，起先我以为是一位兴奋的学生所为，但是另一个人也鼓起掌来，我想，又是一个兴奋的学生吧。可是，定眼一看，我却发现不是学生在鼓掌，而是一位辅导员在鼓掌，到底发生了什么事？我心里狐疑着，突然间所有的人都鼓起掌来，我的天哪！

难道他们是在讽刺我的迟到吗？

就在那一瞬间，我看见我的哥哥，他正对着我笑，而且是鼓掌最大声的人，我愣愣地站着，更加地疑惑，直到负责这项计划的教授走到我身边告诉我，我对米奇所做的一切奏效了，我才知道大家对我鼓掌的原因。

原来，那天早晨米奇到学校后没看到我，他竟然一一询问辅导员："保罗在哪里？保罗呢？"教授告诉我，这几个字是米奇多年来第一次开口说话。

我一时不知该说什么，我的眼泪差点流下来，我环顾四周发现米奇仍然站在他每天站的角落里，而且指着我一直喊："保罗！保罗！"

这时我感觉有人过来搭着我的肩膀，竟然是史考特，他对着所有的人，用引以为傲的语调，逢人就说："这是我的弟弟。"这时我再也忍不住，放声哭了！

无光的意境

见过她的人，都说她长得美。可惜她与丈夫都是盲人。但他们生活得很幸福，夫妻恩爱有加，心心相印，在无光的世界里寻找着人生的亮点。温馨的生活像一条透澈的小溪，在夫妻间静静地流淌。终于有一天，小溪泛起了微澜。

这天傍晚，丈夫像喝多了酒，进门便高声喊："我快要摆脱黑暗了，医生说我复明有望！"

盲女高兴极了，她动情地分享着丈夫的喜悦。"到那时，我会带你满世界游个够。"

盲女听着听着，脸上的喜悦渐渐消失了。

次日，她找到那位医生，落实丈夫所言。医生问："你希望丈夫复明吗？"盲女点点头。医生提醒说："据我所知，在众多盲夫妻中，若一方复明，极可能会抛弃对方，你是否想过这一点？”

盲女说：“即使真的出现那种情况，我也无悔。只要他能够复明，我自己宁愿独守漆黑的世界。”

医生感叹不已，但又不得不告诉盲女，她的丈夫无丝毫复明的希望。当时由于怕伤其心，才未讲明实情。

盲女压根儿不愿接受这个现实。丈夫是个血性男儿，刚刚燃起的复明之火瞬间熄灭，他一定会绝望得发疯。她恳求医生永远向丈夫隐瞒实情，以慰藉他那颗渴望复明的心。

医生发现盲女的瞳孔中有亮点闪动，这是复明的先兆。

“啊，小姐的眼睛倒是复明有望。”医生检查后惊喜地告诉盲女，只要认真接受治疗，复明指日可待。

盲女喜出望外，兴奋得两手发抖，但她很快又冷静下来：自己一旦复明，不就会像别的女人一样，在大街上左顾右盼，用眼光亲吻满世界的俊男。自己能够抵挡得住诱惑吗？或许有一天，自己可能会背叛丈夫，成为他人之妻。把丈夫一个人留在无奈的漆黑世界里，岂不是太残酷。

盲女回到家里，没有遵医嘱用药水点眼，也没有如约接受治疗。她让复明之火在时光的默默流逝中自行泯灭。

丈夫渴望复明，情绪一直处于亢奋状态中，他常向妻子描绘想象中的未来。盲女总是很认真地听，有时还与丈夫一起想象，一起描绘。他俩依恋如初，甜蜜依旧，在无光的意境中构筑着独特的两人世界。

树林的馈赠

12岁那年，我们家迁至英格兰，这是我小小年纪中的第四次大搬家。我父亲的政府工作要求他每几年就出国一次，所以我也习惯了和朋友们分离。

我们在伯克夏租了一座18世纪的农舍。附近是古城堡和神圣庄严的教堂。然而，我喜爱大自然，所以最让我欣赏的是我家周围没有尽头的、交互镶嵌的农场和林地。我家后院篱笆外是一个深邃的林子，林中的小路四通八达，散步时经常可以遇见野鸡飞进前方茂密的月桂树和蕨丛。

我的大部分时间都是在林子和田野间独自游逛，做白日梦、收集虫子和看鸟。这是一个男孩的天堂，但却是个孤独的天堂。我不与人交往是在逃避，以免产生在下次搬家时又不得不割舍的感情，但这却助长了我孤独的天性。

春天的一个下午，我在一个池塘边徘徊。我悄然行进，以免惊动乌鸦或喜鹊，它们会大声提醒其他动物躲起来。

也许因为这样，我差点碰撞了一个满头银发的老太太，她和我一样吓了一大跳，她屏住呼吸，本能地用手捂住嘴。然后，迅速恢复过来。她微微一笑表示欢迎，使我马上安下心来。

一个高倍望远镜挂在她的脖子上。她说："嗨，小伙子，你是美国人还是加拿大人？"

我匆匆解释道，我是美国人，住在山丘的另一边，我正要回家，所以再见。

我正要转身时，那妇人微笑着问我："你看到那里的一只小猫头鹰了吗？"她指向林子的边缘。

她知道猫头鹰？我觉得有意思。据一些刻薄的同学说，只有像我这样的"抽筋者"（英国人称呼观鸟者的俚语）才有鸟的知识。

"没有。"我回答。

那妇人笑了。她说："是的，它们很警觉。不过，话又说回来，自从它们来到这儿，猎物看守人就一直枪击它们。它们是侵入者，你知道吗？不是土生的。"

"它们不是土生的吗？"我问道，我被吸引住了。任何懂得这类事情的人肯定是很"酷"的——尽管她擅自进入我的特殊领地。

她又笑了，"哦，不是的。在家里我有鸟类方面的书解说所有关于它们的问题。实际上，"她突然说，"我正准备回去喝茶和吃果酱饼，你愿意和我一起去吗？"

人们告诫过我别跟陌生人走，但，不知怎么的，我觉得这位老太太不会害人。

"我是罗伯逊·格拉斯哥太太。"她自我介绍，伸出一只纤细而玲珑剔透的手。

"迈克尔。"我说，笨拙地握住她的手。

我们起程了，老太太大步向前，步伐出人意料地轻快。她告诉我，大约10年前，她当大学教授的丈夫退休后，他们是如何搬到伯克夏来的。"他去年去世了。"她说，脸色突然忧郁起来，"所以我现在单身一人，有时间在田野里散步。"

不久，我看见一幢小砖房在西斜的太阳下泛着粉色的光芒。

罗伯逊·格拉斯哥太太开门邀请我进屋。我环顾四周，无声地赞赏屋中那一大排书架，前面是玻璃的盒子中装着的象牙、乌木及石头的雕像，还有装满化石的陈列柜，苔藓和羊齿植物蔓生的玻璃饲养箱，一盘盘的蝴蝶标本及最妙的、一打左右的鸟类标本，包括一只有点虫蛀、玻璃眼的雕，斜倚在金属丝做的栖枝上。

我所能说的只是一声“哇”！

“你妈妈会在某一钟点等你回家吗？”她一边倒水沏茶一边问道。

“不会。”我撒了谎。偷眼看一下钟，我补充道，“也许5点吧。”这使我差不多有一小时，但这还不够我问清屋里的每一样东西。在喝茶和吃果酱饼的当儿我听说了各类事情——如何沿着人们走的小路在卵石里寻找成为化石的海胆，或者如何才能知道附近有没有榛睡鼠。

一小时过得太快。罗伯逊·格拉斯哥太太差不多是把我推出了门。不过她让我带走了两大本书，一本满是鸟类的精美插图，一本是蝴蝶和其他昆虫的。我保证下个周末一定把书还给她。她微笑着说她希望这样。

我交到了世上最好的朋友。

我还书后，她借给我更多。以后，我几乎每个周末都去见她，而我的自然史知识开始充实。在学校里，我赢得同学的某种敬意，甚至学校里的小流氓也把他找到的（或者更可能是他打的）秧鸡拿来让我鉴定。

时光流逝，我没有注意到她越来越衰弱，而且不那么爱笑了。亲近有时会使人们实际上视而不见，因为你发现自己是向心说话而不是向脸孔说话。

我认为她是孤独的，却不知道她病了。

开学之后，我开始很快地长高。我玩英式足球并交到一个好朋友。但在周末我仍去小屋坐坐，而那儿永远有新鲜的黄油甜酥饼。

一天早上我下楼去厨房，突然发现桌上那个熟悉的饼干罐。

我母亲以不寻常的温柔注视着我。她把手放在饼干罐上：“房东今早上送来的。”

我望着窗外，预感到不幸的事情可能发生。

“我很难过，罗伯逊·格拉斯哥太太昨天去世了，去世前她托人把饼干罐留给你。”

母亲把手放在我肩上又说：

“你使她非常愉快，因为她很孤独。你很幸运能成为她这么好的朋友。”

我把罐子拿进我的房间，然后，匆匆下楼，冲出前门跑向林子。

我徘徊了很长时间，直到泪水被风吹干。这是春天——从我在树林遇到这位老太太已差不多有整整一年了。环顾四周，我认识到现在我知道了多少事情：我知道高高的草丛里哪里有对叶兰；我知道在丢弃了很久的饮马槽里找木黾、豉甲和蜻蜓的幼虫；而且我知道在我卧房里有一罐世间最好吃的黄油甜酥饼，我可以去吃，品尝每一点碎屑，而这正是我做过的事。

不过，我有更多的东西：在树林那很久以前的相遇的遗赠。

它就是大自然本身所教授的智慧，以及无论两个灵魂看起来是多么不相干，他们都可能获得最珍贵的东西——一份持久的、值得珍惜的友谊。

（美国）迈克尔·韦尔

奇　迹

昆廷·梅尔克并不是个轻易落泪的男人，但是20年前的一个深夜里，他却流下了热泪。在那之前两年，他妻子莎伦病倒了，疾病使她虚弱得连最简单的家务都不能做了，连活下去的希望都十分渺茫。她得的是肌萎缩性侧索硬化（ALS），一种退化性的绝症，最终将导致肌肉功能的完全丧失。

接下来的日子让昆廷精疲力竭。白天他是一名全职的高中教师和辅导员，晚上回到家还要做饭、打扫卫生、照顾五个年幼的孩子和病情日益恶化的妻子。他每天黎明时分就要起床，叫所有的孩子起床、穿衣服，然后让他们在早上七点钟之前出门。一整天的工作之后，他还要做晚饭，洗餐具，看孩子们做作业，给他们洗澡、洗衣服、照顾他心爱的莎伦，直到午夜前后他才能睡下。每天夜里上床以后他都会一边流泪一边祈祷，祈祷自己能够有足够的力量支撑下去，因为他担心自己随时会垮下来。他夜复一夜地祈求帮助，但始终没有任何回应。于是他开始怀疑自己的祈祷可能从来就没有被上帝听到。

有一天早上在学校里，他的同事和朋友里奥·舒尔塞斯走过来问他，“你妻子怎么样了？你们需要帮助吗？”

“不用，”昆廷回答说，“我们挺好的。”

那天夜里，疲惫不堪的昆廷又开始了他的祈祷。忽然间，他仿佛听到了回应。一个声音响了起来：“你今天早上是在和谁说话呢？瞧你，向上天祈求帮助，你身边的人不是正在表示要帮助你吗？！”

第二天昆廷来到学校，把实情告诉给了里奥：一切都很糟，而且正变得越来越糟。于是里奥和他的妻子玛莉莲开始了“梅尔克工程”——是一个持续至今的、令人惊叹的善举。最初是一群既有成年人也有孩子组成的志愿者队伍帮助昆廷一家做晚饭、洗衣服、给孩子们洗澡、帮助他们做功课、做家务。随着莎伦·梅尔克病情的不断加重，他们主动承担起了更多的工作。

莎伦·梅尔克至今仍健在，并且一直住在家里，这令许多了解她病情的人惊讶不已。许多人知道这种病的另外一个名字“洛·杰里格病”，那是20世纪30年代纽约棒球队的一名队员，他38岁的时候死于这种病。这种病会导致控制身体动力作用的神经细胞退化，最终瘫痪。许多患者会死于肺炎，因为他们无法咳出肺中的痰。

莎伦是1981年被确诊的，那时候她最小的孩子只有一岁。最开始的症状是全身肌肉无力。短短的几年内，她不得不终日坐在轮椅上。接下来的四年中，她先后两次成功地战胜了她和家人一直深感恐惧的肺炎，第二次肺炎让她在医院里住了四个月。此后，她的家人面临着一次痛苦的抉择。医疗顾问催促他们将莎伦送进疗养院。他们告诉昆廷，他是无法在家中照顾莎伦的，而如果他把莎伦送到疗养院，他就可以生活得轻松一点了。昆廷拒绝了他们的建议。

莎伦是他生命的全部！他曾经发誓不论疾病还是健康，他都会永远照顾她，直至死亡将他们分开。他不想违背这个神圣的诺言。

这并不是一个容易恪守的誓言。以一个教师的薪水抚养五个孩子就已经很不容易了。莎伦需要24小时的看护，她所需要的设备也非常昂贵，而且已经超过了医疗保险所能负担的限额。向政府申请救济的请求被驳回了，因为昆廷为妻子已筹措到的资金数额，已经使他们没有资格再获得医疗援助或其他政府援助了。她也同样无法从社会保障署得到帮助。他们被告知，那些救济金只用来给那些致残的工人弥补收入上的损失。命运对他们全家开了一个无情的玩笑。莎伦在得病之前从没有工作过，她一直都待在家里抚养五个孩子。

朋友们又一次伸出了援助之手。他们向昆廷保证，他们一定会筹措到足够的钱让莎伦可以留在家里。于是一小群人建立了一个基金并命名为“昆廷和莎伦之友委员会”，然后他们便开始四处募捐。从那以后的每一年，他们都能筹到护理莎伦所需要的资金。目前这笔费用每年都超过七万美元。

莎伦现在几乎彻底瘫痪了。她完全卧床不起，而且24小时都要使用呼吸机和其他医疗设备，这一切都需要不间断的监护。三个受过专业训练的护理人员轮流昼夜守护在她的身边。

但是她的思维仍然敏锐，而且总是在考虑很多问题。她通过使用一个能发光的字母表发出信息来与人交流，那个字母表是她的两个儿子特意为她做的。

家人和朋友都说，她仍是掌握全家事务的核心人物，在起居室的床上指挥着整个家庭的日常生活运转，仍是这所房子里慈爱的母亲。不久以前，她最小的儿子肖恩比平常回来得迟了一些，一到家便发现母亲正在焦虑地等着他，因为担心还冲他发了一通火。尽管有医生的预言，她还是顽强地活了下来并看到了所有的五个孩子从高中毕业，有两个读完了大学，还有一个结了婚。她的生命尽管充满了艰辛和苦涩，但却比专家们估计的要长久得多，也充实得多。

当然，那些人并不知道莎伦·梅尔克有着顽强的毅力以及许多关爱她的朋友。

20多年来，无数人参与到了这项旷日持久的善举中来，他们贡献出了令人难以置信的时间和金钱，只是为了使莎伦·梅尔克好好地活下去并能够住在家里，为了让她的家庭始终紧紧地团聚在一起。这些年来，人们经常会问昆廷·梅尔克，是否他和他的家庭一直都在祈祷着奇迹的出现。他总是脸上带着光彩、平静地回答道：“是的，而且我们得到了。回应了我们祈祷的是一群无私而又可敬的朋友们，那就是我们的奇迹。”

雪中送炭

对娜蒂·哈兹佩斯来说，这真是难熬的一夜，她好像越来越挺不住了。寒冬腊月的毛毛细雨淋在她身上，冰冷刺骨。她感到面颊发烫，两眼转动时隐隐作痛，不用说，她也知道自己发烧了。娜蒂站在商业区路边，周身笼罩着圣诞灯光。从这里到医院的急救中心要走两英里的路。娜蒂一向很坚强，不娇惯自己。但是她知道自己不能就这么走着去，今晚绝对不行。在这样一个小镇上，无家可归的人没有太多的选择。娜蒂平日里的尖声叫骂更是让人唯恐避之不及。人们一旦记起了她的脸，她的拳头，就会跑到马路的另一边。娜蒂看着来往的路人，希望能找到一张善良的面孔，但是放眼望去，人人脸上都是疲惫不堪。一个女人走过来，手里拎着鼓鼓囊囊的购物袋，显然刚从百货公司出来。她在娜蒂手里放了一美元，一句话也没说，连看也没看她一眼。

“谢谢！”娜蒂冲她的背影喊道。“谢谢，”她喃喃自语了一声，“又怎么样呢？”

接着娜蒂看到了他，顿时感到有救了，想想他在镇上那最温和的招呼声吧，她仿佛看到他会痛痛快快地送她一程，很可能还会让她美美地拿到十美元的施舍呢。就是他——兰迪·唐尼，他曾经帮助过娜蒂好几次呢。

“对不起，你能帮我个忙吗？”她哀求道，“我病了，得去看医生。送我去趟医院吧，行吗？”

兰迪皱着眉头，摇了摇头，“抱歉。这一天真够我受的了，太太。我没了工作，找了一天工作了。现在天黑了，而且……唉，和你说这些干什么，不过今天真的不行，太太。我很抱歉！”

他没吃晚饭，连午饭也没吃，就为了工作的事。现在他又累又冻，心灰意冷，浑身都透着失望，那种感觉比迎面吹来的北风还要刺骨。兰迪低着头，拖着沉重的步履从娜蒂身边走过，踯躅在雨中的人行道上。

他没有走远，“哦，该死！”他嘟哝了一声，刚走出半个街区便折了回来，大步赶到娜蒂面前，说，“来吧。我带你去医院，反正是顺路。”

兰迪知道自己这么做会陷入怎样的尴尬地步——凡是病得连急救中心都去不了的人不可能会马上好起来而又能自己走回去的。况且她又能回哪儿去呢？娜蒂在第三街道大桥下的窝实在不是个养病的地方。她这样的人很麻烦，一旦你出手帮她，自己就没有抽身的余地了。唉，这下子兰迪可是“漫漫长夜有得熬”了。

急救中心的急诊护士带娜蒂挂了号，兰迪把自己剩下的最后35美分投进走廊边上的自动售货机里，然后跌坐在候诊室的低背椅子上。他们怎么就不能把这些椅子弄得再舒服点？凡是进了急诊室的人别指望快些出来——得三小时吧。他估计至少要三小时。娜蒂看上去饿坏了，他把手里的M＆M巧克力豆递到她面前，但她摆了摆手，两眼发直，烧得迷迷糊糊的。兰迪也是神色暗淡，呆呆地注视着眼前那面白墙。他甚至没有注意到娜蒂什么时候被喊进了诊室。

"你可以走了，"娜蒂碰了碰他的胳膊，"不用等我。我现在没事了。"

"别，我等你出来。得有人把你带回市中心。"兰迪没用回家这个字眼，他知道对娜蒂来说，不存在"家"这么个地方。

就这样，兰迪一直坐在那里等娜蒂出来。他感到筋疲力尽，脑袋一晃一晃的几乎打盹了。最后，他吃力地抬了抬沉重的眼皮，突然注意到走廊对面的一个男人正在对自己微笑。

"你不记得我了？"这个人问道。

兰迪摇了摇头。

"我们去年一起干过活。奥本的建筑工程，记得吗？"

"哦，对，对！"兰迪笑着说，"见到你很高兴。最近在忙些什么呢？"

"我在弗莱蒙特北边干呢，那是个大工程。我们已经在地下开工了，我想肯定要干到3月份。你呢？"

"我现在还没活儿呢。整天都在找，可是……"兰迪实在说不下去了，他无奈地摇了摇头。

"哦，那你不妨和我们老板谈谈。我们只有四个人在下边，老板急缺人手，他可能会让你明天一早就去上班。来，我们现在就给他打个电话。"说完，这个高个子年轻人就从口袋里掏出零钱，走到电话机前，兰迪跟在他身后。

几分钟后，他们两个人在那里握起了手。

"明早6点45见！"兰迪对那个人说道，只见那个年轻人拿起夹克衫，搀扶着一个女人走出了医院大门。兰迪回头环视了一周，整个候诊室突然变得空荡荡的。他走到接待处那张圆形的大桌子旁边，看着坐在那里的接待员，眼中闪烁着泪光："夫人，今天晚上我学到了很多东西，特别想找个人说说。我能不能给你讲讲我今晚的奇遇？"

"当然可以了。"她微笑着说，"我正想找点什么事情让自己打起精神来呢。"

桌布

一个年轻的牧师被派到一个老教堂工作。这个教堂曾是城里最富有地区的最宏伟的建筑，但是如今这一地区衰败了，教堂也变得破败不堪。不过牧师和他妻子看见了这个教堂还是很兴奋，他们相信自己能使它恢复往昔的辉煌。夫妻俩立即开始粉刷墙壁，修理设施，努力使它恢复原貌。他们的目标是要让这个老教堂在圣诞节前呈现出最佳面貌。

可是就在圣诞节前两天，一场暴风雨袭击了这个地区，倾盆大雨积了足有一英寸的水。老教堂的屋顶开始漏水，漏水的部位就在祭坛后面，灰泥像海绵似的吸了许多水，一块块往下掉，墙上空出个大洞。

牧师夫妇望着毁坏了的墙，感到非常沮丧。显然不可能赶在圣诞节前把墙补好了，将近三个月的辛勤工作就这么付诸流水了。

第二天当牧师夫妇参加为教会青年团举办的义卖会时，两人都闷闷不乐。义卖会上有一件商品是块金色间着象牙色、绣着花边的旧桌布，几乎有15英尺。

牧师突发灵感，他以6.5美元的高价买下了这块桌布：它可以挂在祭坛后面的墙上，遮住那个洞。

圣诞节的前一天，狂风怒吼，雪花纷飞。当牧师打开教堂门时，看到一个上了年纪的女人站在附近的汽车站牌下，他知道汽车至少要半小时以后才会到，便请她进教堂来避避寒。

女人说她不住在附近，她来这是为了给这里一个颇有名望的家庭当家庭教师，她是个战争难民，英语不好，所以没有被录用。

她在教堂后排的座位上坐了下来，低着头开始祈祷。当牧师往墙上挂布以遮盖那不雅观的洞时，她没有注意他。祈祷完毕，她抬起头，看见桌布，她朝祭坛冲了过去。

“它是我的！”她惊叫道，“是我的宴会桌布！”

她激动地把桌布的历史告诉了目瞪口呆的牧师，并且给他看桌布角上绣着她的姓名缩写。

她和她丈夫过去住在奥地利维也纳，“二战”以前，他们因反对纳粹而被迫逃亡。他们决定逃往瑞士，但是她丈夫说他们得分开来逃命，她先走。后来她听说他死在一个集中营里。

牧师被她的故事感动了，坚持请她拿回桌布，她考虑了一会儿，然后说不必了，她不再需要它，而且它挂在祭坛后面很漂亮。然后她说了声再见就离开了。

平安夜的礼拜仪式上，桌布在烛光下显得更加华丽了，白色的蕾丝映着闪烁的烛光，令人炫目，蕾丝里织的金钱像是黎明中耀眼的阳光。参加礼拜的人纷纷称赞牧师的礼拜主持得好，教堂布置得漂亮。

一位老先生在桌布前徘徊了很久，他离开时对牧师说："真奇怪，许多年前我和妻子——愿上帝让她安息——有这样一块桌布，她只在很特别的场合里才舍得用它，不过我们那时候住在维也纳。"

牧师听罢，尽量用平静的声音把那天下午来教堂的女人的故事告诉了老人。

"难道说，"老人喘着气说，眼泪夺眶而出，"她可能还活着？我怎样才能找到她？

牧师记得女人去应聘家庭的名字。他给那家打了电话，记下了她的名字和住址，老人则在他旁边紧张得发抖。牧师驾着他的旧车把老人载到了她的家，他们一起敲响了门。门开了，牧师看到了悲喜交加的夫妻重逢……

STORY

永世难忘的陌生人

永世难忘的陌生人

1912年4月14日，号称“不沉之舰”的泰坦尼克号豪华客轮，在它向美洲进发的处女航中，不幸触到冰山遇难，船身开始下沉。

船上2200多名乘客开始惊慌地离开沉船，争乘为数不多的救生艇，妇女和儿童先上。这时候，一名中年妇女对着一只已坐满人的救生艇大声喊道：“有谁能给我让个位置出来吗？我的两个孩子在这只艇上！”

有人回答说：“再没有位置了，再上人，这艇就要沉了！”

“妈妈——”两个小孩子眼看就要与妈妈离开，忍不住哭喊起来，中年妇女心如刀绞。

坐在两位孩子身边的一位陌生姑娘慢慢地站了起来，离开救生艇，重回到了沉船上，对那位心痛欲绝的母亲说：“现在你孩子身边有个空位置，你快上吧。我没有结婚，没有孩子！”

两小时以后，泰坦尼克号沉没，这位陌生的姑娘同船上1500多人不幸遇难。没有人了解她更多的情况，只听说她叫艾文思，独自乘船回自己在波士顿的家。但那位获救的母亲和她的孩子们，永远也忘不了这位好心的救命恩人。

海啸之前

很久以前，日本有个村庄位于海边。村前是一望无际的大海，时而风平浪静，时而波涛汹涌。村后有座山，一条弯曲的山路经过稻田直通上去。山上可俯瞰村庄和大海。那儿住着一位聪明的老人，名叫吉野。和他住在一起的是小孙子太朗。

一天，空气炎热平静。吉野站在家里门廊边向前看去。村庄90户人家和一座寺庙，随着海湾的曲线延伸开，村民们正打算在庙院里跳舞庆祝即将到来的稻米丰收。这时，吉野望着阴沉闷热的天空，警觉起来："这是要地震的天气。"

地震真的很快来了。这吓不住人，因为日本经常发生地震。但这次是奇怪的——长时间、缓慢的摇动，好像是由遥远的海底变化引起的，房屋轻轻地摇动几次，然后所有的物体又变平静了。

吉野敏锐的眼睛看到了海水突然变黑，从村边退回，沙土和岩石露出，海岸狭窄的曲线变得越来越宽。他知道这变化意味着什么，必须警告村民们！已没有时间下去送信，让寺庙的和尚敲大钟了。他对太朗说："快！给我点一个火把！"

吉野拿起松木火把，赶到他的稻田，点着了干燥的稻子，大火向上熊熊地燃烧，在田里蔓延开来了，把金黄的稻子烧得焦黑，滚滚浓烟直冲云霄。那可是他去年所有的劳动成果，今年的口粮呵！

太朗感到吃惊和害怕，他跟着爷爷后面叫到："爷爷！为什么？这是为什么？"吉野没有时间解释，继续放火，直到走到稻田的边缘。太朗急切地凝视燃烧的稻子，落下了痛心的眼泪，转身跑回家里。

山下寺庙里和尚看到山上熊熊燃烧的大火，敲响了大钟。村民们聚集起来向山上赶来。全村人的确都来了——开始是年轻人，然后是年纪大的老人和抱小孩的父母，甚至孩子们也来了，因为他们能帮忙传递水桶。但灭吉野稻田里的火太晚了，所有的人悲伤而又疑惑地看着老人的脸。

太朗啜泣着从房里跑出来："爷爷发疯了！他是故意放火烧稻子的！"村长生气了，村民们开始抱怨起来。

这时，老人抬起手，指向大海："看！"

人们看去，只见一条长而模糊的线变得更宽更暗。那就是向陆地袭来的海水，像峭壁一样高耸着，像鹰飞一样快地冲向前边。

"海啸！"人们尖叫着，随后听到了比雷声更响的声音。可怕的海啸冲击着海岸，势如排山倒海，连远处的山都颤抖起来。海啸的飞沫像闪电的火花突然爆发，吓得人们四散奔逃。

随后，疯狂的海水咆哮着猛扑陆地，掀起了阵阵巨浪，但劲头一阵不如一阵。最后它愤怒地翻腾了，不再冲向陆地。在吉野房子周围没有一个人说话，人们望着山下村庄，已是一片废墟。此时此刻，老人平静地说："这就是我放火烧稻子的原因。"

太朗跑去拉住了他的手，全村人都跪下了……

人们一直铭记着吉野的恩德。村庄重建时，建起了一座寺庙纪念他，并保留至今。

永恒的百合

平静的加利福尼亚海湾褪去了先前的浮躁和猛厉，海面上波澜不惊，这异常沉寂的氛围给人一种无比的压抑之情。只是水面上漂浮着的许多白色的花朵，才给这沉寂压抑的环境带来了些许亮色和温暖。这些天来，大海中漂泊着一束束百合花，每天都有很多人来到海边上散落花朵，他们什么话也不说，只是静静地望着这些圣洁的百合花发呆。人群中有一位高挑身材，长着碧眼金发的女郎，她美丽而忧伤的眼睛中满蓄着泪水。她是“雅典娜”号沉船上22位幸存者中的两位女性之一。

她的名字叫玛丽·莲，来自意大利，她非常喜欢美国，是个典型的美国通。她是独自一人去加州游玩的，当警铃第一次拉响时，玛丽·莲吓坏了。她平生头一次乘船在大海上游玩，根本不知道怎么穿救生衣。面对茫茫无边的大海和汹涌澎湃的巨浪，玛丽·莲吓蒙了，泪水止不住从她美丽的面庞上滑落下来。这时有两位美国男子走过来，帮她穿上了救生衣。

玛丽·莲看到轮船的通道上乱作一团，立即清楚了事情的严重性。她手足无措地向人群跑去，男人们都主动让出了一条道，让妇女、儿童和老人先上甲板。经过数小时的挣扎，“雅典娜”号终于淹没在巨浪滔天的大海中，海水也一下子把船舱淹没了。同舱的几名男子用头颅、手脚等各种手段，终于击碎了钢化玻璃，第一个逃出船舱的是玛丽·莲——男人们再一次把生的希望留给了她。

出了船舱后，玛丽·莲也只能在大海中任凭狂涛巨浪的摆布。突然，她看见一条橡皮救生筏，上面已经坐着一位老人，老人向她伸出了援助之手，她费了九牛二虎之力也未能爬上救生筏。此时一个巨浪扑来，一名男子被卷到了玛丽·莲的身边，那位男子毫不犹豫地把她推上了救生筏，而当玛丽·莲向这位男子伸手时，他却被巨浪卷入了海底，再也找不到一点痕迹……

玛丽·莲被惊呆了，那位老人更是热泪四溅……筏子依然在怒涛之巅摇荡，玛丽·莲放声痛哭起来，老人抚摩着她的头说："孩子，不要怕！无论结局如何，我都会尽力帮助你，因为你还年轻，你一定要努力活下去，而我已经一大把年纪了。"

玛丽·莲止住了哭声，这时，海面上已有了一丝亮色。猛然间，一个巨浪将筏子打翻，玛丽·莲死死抓住筏绳，而那位老人转眼间就消失在大海的深渊之中。

玛丽·莲已自顾不及，她不会游泳，但曾经看过自救的电影，于是她用两根指头塞住鼻孔，拼命地用嘴吸气，以防海水灌进鼻子把自己呛死。过了很久，玛丽·莲发现自己和筏子已靠近了海岸，岸边的波涛也异常凶猛，有人想拉她但没能拉住，她被反弹离开了海岸。危急中，她赶忙解开筏绳，一阵海浪扑来将她送到了岸上。这时，一个渔民用棉衣包住了她，她终于摆脱了死神的纠缠，幸运地活了下来，可是与她同舟共济的280位同胞却永远地消逝在大海的深渊之中！

一个人能做到的

一辆载满乘客的无轨电车正沉入冰冷而混浊的埃里温水库的库水中。不一会儿，水面上只露出滑接杆上的两只滑轮。巨大的旋涡渐渐消散，水面重新连成一片，整整一车遭到厄运的乘客被吞没了。

恰在无轨电车沉入水底的时候，一个注定要在这场紧张的救人战斗中充当卓越主角的人正从北面朝水坝跑来。这人就是速度潜泳世界纪录创造者，曾13次荣获欧洲冠军和7次荣获苏联冠军称号的沙瓦尔什。他即将跑完规定的每天20公里的长跑路程，同他一块儿锻炼的还有其他运动员和他的胞弟卡莫。

冠军看到当时的场面，首先意识到发生了事故。他向卡莫打了个手势。边跑边脱下长跑后被汗水湿透的衣服，甩掉了运动鞋。卡莫也跟着这样做。转眼间兄弟俩已出现在冰冷、混浊的水中，朝隐约可见的滑接杆上的滑轮游去。

沙瓦尔什首先游到滑轮处。他心里明白，在主要抢救工程——打捞无轨电车开始之前，应该干什么，必须干什么。没有一个人能胜过他，唯独他才能潜游到必要的深度，在水下辨明方向并采取营救人的种种可能措施。

他扭头一看，瞥见卡莫在身后。"你浮在水面上，等救生员。"

他喊了一声。然后，足足地吸了一口气，扑通一声扎入水中。令人奇怪的是，他只用了一瞬间的时间便作出了一生中最伟大的抉择。可是在这之前，他和大多数人一样，即使作出任何一个意义远非那样重大的决定，都得花上几小时、几天，甚至几星期的时间。而这次仅仅一刹间。

周围偌大的喧闹世界——汽车、人群、风和堤岸销声匿迹了，仿佛它们从未存在过似的。水下的能见度很差，被无轨电车掀起的淤泥还没有下沉。

可是，沙瓦尔什却看清了车身的位置。他抓住滑接杆，尽量延长憋气时间——只有他才有这个本领——从后面游近无轨电车。后面的玻璃窗是最宽的，倘若把它打碎，那就打通了一条救生之路。他紧紧抓住车后的金属挂梯，身子后倾，顶住水流在8～9米深处的强大阻力，用两脚猛踹玻璃窗。玻璃毫无声响地被踹碎了。

沙瓦尔什游进车厢。在混黑的水中他看到一些模糊不清、失去知觉的人影在浮动。他在一瞬间感到体力衰竭。肺里的空气已所剩无几，他赶忙抓起离自己最近的一个黑影转身钻出车厢，两腿抵住车顶尽全力一蹬，便急速向水面游去。他浮出水面后，发现被救的是一位妇女。

“我踹破了玻璃，”他大声说着把妇女交给卡莫，“乘客全失去了知觉，我只得用手往外拖。”

两只载着救生人员的救生船和一艘运动员的赛艇从两面靠拢来。

“把救上来的人送上岸！”

沙瓦尔什吸了三口气，集聚起力量，又一次潜入水下。并用娴熟、独特的潜游动作，加快下沉的速度。他下意识地领悟到：下一步的行动除了必要的体力外，还需要有一种精神力量。“把一切置之度外。”他反复提醒自己。

他抓住窗框，进入车厢，又一次把近旁的一个任人摆布的人紧紧搂住。接着是窗框——车顶——一片黑黝黝的宽阔水域。

卡莫从哥哥手里接过第二个妇女，把她安置在船上。

水面上两只救生船在卡莫周围巡回。船上的几个小伙子准备随冠军潜水，但都没有如愿以偿。

“氧气，潜水员的氧气瓶有吗？”他向近旁的救生人员大声问了一句。

“没有。”

第三次，沙瓦尔什极其准确地找到了目标。他毫不耽搁地把一个在车内顶棚处浮动的人搂到自己身旁，快速地向水面游去。他甚至没有来得及看清是男人还是女人就交给了卡莫。

“你身上全是血！”沙瓦尔什猛然听见有人冲他喊。他知道是玻璃扎破的。怎么办呢？眼下总不能去包扎吧！时间就是生命。

“岸上情况怎么样？”他问卡莫。

“正在加紧安装重型起重机和系钢缆。”

“起重机，太棒了。”他心想，又吸了三口气，吸得那么深那么多，仿佛要把暑气刚刚消散、渗透着秋天气息的山岩空气统统吸入肺里，而后他沉入那无声无息，人们正在受难的世界，去寻找车身、车厢和人影。他紧紧搂住被救者，摆动着有力的、不知疲倦的双腿向上游去。

这些都是素昧平生的陌生人。可是，人人都应该懂得：没有一个人能脱离别人的帮助而自己学会走路、长大成人；每一个人在某个时候都得过别人的支持、搭救、保卫和维护。一些人懂得这个道理，因而把助人看做自己义不容辞的职责；而另一些人则不然，心里老是在盘算：今后，在更长的时间里，甚至一辈子，我如何利用别人。

沙瓦尔什仍在不断潜入水中。现在他改进了搂人姿势，使水的阻力减少到最低程度。他不顾疲劳。把第7个、第8个、第9个人托出水面，速度之快几乎比救头几个人要快一倍。

当他救起第10个蒙难者的时候，陡然感到脑袋里“嗡”的一声，眼前仿佛簇簇焰火迸溅。红的、绿的、白的火花使他睁不开眼，“我快失去知觉，冻坏了。”这是可想而知的，他刚跑完20公里，灼热的身子马上潜入冰冷的水下，何况负荷量那么大，时间又那么久。他咬紧牙关，把人搂得更紧，竭尽全力摆动两腿。一会儿，他眼前的点点火光撮成了一个圆球，渐渐缩成一小点，随后钻进了后脑勺。“平安无事了！”卡莫从他手中接过救起的人并安置到船上。一个人朝沙瓦尔什大声喊道：“我下去过两趟了，可就是找不着无轨电车！小伙子们也下去过了！你给我们讲讲怎么找法？水里什么也看不见！”

在堤岸上的人群中间，伫立着一位老者。这是一个体态魁梧、沉默寡言的男人。他若无其事地站着似乎这次事故与他毫不相干。只是从他的一双抓紧的拳头以及抿紧的嘴唇可以猜到：此人的内心正忍受着难以言表的重压。

他两眼凝视着，看着自己的两个儿子怎么救人。父亲的纷乱思絮啊，多半都同儿子们的童年联系在一起；但他在这白昼将尽的时刻得出一个肯定无疑的结论：沙瓦尔什，他的沙瓦尔什，卡莫，他的卡莫，都长大成人了！所有这些变化都是从何时发生的呢？在今天以前，他是从来不愿承认这一点的，今天他承认了，永远地承认了：他们不愧为堂堂的男子汉！

当隆隆作响的起重机顺围堤斜坡方向放下自己又粗又长的起重臂，当人们安装制动展的时候，沙瓦尔什继续在干自己的工作。他的工作效率在当时的条件下已达到了顶点。可他并没有忘记自己的教练的话：你干过的事，本来可以干得更好。现在，他怎么可以干得更出色呢！

一次又一次的下潜。

救起了第13个受难者。

第15个……

第16个……

第18个……

沙瓦尔什不可能相信，从事故发生到现在只不过过了20分钟，他除了潜水、救人外，什么也没多想。可是当他浮出水面的时候，鲜血把水染得越发红了。

一次，他冲进车厢，抓起一个黑影紧紧搂住，双脚一蹬离开车顶。等他露出水面一看：双手抱着的是一只被水浸涨的黑色坐垫。他气得两眼发黑：

去你的，谁有这四五十秒的闲工夫！救起第19个受难者……冠军又潜入水下。

这毕竟是人的肺，无论他有怎样的心脏，这毕竟是人的心脏，他的精力毕竟是有限的。当他第21次潜水时，突然听到卡莫的说话声。

“让我去取钢缆来，他们已经捆好了。”这句话他是听见的。由于紧张加上脏水浸泡，他的一双发炎的眼睛看不见，只是感觉到，人影依然在黑暗中乱晃。生命的最后一息驱使他们作垂死前的挣扎。有的顶住车顶棚，有的挤在两侧的玻璃窗上，一个压在一个身上。当其中一个人影无意识地、痛苦地、本能地向冠军的胸前压来的时候，他也不禁猛然一颤，感到浑身乏力，此刻他第一次想到，自己是在救他们，还是成为他们中间的一员了。

父亲仿佛愣住了，一动不动地站着，两眼凝视着水面，10秒、20秒、25秒……冠军啊！父亲完全懂得儿子的价值。但他也知道，强壮的体魄本身不是目的。他自己也从父辈那里得到一种伟大的信念：亚美尼亚的每一座山都比人高，但没有一座山比人更有力量。

起重机的发动机在哒哒作响。卡莫把柔韧发亮的钢缆送到电车下沉的地方。沙瓦尔什这次潜水的目的是找到无轨电车的拖曳钩。他把两手插进淤泥，哪儿也没有。电车的后轴在淤泥里陷得很深。

“只好拴车身，”冠军明白了，“必须把两侧玻璃窗各敲破一扇。”

“拖曳钩陷在烂泥里，找不着，”他从水底钻出水面说，“去给我找一根铁棒！”

“用钢缆拴住滑接杆！”现场指挥命令道。

“会拔掉的，”冠军咳嗽着表示不同意。

“拴去！”那人气呼呼地命令。

沙瓦尔什拿起一根主钢缆便又潜入深水中。钢缆不容易拴紧，潜下去好几次，费了四五分钟的时间才奏效。

“开始！”

钢缆开始抖动、绷紧、振动，一眨眼工夫，随着警笛声和人们的叫喊声滑接杆从车顶的凹槽里被拔了出来——在救生船下面激起层层浪花。沙瓦尔什无明火起，扑向出事地点。

这时卡莫出现了。

“接住！”

冠军接住铁棒便潜入水下。他游到电车旁，狠狠地敲碎左、右两边的玻璃窗，然后钻出水面说道：

“给我钢缆！”

卡莫手中拿着两根钢缆：一根主钢缆，另一根套上圆环的辅助缆。

沙瓦尔什抓起一根辅助缆便一个猛子扎入水下，“穿过”车身，浮出水面，接着把主钢缆拖入水下，同横的一根联接起来，随后把末端拉上来递给卡莫；卡莫紧握钢缆，纵身跳上一艘救生艇，向高坝疾驶而去。

沙瓦尔什向岸边游去。这时钢缆又一次开始抖动、绷紧、振动。约莫过了两分钟，水库里的水翻腾起来，水花四溅，电车的尾部、接着是车顶、最后整个车身露出水面。从车身上哗哗流下小溪般的脏水，庞大而可怕的电车渐渐靠近堤岸。

大规模的抢救工作开始了。

沙瓦尔什疲惫不堪地倒在混凝土堤坝上。水库的水才停止浸泡他的身躯，他的四肢便立即充满了鲜血。殷红的血从大大小小割破的伤口淌流出来。

父亲脱下衬衣，缠住儿子血淋淋的两条腿，又用汗衫包扎他的双臂。全苏支援陆海空军志愿协会俱乐部主任的轿车已奔驰在埃里温大街上，可是这位冠军脑子里还在想潜水。

警笛声停息了。人们四散了。但是，水库里的水连成一片了吗？

45个昼夜：肺炎、高烧，得败血症的危险，严重的变态反应和梦呓。冠军的病情险恶，康复是极其困难的。他安详地躺着，回想在不久前获得的一个又一个胜利的瞬间，他一遍遍地自问："难道这是我吗？"

他从死神手中夺回了20条生命。在体育比赛中赢得甚至130枚熠熠发光的奖章，与从死神手中哪怕仅仅夺回一条人命相比，算得了什么呢？然而，两者又是互相不可缺少的。

他起床了，体力恢复了。以往的精神，以往的力量重新在他身上复活了。4个月后他回到了游泳池。几乎没多久就创造了苏联新纪录，继而又打破了世界纪录。

他舍生忘死的高尚行为使那些袖手旁观、无动于衷的人良心不安。

他舍己救人的英勇行为深深地教育了所有在场的人，使他们懂得：即使是一个人，他能够做到什么。

很可能……他叫希内斯

水泵就安在院子里，紧挨着墙根的井栏。你记得吗，希内斯？水泵有一个大轮盘，你身的重量都压在摇把上，带着它转动。那摇把是根铁棍，外面套着一个可以转动的木套管。

水泵一定还放在某个地方，放在某个角落。你的名字，你那总是胡子拉碴的脸庞，你那顶带檐的毡帽，还有你那双土里土气的木鞋，也留在人们头脑中某个已经遗忘了的角落里。我只是记得你的样子。我说记得，希内斯，可能不过只是我的想象。或许，你压根儿就不叫希内斯吧？

那是个漂亮的院子，白天充满着欢乐。里面栽有很多棕榈，铺在地上的长菱形石板用水泥溜着缝，除了紫花藤、盆栽花草、天竺葵花坛和翠绿的石刁柏外，还有一棵蜜橘。

希内斯，我觉得，屋子里的一切，过去和现在都同你紧密相关。还有那个圆水池也是这样。水池里的金鱼光灿夺目，尤其引得孩子们流露出惊异的眼神。

你就是傻子希内斯。每天，你把水池灌满，人家就给你两个雷阿尔。有时也给你些应时的水果，比如，满满一小锅仙人掌之类的东西。于是，你就耐心而又麻利地——怎么可能呢——削了起来。你用的那把旧刀，总揣在你那件补丁摞补丁的上衣右边口袋里，这件褪了色的衣服，无论冬夏你都是不离身的。你呀，希内斯，心眼不多，所以人家都叫你傻子，谁都不肯把重要一点的事情交给你去办。每次有人让你掏脏水坑或者其他类似的谁也不愿干的活儿之后，你从不开口要求任何报酬。

一天，被人们称做“小灵通”的邮递员胡安给你送来了一封信。你找人给念了，那是一份通知书，让你去服兵役，你已经长大成人了。你去了。他们把你带走了。我敢肯定，当你穿上军装感到自己也成为小伙子的时候，你一定也产生过幻想；你一定努力参加操练，按照口令向右转、向左转和立定。他们发给了你一支步枪，教给你什么叫“口令”。他们告诉你说不能放任何人从那儿通过，所以就连上校来了，你也没有放他过去。上校一定要过，而你却慢吞吞地一板一眼回答他说：“没那么容易。”结果人家把你从岗位上撤了下来，并且得出结论，说你是个绝顶的蠢材，是个傻子。这样，你很快就又回到村里，回到水泵旁边来了。

这一切都是我小时候听人说的。因此，我觉得此刻我是在想象你，你也许压根儿就不叫希内斯。

时间一年一年过去，人们已经不记得你了。时代在前进：柏油马路、电视、电影、学校、拖拉机……没有时间啊。每天你都把水池灌满，看着水池里的鱼，你就像孩子一样眼睛里放出了光芒。你用喷壶给地面上洒上水，然后就去吃锅中的仙人掌。我还忘记说了，人家还送给你烟叶，你的烟斗很短，不管有烟没烟，你都把它叼在嘴上，即便是你在气喘吁吁地摇着水泵的时候也不例外。

你总是来得很早，即使什么人都没有，你也要道一声：“早晨好。”你整个脚掌着地地蹲着，胳膊放在膝盖上凝视着池里的水。我曾经模仿过你的姿势，但怎么也保持不了身体的平衡。你就那样长时间地蹲着，观赏着水中的鱼，但却从不把手伸进水里去。你总是抄着手，也许是怕它们不听使唤，会不自觉地伸向红得诱人、金光闪闪的纺锤形的神秘家伙吧。金鱼也看你吗？谁能说得上呢。

“你好，希内斯！”说话的声音吓了你一跳，你总是一惊一跳的。“你在看鱼吗？”

“是的，小姐。”

“你很喜欢鱼，对吗？”

“我很喜欢逮到了的鱼，小姐。”在你看来，那都是“逮到了的鱼”。你从来也不敢提出把它们放回到江河、池塘或者湖泊里去（对你来说，“湖泊”一词甚至是没有意义的）。

“干活吧！它们跑不掉的……”

你在那儿出神，几乎没听见她的话。

“希内斯，你今天情绪好吗？”

于是你灵巧地站起来，开始摇动水泵的把儿。

我在想，虽然自以为对你有这样一些了解，可是我对你还是完全陌生的。你有亲人吗？你家住在哪儿？有人为你的穿戴操心吗？谁给你做饭？我对这些一无所知，甚至不知道你是不是每天清晨自然而然地随着黎明的曙光而出现，而头脑中却仍然保留着夜的昏沉。

我很想了解这一切，很想了解你眼眸深处和你那奔腾的血液中深藏着的东西，尽管我知道，不会有什么特殊的、与众不同的东西。你只是一个十分内向的人。其他的说法，都只不过是人们的推测而已。

一天，一个跟通知你去服兵役那天一样非同寻常的重要日子，你突然纵身跳进水塘，因为有个小孩吃力地在里面挣扎，孩子得救了，而你却送了命。你不会游泳，你的衣服，包括那件总不离身的、右口袋里老是揣着那把刀子的上衣在内，实在是太沉了。

你死后，没人给你颁发勋章——也许那时还不兴这一套。傻子希内斯用自己的生命救活了一个孩子！

你的举动，引起了前所未有的轰动。很多人——我想他们对你会淹死感到奇怪——为你送葬。那些从未和你说过一句话的人，那些对你谦恭的问候都不屑一顾的人，那些拿你耍笑或者骂你“傻子”的人……他们都跟在你的灵柩后面，向你致敬。不过那也只是做做样子，因为他们心里想着自己的事情，谈论着他们的纠葛、年景的好坏……就像通常送葬的时候一样。但是他们总算去了，希内斯，是你把他们聚在一起的。他们一连几个小时和你待在一起。他们当中有人会说或者会想：“这傻子不简单，真是个好人。”

事情就是这样。时间过去了那么久，人们早就把这件事忘了，只有一个人还在怀念你，我就是你从水塘中救起来的那个孩子。

（西班牙）阿尔丰索

化雪之爱

在落基山脉普利斯特里山谷附近，年轻英俊的橄榄球运动员卡罗吻着他心爱的未婚妻贝蒂，贝蒂含羞地依偎在卡罗胸前，什么也没说，她早已沉醉在诗一般甜蜜浪漫的幻想中了。卡罗和贝蒂情意绵绵了一会儿，然后开始滑雪。但是很快两个人就迷了路，闯入一块也许从来就没有人到过的雪域。

这已是迷路的第二天。一阵凛冽的寒风推搡着贝蒂单薄的身躯，卡罗赶忙扶住她。他把贝蒂抱到附近一个积雪半掩的山洞里，用从雪野上拾来的为数不多的树枝为贝蒂燃起了一堆生命之火。然后卡罗转身去外面弄吃的。但他两手空空地回来，在这样一个寒冷荒芜的地方，哪儿来的食物呢？

就这样，两人在饥寒交迫的痛苦中熬了一日，贝蒂已变得极度虚弱。第三天上午，仍不肯放弃希望的卡罗又两手空空回到了山洞，他脸色苍白，脚步踉跄，左臂不见了，只剩下血淋淋的残缺的袖管。贝蒂搂着心爱的恋人哭着询问，原来卡罗的胳膊被一只觅食的棕熊残忍地咬掉了。

贝蒂再也不奢望能够走出雪谷，两人紧紧依偎在一起，带着泪水也带着战栗的微笑，尽情享受着临别这个世界前的最后的温存。

夜幕降临了，贝蒂沉沉入睡，次日早晨醒来时，却发现火堆上放着一块烤肉。

“我夜里逮到了一只冻僵的野兔。”卡罗神情疲惫地说。

贝蒂于是狼吞虎咽地吃起来，卡罗却没有吃，他说早已吃饱了。贝蒂于是留了将近一半烧得漆黑的烤肉，准备在两人最需要的时候吃。然而，卡罗因为昨日失血过多，加上这几天体力消耗太大，终于倒在了落基山的雪地上，再也没有站起来。

贝蒂是在卡罗去世后的第五天下午被搜索小组救出的。那时，她已两眼呆滞，形容枯槁。在萨斯卡通红十字医院的病房里，当一个教授想了解贝蒂何以在满地冰雪的绝境里坚持了这么久时，贝蒂说：“是爱，还有这个！”她拿出了她保存下来的一小半截烤肉。

“这是人的肉啊！”教授凝视了一会儿那截烤肉后大叫，“这是人的左臂！”

贝蒂的脸色霎时苍白无比，她又想起了落基山上晶莹的雪，又想了男友卡罗痛苦的微笑和血淋淋的臂膀。

她似乎看见了卡罗在锋锐的岩石上自戕的惨烈场面，她明白了，一切都明白了！

贝蒂把卡罗送给她的那枚订婚的蓝宝石戒指紧紧地捂在胸口，然后失声痛哭起来……

贝蒂后来嫁给了辛普森堡一个很富有的商人，不过两年后就离了婚。那富商不喜欢贝蒂，原因是她半夜老做噩梦，并且喃喃呼唤着卡罗的名字。

（美国）诺伊·奇

出狱者

一个狱卒来到监狱的制鞋工场，把正在那里专心缝鞋的吉美·瓦伦丁带到前面办公室。狱官把一张由州长签署的赦免令递给吉美，吉美懒洋洋地接过了它。他被判刑4年，已服刑10个月，由于在狱中立功，如今，他被提前释放了。

“好了，瓦伦丁。”狱官说，“你明天上午可以出去了。打起精神来，好好做人，你本质不是坏人。不要再撬保险箱了，正正当当地生活吧。”

第二天上午，吉美穿着很不合身的成衣和一双走起路来吱吱作响的皮鞋，站在狱官的办公室外。一个办事员给吉美递了司法当局借此表示期望他重新做人的一张火车票和一张5美元的钞票后，便和他握手道别了。

吉美径直走向一家餐馆。他在那里享用了一只烤鸡和一瓶白酒，初次尝到了自由的美好滋味。然后，他轻闲地踱过火车站。他将一个2角5分的硬币丢进了坐在门口的瞎汉的帽子里，接着便登上了火车。3小时后，他到达了伊利诺州边界的一个小镇。他走到由一个名叫迈克·陶伦的人经营的咖啡店，和迈克握了手。

“很抱歉，我们没能早一点弄你出来，吉美老朋友，”迈克说，“你还好吧？”

“还好。”吉美说，“我的钥匙呢？”

在楼上他的房间里，一切和他离去时完全一样。吉美把挨墙的折床拉开，推开一扇壁板，拖出一只尘封的箱子。他打开箱子，高兴地看着箱子里的整套盗窃工具。它们全都是特制的，包括最新式的钻子、打洞器、曲柄钻、撬门棒、钳子、锥子，以及两三件由吉美自己发明的新品。

半小时后，吉美下楼穿过咖啡店，他穿着雅致而合身的衣服，手里提着那只已揩净积尘的皮箱。

吉美获释后一星期，印第安纳州的利治蒙市发生了一宗保险箱盗窃案，手法干净利落，毫无线索可寻。但窃匪所获不过800美元而已。两星期后，罗根期波市有一只特制的改良防盗保险箱被人像切开一块乳酪般地弄开了，失款1500美元。此后，密苏里州一家银行的保险箱中被窃走5000美元。班·普赖斯受命进行调查，经过比较，他发现这几宗盗窃案的做案手法非常相似。

“是吉美·瓦伦丁的‘杰作’，”普赖斯说，“看看那码锁！就像是在湿雨天拔一只小红萝卜一样轻易地就被拔了出来。再看看那些制栓，它们被撬开得多么干净利落！他这样干将会罪有应得，不会只坐短期的牢，或是轻易就获得宽赦。”于是警方对外宣称普赖斯已经在追踪这位神出鬼没的窃贼，令其他拥有防盗保险箱的人放心了不少。

一天下午，吉美在堪萨斯州的小镇艾尔摩提着小皮箱从一辆车上下来，看上去像个刚从大学回家的体格健美的学生似的，走向一家旅馆。一位年轻女郎横过马路，在街角处从他身边擦过，进入了一个大门。那门上写着“艾尔摩银行”。吉美注视着她的眼睛，忘了自己是什么人，完全变成了另一个人。她脸上微微一红，低下了眼光。像吉美那样风貌的男子，在艾尔摩难得一见。

吉美一把拉住一个在银行台阶上玩耍的小男孩，向他打听有关这个小镇的事情。不久，那位年轻女郎出来了，她显得高贵，根本没有把这个提着皮箱的年轻男子看在眼里，扬长而去。

“那年轻女郎是不是波莱·辛浦森小姐？”吉美向男孩问道。

“才不是哩，”男孩说，“她是安娜贝尔·亚当斯。她爸爸是这银行的老板。”

吉美走进旅馆，以拉夫·斯宾塞的名字登记。他告诉旅馆服务员，他是到艾尔摩来物色地点开店铺的。本市鞋业如何？是否可为？

那服务员看见吉美衣着毕挺，仪表出众，对他印象很好，于是客气地告诉他，鞋业在此地大有可为，因为镇上还没有一家专门卖鞋的商店。

拉夫·斯宾塞先生是从吉美·瓦伦丁灰烬中跃起的凤凰——一见钟情的火焰已把

吉美·瓦伦丁烧成了灰烬。他在艾尔摩定居下来，并开了一家鞋店，生意鼎盛。在社交方面他也十分成功，交了不少朋友。他还如愿以偿——认识了安娜贝尔·亚当斯小姐，而且越来越为她的魅力所倾倒。年底时，他和安娜贝尔订了婚。结婚前两星期，吉美坐在他的房间里写了以下这封信，寄到圣路易市一位老朋友的安全地址：

亲爱的比利老朋友：

请你下周三晚上9点到小石城苏利文那里。我要请你给我结束一些小事情，也要把我的全套工具奉赠。我想你会乐于接受。你知道吗？我已不干我的老行了。我开了爿小商店，在做正当生意赚钱，而且即将和世界上最好的一位小姐结婚。我结婚之后就会把商店卖掉，迁到西部去，因为在那边我不会有多少被人算旧帐的危险。我告诉你，比利，她是一个天使。她对我有信心；我痛改前非，绝不再做过去的那些坏事。你一定要到苏利文那里，因为我非要见你不可。

你的老朋友吉美

班·普赖斯不动声色地进了艾尔摩，他在镇上好像无所事事地游来荡去，直到发现了他想侦知的事为止。

第二天早晨，吉美在亚当斯家里吃早餐。他准备在这一天到小石城去订购结婚礼服，顺便买些精致的东西送给安娜贝尔。早餐后，他们一大家人——亚当斯先生、安娜贝尔、吉美、安娜贝尔已出嫁的姐姐以及这位姐姐两个分别为5岁和9岁的女儿——一起出发，到镇上的商业区去。他们先来到吉美尚在凭居的旅馆。他跑上楼去取了他的皮箱之后，他们继续上路前往银行。到达银行后，他们几个人穿过雕花的橡木高围栏，走进银行的办公室。因为艾尔摩银行刚装置了一个新的保险库，亚当斯先生很引以为豪，坚持每个人都要去参观一下。这个保险库的门是新的，而且是特制的。它的3个坚固的钢制门闩利用一个把手即可同时启闭，并有一具时间锁。亚当斯春风满面地给斯宾塞讲解它的操作方法，斯宾塞面露洗耳恭听但不太赏识的神情。两个小女孩梅伊与阿加沙看着闪亮的钢铁和好玩的钟与门柄，都十分兴奋。

他们正在参观的时候，班·普赖斯走进了银行，支着臂肘不时从围栏的空隙向内漫不经心地窥看。他告诉柜台服务员，他并没有特别事情，只是在等候一个他认识的人。

忽然，有个女人尖叫了一声，随即一阵混乱。原来，在大人们没有注意的时候，

9岁的女孩梅伊一时淘气，把阿加沙锁在保险库里了，而且她还照亚当斯先生所示范的那样，扣下了门闩和转动了暗码锁。

这位老银行家一个箭步冲到门柄前，使劲拉了它一阵。“门打不开了，”他呻吟着说，“计时锁的钟还未上发条，暗码也未排定。”他们听到孩子在黑暗的保险库里发出的微弱惊恐叫声。

“我的宝贝！”阿加沙的母亲哭号起来，“她会吓死的！打开门！啊，敲碎它，你们快想想办法呀！”

“我的天！斯宾塞，”亚当斯先生颤抖地说道，“我们怎么办？那孩子在里面不能支持多久，那里面空气不够。”

有个人疯狂地想到用炸药。安娜贝尔一对大眼睛充满痛苦，她对吉美说道：“拉夫，你能不能想个办法？”

他望着她，唇边挂着奇异温柔的微笑。“安娜贝尔，”他说，“把你佩戴的那朵玫瑰花送给我，可以吗？”她虽然几乎不能相信自己没有听错，但还是立即把襟上的玫瑰花拿了下来，放在他的手上。吉美把它塞进了背心口袋里，然后脱了上衣，卷起袖子。这举动令拉夫·斯宾塞消逝了，由吉美·瓦伦丁取而代之。

“你们全都离开这扇门！”他不礼貌地命令说。

他把自己的皮箱打开，取出几件闪亮而形状怪异的工具，一面轻声吹着口哨，一面迅速而有条不紊地干开了。1分钟后，吉美的钻子已经顺利地钻入了钢铁门。10分钟后——他打破了自己偷窃的最快纪录——他拉开门闩，打开了门。

阿加沙几乎昏迷了，但是生命安全。她母亲把她一把抱在怀里，吉美·瓦伦丁穿上衣服，走过围栏直趋大门。他听到身后安娜贝尔的熟悉声音在喊叫“拉夫！”但他还是毫不犹豫地向前走去。

门口一个魁梧的大汉站着，像是要挡住他。

“哈，班！”吉美说，“你终于来了，是吗？好，我们走吧。现在我觉得也没有什么大关系了。”

班·普赖斯的反应相当奇怪。

“你大概认错人了，斯宾塞先生。”他说，“我想我并不认识你。”

班·普赖斯说完便转身走向大街。

（美国）欧·亨利

善有善报

大家叫他傻子、白痴。他的真名是安托希 · 苏钦斯基，是个乌克兰农民。他对有生命的万物都敬之惜之，连一只苍蝇都不忍心打死。所以，波兰与乌克兰边境上的扎布罗夫村全村子的人都嘲笑他。

1941年，希特勒的军队攻入该村，把村子里的犹太人一车车运到灭绝人性的集中营去。傻子苏钦斯基这时再也不能袖手旁观了。

他仅凭两只手，在自己的农舍下面掘了个地洞，在地洞里把一家人掩藏了两年。这家人姓蔡格，有一对夫妇和两个儿子。

一次，苏钦斯基听说纳粹分子将要带受过寻人训练的狗到农庄搜查，他便整夜不睡，把户外厕所的粪便铺在地上，又撒上胡椒，使狗嗅不出人的气息。德国人来了，但他们没有找到蔡格一家。

1944年，蔡格一家人得到解放后，在德国的失所人士居留营住了3年，然后移民到美国。

此后多年，蔡格家经常寄食物及衣服到苏联去给苏钦斯基。苏钦斯基既不识字，更不会写，只好画朵花请邻居寄给蔡格家，表示东西收到，他很感谢。但是到50年代末，就不再有这些表示感谢的信息了。蔡格家去打听，苏联官员告诉他们，扎布罗夫村没有安托希 · 苏钦斯基这个人。

直到1987年代初，已成为新泽西成功商人的蔡格的儿子雪莱，才获悉苏钦斯基与他家联系中断的原因。原来苏钦斯基得了一场大病，患病时搬到了邻镇，由镇上一个侄儿照应。他恢复健康后才回到扎布罗夫。

一位苏联音乐家，因为雪莱 · 蔡格帮他解决了访问美国的签证，答应回国后打听苏钦斯基的下落。但是好几个月过去了，音信全无。

后来到了1987年年底，雪莱 · 蔡格因为商务去莫斯科。那位音乐家拿出一张近照给他看，照片是他与一位85岁的老人站在一所破旧不堪的农舍前的合影。那老人就是苏钦斯基。

“我一下子愣住了，”雪莱·蔡格回忆说，“我当时不知如何才能向那些舍己救人的人表达人们并没有忘记他们的心意。”

他寄了一张短笺给苏钦斯基，苏钦斯基通过朋友复了信，仅仅一行字：“你无法想象我多么渴望见到你。”

雪莱·蔡格回到美国后，打电话给母亲和弟弟，把这个消息告诉了他们，接着便着手策划一次欢愉的团聚。

去年6月，蔡格一家人44年来第一次回到扎布罗夫。全村的人手持鲜花在街上列队欢迎。他们由镇长带领，驱车前往他们当年就靠甜菜和一点点面包活了两年的那个地洞。

苏钦斯基手捧着一条面包，上面覆盖着一块传统的乌克兰布，迎接蔡格一家人。雪莱·蔡格遵照风俗习惯亲吻了面包。村民们齐声欢呼，场面热闹非凡。

“从他们脸上的表情可以看出，”雪莱·蔡格回忆说，“安托希·苏钦斯基，这个傻瓜，村里的白痴，现在已是公认的英雄人物了。因为在这些人当中，是他做了应该做的事。”

蔡格家离开扎布罗夫前，给苏钦斯基买了一台电视机，这在小村子里是件宝物。他们还满足了他的唯一要求：给他一本《圣经》和一本英文词典。

蔡格一家继续按月寄生活津贴给他，苏钦斯基许愿，他们一家下次探访他时，他会用英语迎接他们。

“他的恩情我们是永远报答不完的。”雪莱·蔡格说。他已经采取行动，把苏钦斯基的名字放在以色列的600万死于大屠杀的犹太人的纪念碑上——把他列为曾冒生命危险救过犹太人的一个正义的异教徒。

“不过最重要的是，”雪莱·蔡格说，“这些事给世人以启示，就是善有善报，为善者将使人永志不忘。”

（美国）夏伦·斯勒盖尔

盗亦有道——窃贼彼得森的故事

第二次世界大战以前，丹麦只有些小偷儿，很少真正的严重罪犯，所以大家听说彼得森是丹麦“最危险的贼”，马上轰动一时，不过40岁的彼得森虽在监狱里过了20年，却并不像传说中那样可怕。因为他自恃本领高强，不屑做鼠窃狗偷，也不肯伤害任何人。

彼得森精于鉴别古董。他向一家住宅搜掠后，会在第二天将一份详细报告送往报馆和警察局，开列取去的物品和价值。如果他入屋后发觉户主是个附庸风雅的人，也会把真相道出，而且往往揭穿所谓价值连城的“古董”其实都是赝品。彼得森最大胆的一次行动是趁着警察局长偕同家人前往乡间，偷进他的公馆度了一个周末。彼得森的报告说房子不错，可惜卧床弹簧坏了，瓷器也有崩缺。

差不多任何事情，只要能令丹麦人发笑，他们便加以原谅。因此对这种盗贼行径，举国引为笑谈，没人要求警方捕捉彼得森。但他终于法网难逃。

他在法庭自辩时，说前次坐牢的时候，有人答应过只要他改邪归正，一定会帮忙。可是他出狱后得到的唯一帮助，只是收到一条旧裤子。他倒没有怀疑那人的诚意，但在失望之余，便拼命和社会作对。

彼得森承认已把赃物运到伦敦，在伦敦开设了一家古董店，聘了一位可靠的人主持店务，但没让这人知道货物是怎样得来的。

彼得森显然亟需精神支持，于是我决定帮助他，写信告诉他说待他出狱后，我愿意帮他改过自新。从他回信中，可以看出他渴望过循规蹈矩的生活。我谒见国王，请他赦免彼得森。国王问我知不知道这件事有多危险。“陛下”，我答道，“我不怕。我会把彼得森收留在家里，观察他行为如何再说。”

国王没答应，但在第二年国王寿辰，这个窃贼获得特赦。彼得森写信给我，说要在一个星期后才能到图罗岛我家里来，因为他先要到附近的斯文德堡市办点事。最后他来了，下车时衣着很整齐，身材瘦长，背有点驼。我母亲见了，有点不信。“这个人是贼吗？”她惊奇地说，“他看来像个大学教授！”

午餐后，我把客人带到大花园里一座平房。平房很小，但阳光充足，风景秀美。彼得森向周围望了一下，莞尔一笑。他说：“这倒真像一个家！”跟着打开几只精致的手提皮箱，并说他的大箱子迟些时会运到。后来几只大箱子到了——都有铁条捆绑，箱子里装的都是精美的东方地毯、花瓶和书籍。

有一天我偶然想起彼得森的灯里一定缺少煤油，便带着煤油桶过去。他应了门，却要我在外面等；这时平房里有搬动家具的沉重声音。最后他开了门，室内艺术品陈设得十分考究，漂亮极了。

“我把门堵住了。”他语气平淡地告诉我。

“为什么？”

“你太天真了，”彼得森说，“你不知道那些人——监狱里的人是什么样子。我到斯文德堡市去就是为了投保盗窃险。等到保单寄来，我就用不着这样小心了。可是现在那班人随便那个都可能潜入这座平房，把我的初版珍籍偷去。”

彼得森很讨人喜欢。过了不久，图罗岛上到处有人邀请他做客，甚至到教区牧师的公馆喝咖啡。儿童受洗礼，有时会请彼得森做教父。他在社交集会中讲述他从事大胆偷窃的有趣故事。他表演用发夹开锁，又表演扭动身子全身钻过只有头部那么大的小洞。除了星期天以外，彼得森平时深居简出，一天到晚都在小屋里撰写回忆录。可惜他故作惊人之笔，辞汇却很贫乏，草稿读来味同嚼蜡。

过了几个月，彼得森得偿宿愿，在哥本哈根开设了一家漂亮的珍版旧书店。他光靠在狱里做工赚来的钱，资本不够，但对他感兴趣的律师、警官、法官及其他人士，凑了一笔款送给他。

有一天，彼得森遇到一位在哥本哈根某大律师行任职的年轻貌美小姐，堕入爱河。彼得森的身世虽不清白，在追求这位小姐方面却不吃亏。他们的婚礼场面十分盛大。婚礼在最高法院的一位检察官家里举行，检察官广邀同事参加。这段婚姻很美满。每年到了他获得特赦的周年纪念日，总会寄一封短简和一份小礼物给我。有时夏季他会偕同太太到我的小岛来，在平房里消磨一个月。我发觉彼得森这时不但是个勤奋的店主，更是位体贴的丈夫，温文谦恭。从前的窃贼果然脱胎换骨了。

接着德军侵入丹麦。德国人对彼得森的底细很清楚。可资利用人士的名单上也有他的名。过了不久，到处都见到彼得森和德国军官混在一起，甚至跟他们一起吃喝。他穿着缝制精美的德国军服，故态复萌，露出一派自尊自大的神气。所有的朋友都讨厌他。这些老朋友都加入地下组织，和英国保持密切接触，接受英国的指示与供应品，从事破坏工作。

德军霸占并经营勒夫沙里奥岛上一所重要的飞机零件制造厂。地下组织人员决定要把这工厂炸毁，有好几百人参加此项计划。他们当中，很多人已经混进了工厂做工。另外有些人商量好，到准备动手那一晚，在街头制造汽车“意外”事件，故意打架，并虚报火警，分散哥本哈根市内德国军警的注意。他们选定一个没有月光的午夜行事，并派了精选的人对付那些防守飞机零件厂的德国哨兵。炸药也偷偷地运进了厂内，随时可以使用，时间越来越近。几乎无懈可击的计划，后来却似乎可能功败垂成。原来负责破坏工作的人，绞尽了脑汁，也没法打听出怎样弄开工厂入口巨大钢门上的特制门锁。

在指定行动日期前两天，一位地下工作的首领收到一封短简。他以前也收过不少封提供德国各种计划有关情报的信，笔迹和这封短简相同，是谁写的却没人知道。不过这封短简上有署名。写着："两天后的午夜，我会到飞机零件厂的门口，我届时将穿德国军服，并会弄开门锁。"简末的签名是彼得森全名的缩写。他们敢信任彼得森吗？他们别无他法，决定冒险一试。到了约定时刻，彼得森穿了纳粹制服抵达。附近的德国哨兵已被干掉，引爆炸药的人聚集在门前暗处，数分钟内他们可以随意活动。

"我依约而来，"彼得森悄悄地说，"我对各位只要求一件事。假使我有不测，请替我洗脱不美之名。我的太太……"说到这里，他停了口，弯着腰去弄锁。不到三分钟，工厂大门打开了。

他这时原可安全离去，却不肯走。他说："我要亲手去点燃一枚炸药。"一切都准备好了。一发信号，所有人员迅速地分散到各岗位。跟着是一阵异常紧张的等待。然后引爆炸药的人一个一个从建筑物跑出来，在安全的距离看着强力的爆炸在工厂四周数里范围震裂了地面，照亮了天空。整个工厂只剩下歪歪扭扭的破机器和一片瓦砾。可是彼得森的开锁工作虽然敏捷，但引爆炸药的工作却太慢了。他是唯一没有脱身的人。他壮烈牺牲了。不知怎的，我总觉得如果彼得森有选择，他会选择这样的收场。谁知道？也许这正是他的心意。

（丹麦）K.迈克尔

海中救援

几年前，在荷兰一个小渔村里，一个年轻男孩教会全世界懂得无私奉献的报偿。

由于整个村庄都靠渔业维生，自愿紧急救援队就成为重要的设置。在一个月黑风高的晚上，海上的暴风吹翻了一条渔船，在紧要关头，船员们发出了SOS的信号。救援队的船长听到了警讯，村民们也都聚集在小镇广场中望着海港。当救援的划艇与汹涌的海浪搏斗时，村民们也毫不懈怠地在海边举起灯笼，照亮他们回家的路。

过了一小时，救援船通过云雾再次出现，欢欣鼓舞的村民们跑上前去迎接。当他们筋疲力尽地抵达沙滩后，自愿救援队的队长宣布，救援船无法载所有的人，只得留下其中一个；再多装一个乘客，救援船就会翻覆，所有的人都活不了。

在忙乱中，队长要另一队自愿救援者去搭救最后留下的人。16岁的汉斯也应声而出。他的母亲抓着他的手臂说："求求你不要去，你的父亲10年前在船难中丧生，你的哥哥保罗3个礼拜前才出海，现在音讯全无。汉斯，你是我唯一的依靠呀！"

汉斯回答："妈，我必须去。如果每个人都说：'我不能去，总有别人去！'那会怎么样？妈，这是我的责任。当有人要求救授，我们就得轮流扮演我们的角色。"汉斯吻了他的母亲，加入队友；消失在黑暗中。

又过了一小时，对汉斯的母亲来说，比永久还久。最后，救援船驶过迷雾，汉斯正站在船头。船长把手围成筒状，向汉斯叫道："你找到留下来的那个人吗？"汉斯高兴地大声回答："有，我们找到他了。告诉我妈，他是我哥保罗！"

（美国）丹·克拉克

为什么我会如此，上帝？

1968年11月的一个美丽的下午，我驾车去上班。当时我只有23岁，有着幸福的家庭，已有5个月的身孕，在阿拉斯加州的空军医院当护士已有两年。那时，我的生命似乎是永远光明和充满希望的，正如阿拉斯加明净、清澈的天空一样。

但命运——美好的希望在下午2点30分被彻底粉碎了。

一辆巨型载重卡车从后面闯入我的行驶线路。它像座山一样向我压来。猛烈的力量挣断了我的保险座带，把我抛向风挡玻璃，立刻又被撞了回来。我的脸碰在旋转着的方向盘三个尖栏上，一刹那间又被弹起。

这时，我想到了死，我感觉有一层冰凉的冷云盖住了双眼。但是，我并未死。我听到了一个声音："还活着。我看见它动了。"

我就是这个"它"！当我抬起头时，看见自己翻躺在雪堆中，雪地上血所印成的我的脸的形象。到处是血肉和碎骨片。我已经忘记疼痛，仅仅怀疑自己是否还活着。作为护士，我常听到重伤病人的呼喊："请叫我死好了！""我再也不要活了！"现在，我才真正体会到这种哀求了。

压碎的肉末和骨头几乎堵住了我的喉咙，我拼命有意识地吹气和吸气。我想这样是对的，这是我到达阿尔门杜夫医院才被证实。这里，医院里最好的医生——也是我的朋友们一层层地围着我，他们全惊呆了。

忽然有人打破了沉静。命令道："我负责气管切开术。盖莱，你负责固定四肢。林德，你负责静脉注射。……她需要输血输液。麦佐，你准备X光。通知手术室，准备整形，产科、牙科、骨科、眼科、泌尿科的手术准备！要特别护理。"一只坚定的手抚摸着我的肩膀："准备好，不要害怕！"

吉姆斯医生是一位知名的主治大夫。虽然他只干了两年的整形外科工作，但在长达14小时X光外科手术中，他寸步没有离开手术台。我的未出世的孩子已经被压扁了，三天后进行了引产术。脸部和全身大面积的粉碎性骨折，皮肤残缺不全，牙齿全部失去。这需要进行不知多少次外科手术才行。

4天以后，我没有接受医生的劝阻，从镜中看到了我的脸。我并不抱任何幻想，我看到的是一个歪曲、苍白、没有牙齿、没有眼睑、包满纱布的骷髅。我大概只剩下三分之一的人的脸了。

其实，我早已从我的丈夫——一个空军学院的军官的脸上看到了自己的模样。事故后，他来看过我一次。他坐在我的床前，沉默不语。从他的眼中可以看出，我虽然活着，但他的妻子已经死了。他充满悲伤，但那是为了他那在阿拉斯加的蓝天下失去的美丽、活泼的金发姑娘。而不是为了眼前这个可怕、恶心、奇怪的生物！……他甚至没有说一个字和摸一下即使是死去的我就离开了病房。这就是我们分手的时刻，是那样的冷酷，那样的凄凉……

当我感到自己可以活下来的时候，我已在考虑今后的生活了。麦佐·史代林斯坚定地看着我，他早知道我在想什么。"你不要总看眼前。"他说，"给我2～5年时间，我要治好你。恢复你的美貌。上帝既然救了你，就一定会叫你的生命更美好。如果你有耐力，我就会有技术和时间来承诺。"我十分理解麦佐，但我实际上还惊恐地沉浸在肉体和精神的双重打击之中。持续了好长时间，我总在抱怨着自己的命运，不断地问自己："上帝啊，为什么我会如此？"在这样短的时刻，我失去了家庭、丈夫、孩子甚至自己。我不相信这个还活着的生物——一个没有下颏、嘴、鼻子和皮肤的生物是自己。而这种生物为什么还要活着！

讲到整形，只有麦佐那样的天才医生才能魔术般地完成一系列极为艰难的手术。当时，可供手术的皮肤、骨骼来源是那样的有限，做这样高难度的手术无疑需要进行许多次。麦佐医生首先对我的这张残脸施行了多次极有耐心的上颌骨牵引术，再用一小块盆骨为我再造了下巴。又花费了许多工夫为我再造出鼻子，并用大腿内侧和腋下的零碎皮肤为我修复了失去了一大半的脸。事实上，人脸部很少有能令人满意的代用组织，在有些组织上，纹理、颜色和毛发上是很难处理完善的，但麦佐凭着他的鬼斧神工，把我的脸修复得和过去一样洁白、美好。

但是，什么样的组织可以像嘴唇那样呢？麦佐为此考虑了很久。当他告诉我他要适度地恢复我的嘴唇时，我很难相信他的话。他首先应用了交叉嘴唇下垂术，尽量少地用上唇修补着完全被破坏了的下唇。3个星期之后，上唇的这部分已经在下唇生长住了。然后又分离开来。下唇的雏形就这样奇迹般地产生了。

"是的，"他讲道，"我也搞不清用什么组织代替嘴唇黏膜。那就从阴道黏膜上取吧，因为嘴唇的组织和阴道黏膜是十分相像的。如果你是个男子，我倒确实没有办法了。"他还是那样幽默。

嘴部手术终于顺利结束了。这时，我实际上已能自己护理自己了。我要求恢复我的护士职务，医院答应了我这位重新生活的姑娘的请求。于此期间，我继续是麦佐医生的病人。我们的配合非常好。随着我肉体的每一小步改观，我的精神也一天天好了起来。

7年半中，麦佐医生给我做了大小35次整形手术，其中7项手术是由于我的特殊需要而新创造发明的，这些发明轰动了整个医学界。对于麦佐医生的不动摇的信念和高尚的道德，社会上更是众口交赞。

我永远不会忘记，在给我做手术的时候我回到自己住所时所产生的印象。那才是我最困难的时刻。人们都讨厌我，躲避我。我甚至使自己的巨大成功的欢乐都丧失得一干二净了。

在开始的一些年头，我的大部分生活依然是充满了失望和沮丧。但是每当我想起了麦佐，我就重新鼓起了勇气。我要让人们感到，麦佐是永远不会失败的。

又是几年过去了（他仍然在不断地修复着我）。麦佐将完成他的工作到纽约大学医学中心去任整形外科主任。这期间，他对我的照料也更加精细了。只要有所不满，他的手术就不会停止。

麦佐终于进入了他的新工作岗位，征得了我的同意，我们一起起程。在他身边，我不仅是他的病人，而且也是他的助手和护士。

在我们去纽约之前，麦佐曾到英国一所医科大学访问。他去了两个月。这期间，我感到非常紧张急躁，以至不可忍耐。我决定，当他回来时我就告诉他，永远不要离开我了。

麦佐急忙赶回来了。我们互相看着，他尽力搜索着词汇，我真有些急不可待了。

“我要跟着你。”

“是的，我也是这么想。”

麦佐凝视着我的脸。“你看，我几乎失掉了你。我想征得你的同意，我们现在结婚吧。”

我几乎惊呆了。这些年来，我早预料到麦佐会做出各种外科奇迹。但这种奇迹是我所没有预料到的。我哭了，但又笑了。他问我为什么笑，我说：“你已经给了我几十次生命了，我到底用哪次生命来刻上你的姓呢？”

我早已是麦佐的妻子和助手了。我的美貌比过去更加动人、妩媚。我要永远努力地去保持自己的焕然一新的美，并把她奉献给我那最亲爱的人——麦佐 · 史代林斯。

（美国）莱欧拉 · M.哈曼

威尔逊与乞丐

威尔逊先生是一位成功的商业家，他从一个普普通通的事务所小职员做起，经过多年的奋斗，终于拥有了自己的公司、办公楼，并且受到了人们的尊敬。

有一天，威尔逊先生从他的办公楼走出来，刚走到街上，就听见身后传来“嗒嗒嗒”的声音，那是盲人用竹竿敲打地面发出的声响。威尔逊先生愣了一下，缓缓地转过身。

那盲人感觉到前面有人，连忙打起精神，上前说道：“尊敬的先生，您一定发现我是一个可怜的盲人，能不能占用您一点点时间呢？”

威尔逊先生说："我要去会见一个重要的客户，你要什么就快说吧。"

盲人在一个包里摸索了半天，掏出一个打火机，放到威尔逊先生的手里，说："先生，这个打火机只卖一美元，这可是最好的打火机啊。"

威尔逊先生听了，叹口气，把手伸进西服口袋，掏出一张钞票递给盲人："我不抽烟，但我愿意帮助你，这个打火机，也许我可以送给开电梯的小伙子。"

盲人用手摸了一下那张钞票，竟然是100美元！他用颤抖的手反复抚摸这钱，嘴里连连感激着："您是我遇见过的最慷慨的先生！仁慈的富人啊，我为您祈祷！上帝保佑您！"

威尔逊先生笑了笑，正准备走，盲人拉住他，又喋喋不休地说："您不知道，我并不是一生下来就瞎的。都是23年前布尔顿的那次事故！太可怕了！"

威尔逊先生一震，问道："你是在那次化工厂爆炸中失明的吗？"

盲人仿佛遇见了知音，兴奋得连连点头："是啊是啊，您也知道？这也难怪，那次光炸死的人就有93个，伤的人有好几百，可是头条新闻哪！"

盲人想用自己的遭遇打动对方，争取多得到一些钱，他可怜巴巴地说了下来："我真可怜啊！到处流浪、孤苦伶仃，吃了上顿没下顿，死了都没人知道！"他越说越激动，"您不知道当时的情况，火一下子冒了出来！仿佛是从地狱中冒出来的！逃命的人群都挤在一起，我好不容易冲到门口，可一个大个子在我身后大喊：'让我先出去！我还年轻，我不想死！'他把我推倒了，踩着我的身体跑了出去！我失去了知觉，等我醒来，就成了瞎子，命运真不公平啊！"

威尔逊先生冷冷地道："事实恐怕不是这样吧？你说反了。"

盲人一惊，用空洞的眼睛呆呆地对着威尔逊先生。

威尔逊先生一字一顿地说："我当时也在布尔顿化工厂当工人，是你从我的身上踏过去的！你长得比我高大，你说的那句话，我永远都忘不了！"

盲人站了好长时间，突然一把抓住威尔逊先生，爆发出一阵大笑："这就是命运啊！不公平的命运！你在里面，现在出人头地了，我跑了出去，却变成一个没有用的瞎子！"

威尔逊先生用力推开盲人的手，举起了手中一根精致的棕榈手杖，平静地说："你知道吗？我也是一个瞎子。你相信命运，可是我不信。"

同是不幸的遭遇或失败，有人只能以乞讨混日子为生，有人却能出人头地，这绝非命运的安排，而在于个人奋斗与否。

面对自己的不幸，屈服于命运，自卑于命运，并企图以此博取别人的同情，这样的人只能永远躺在自己的不幸中哀鸣。可失败并不意味着失去一切，靠自己的奋斗一样可以消除自卑的阴影，赢得尊重。

一只橄榄球

“比尔，告诉你个坏消息，”奶奶在电话里哽咽着，“你爷爷，他中风了！”

“什么，中风了？！”我的心突然收缩了，“我，我马上就来。”

一路上，我被这突如其来的消息深深攫住，无论如何也不能使自己相信这一现实。爷爷，中风？不可能。爷爷是一个坚强的男子汉，身高1.95米，70岁上，依然是敦实的胸脯，粗壮的胳膊和一头已经遗传给我的微红的发。他的腭固执地向前突出，不过，与其说是固执倒不如说它是一种冷静的执著，或者说是人们称之为刚毅的那种神气。

孩提时代的夏日，常常因为爷爷的到来而多了几分乐趣。凉爽的早晨，拿着钓鱼竿的爷爷把我从甜梦中轻轻推醒，然后我们就一起光着脚走向潮边。

爷爷是一个非常寡语的人，我们彼此很少交谈。他想告诉我怎样处理捕来的鱼时，总是不断地示范而很少说什么。这就是爷爷的特点，他总是希望别人自己去体会，自己去琢磨。用他的话来说就是：“世上无难事，只怕有心人。”

然而，就是这么一个可爱的老人，这会儿无奈地躺在了病床上，床单覆盖下的宽阔胸脯也几乎静止，输液用的瓶、管无言地围绕着他。

爷爷的右半身瘫痪了，几天后，他便开始着力恢复右手手指仅剩的一点活力。一天清晨，父亲给爷爷带来一个小盒，里面装着一只小孩玩的橡皮橄榄球，把它放到爷爷手心里，大小正合适。

“使劲捏，”父亲说，“这样你的手指就有力了。”

爷爷费了多大的劲呵！一小时又一小时，他不断地接着，渐渐地，脸上沁出了亮亮的汗珠。几个星期以后，慢慢地，他的手指一个又一个地开始恢复感觉。

几个月后的一天，爷爷坐在挨着窗户的轮椅里，突然轻叫了一声，橡皮橄榄球也随之滚到了地板上。奶奶跑到他跟前时，他已经像一个泄了气的玩具熊一样瘫软在轮椅里。

“捏，捏，都是白搭！”再次火速赶往医院时，我心里不断地嘀咕着。他不能说话，可一直用眼睛示意。瞧，爷爷的眼睛又在说话了。

“您是要橄榄球吗，爷爷？”我兴奋地问他。爷爷吃力地在嘴角挤用一丝微笑，我轻轻地把那个橡皮玩具放到他手中。一天又一天，一周又一周，俄克拉荷马大草原的青青绿草，在夏季烈日的烘烤下，又一次变成了古铜色，而爷爷依旧不断地在捏着他那只橄榄球。虽然他说起话来仍然缓慢而不均匀，却总能让人听明白，而且他还能自豪地举勺吃饭呢！

阵阵寒风吹走了全秋，带来了严冬，也带来了爷爷一次又一次体力的崩溃。他脸色苍白，全身无力地躺在床上，再不能说话，再不能下床，而他的眼神里却始终写着勇士般的执著，右手一直轻轻地握着那只橄榄球，直到生命最后一刻。中风后两年他去世了。在他离开我们以后，我时常想起那只橄榄球，也常常记起爷爷曾经怎样地拒绝放弃。

转眼20个年头过去了。那年春天，我回父母家中过复活节，提起了爷爷的那只橄榄球，在向我十几岁的孩子们提起这段往事时，我不禁潸然泪下。“他从不曾放弃，”我对孩子们说，“直到生命之火燃尽的那一刻，他还在费力地捏那只橄榄球。”

“没想到这件事给你留下这么深刻的印象。”父亲说。

第二年，我自己的家庭遇到了很大的困难。我被迫辞职，当上了农艺顾问，可当时农业很不景气，眼看着我的农艺顾问也当不下去了。就在我们面临生活困难、几近绝望的当口，我接到了装着那只橄榄球的邮包。

“比尔，我的孩子，”父亲在他那龙飞凤舞的信中说，“那年，在你爷爷葬礼结束后，我把这橄榄球带回了家，看来，现在该把它交给你了。”

那一刹那，我一句话也说不出来了。过了好一会儿，我才小心地取出裹在薄绢里的小橄榄球，恭谨地把它放到桌子一角。

以后很长一段时间，我都挣扎着惨淡经营，可结果还是彻底失败了。沉浸在这种失败后的痛楚之中，我漠然又默默地坐在桌前。一束窄窄的光线穿过百叶窗，斜斜地照亮了那只橄榄球，令我出神地凝望着它。我把这希望的象征物握在手心，一个劲儿地担了起来。蓦地，空中飘来爷爷的声音：“孩子，你这么不停地捏，有意义吗？”

这声音在我耳畔久久回荡，有意义吗？有意义吗？！

“有！爷爷，有意义！”是我轻声回答，“只要我还有一口气，就要不停地捏下去。”

可是很快我的心田又飘来一个回声：不行了，不行了，已是山穷水尽了。我又无奈地问自己，是真的吗？这是真的吗？

这时候，我无助地痛哭起来，一任泪水大颗大颗地滚落，但是我知道，这是蕴涵着坚强和不屈的泪水。失败的痛楚随泪水而去，心中升起天堂般的平和。

能做的都做了，我付出了所有能够付出的代价，但确实是日已薄暮了。

生命自有它在冥冥中就被安排了的轨迹，很快，我们就告别了那一段难挨的日子。那次的失败逼着我进行了又一次冒险，我成功了，一家人又过上了小康生活。

一天，我们听说好友玛杰里住进了医院。她头年动过癌症手术，这次是复发了。我来到玛杰里的病房，见她斜靠在枕头上，形容憔悴，眼里因痛苦而布满阴云。

“去年，我打赢了，可这回……”玛杰里说不下去了。一股寒气从我心头缓缓流过。她，在放弃。

“玛杰里，”我握着她的手，“我想送你件东西。”说着便从外衣口袋里掏出爷爷的那只橄榄球，还告诉她一个老人不曾放弃的故事。“我坚信，神会特别恩惠那些从不放弃的人，玛杰里，答应我，你会不停地捏这个橄榄球。”

她笑了，也捏了。进入病房以后，我第一次看到她眼里露出一线光芒。

八个星期以后，玛杰里还是去世了。但是，我可以向上帝保证，她不停地捏那只橄榄球，直到进入天国。

红尘中，如果我们别无选择……

她是我的朋友

几发迫击炮弹突然落在一个小村庄的一所由传教士创办的孤儿院里。传教士和两名儿童当场被炸死，还有几名儿童受伤，其中有一个小姑娘，大约八岁。

村里人立刻向附近的小镇要求紧急医护救援，这个小镇和美军有通信联系。终于，美国海军的一名医生和护士带着救护用品赶到。经过查看，这个小姑娘的伤最严重，如果不立刻抢救，她就会因为休克和流血过多而死去。

输血迫在眉睫，但得有一个与她血型相同的献血者。经过迅速验血表明，两名美国人都不具有她的血型，但几名未受伤的孤儿却可以给她输血。

医生用掺和着英语的越南语，护士讲着仅相当于高中水平的法语，加上临时编出来的大量手势，竭力想让他们幼小而惊恐的听众知道，如果他们不能补足这个小姑娘失去的血，她一定会死去。

他们询问是否有人愿意献血。一阵沉默作了回答。每个人都睁大了眼睛迷惑地望着他们。过了一会一只小手缓慢而颤抖地举了起来，但忽然又放下了，然后又一次举起来。

“噢，谢谢你。”护士用法语说，“你叫什么名字？”

“恒。”小男孩很快躺在草垫上。他的胳膊被酒精擦拭以后，一根针扎进他的血管。

输血过程中，恒一动不动，一句话也不说。

过了一会，他忽然抽泣了一下，全身颤抖，并迅速用一只手捂住了脸。

“疼吗，恒？”医生问道。恒摇摇头，但一会儿，他又开始呜咽，并再一次试图用手掩盖他的痛苦。医生问他是否针刺痛了他，他又摇了摇头。

医疗队觉得显然有点不对头。就在此刻，一名越南护士赶来援助。她看见小男孩痛苦的样子，用极快的越语向他询问，听完他的回答，护士用轻柔的声音安慰他。顷刻之后，他停止了哭泣，用疑惑的目光看着那位越南护士。护士向他点点头，一种消除了顾虑与痛苦的释然表情立刻浮现在他的脸上。

越南护士轻声对两位美国人说：“他以为自己就要死了，他误会了你们的意思。他认为你们让他把所有的鲜血都给那个小姑娘，以便让她活下来。”

“但是他为什么愿意这样做呢？”海军护士问。

这个越南护士转身问这个小男孩：“你为什么愿意这样做呢？”

小男孩只回答：“她是我的朋友。”

宽容超越一切

“二战”期间，一支部队在森林中与敌军相遇，经过一场激战，有两名来自同一个小镇的战士与部队失去了联系。他们俩相互鼓励，相互宽慰，在森林里艰难跋涉。十多天过去了，仍然没有与部队联系上。他们靠身上仅有的一点鹿肉维持生存。再经过一场激战，他们巧妙地避开了敌人。刚刚脱险，走在后面的战士竟然向走在前面的战士安德森开了枪。

子弹打在安德森的肩膀上。开枪的战士害怕得语无伦次，他抱着安德森泪流满面，嘴里一直念叨着自己母亲的名字。安德森碰到开枪的战士发热的枪管，怎么也不明白自己的战友会向自己开枪。但当天晚上，安德森就宽容了他的战友。

后来他们都被部队救了出来。此后30年，安德森假装不知道此事，也从不提及。安德森后来在回忆起这件事时说：战争太残酷了，我知道向我开枪的就是我的战友，知道他是想独吞我身上的鹿肉，知道他想为了他的母亲而活下来。直到我陪他去祭尊他的母亲的那天，他跪下来求我原谅，我没有让他说下去，而且从心里真正宽容了他，我们又做了几十年的好朋友。

在牛津英文字典里，“宽容”的意思是原谅和同情那个受自己支配且无权要求宽大的人。安德森在得知自己的战友对自己开了黑枪之后，完全可以将他置于死地。但安德森竟然从战争对人性的扭曲、人求生存求团圆的天性上原谅了他的战友，依然与曾经想杀害自己的人做了一生一世的朋友。

宽容可以超越一切，因为宽容包含着人的心灵，因为宽容需要一颗博大的心。而缺乏宽容，将使个性从伟大堕落为比平凡还不如。

STORY

生死朗读

生死朗读

我15岁的时候得了黄疸病。一天，在放学回家的路上，我呕吐了。那样的呕吐在我的一生中还是第一次。我疲惫不堪地靠在墙上，看到一个女人向我走来。那个女人把我扶起来，搀着我的胳膊，领着我来到一座院子里。她拧开了水龙头，先给我洗了手，然后用手捧着水给我冲了脸。她站起身来时，看到我在哭。“小家伙，”她惊讶地说，把我搂到怀里。我几乎和她一样高，感觉到她的胸贴在我的胸上，我停止了哭泣。

她问我住在什么地方，然后送我回到了家。她告诉我她叫汉娜，已经36岁了，我也告诉她我叫米夏尔·白格。在我们交谈后的第二天，汉娜想知道我在学校都学什么。于是我向她讲述了《荷马史诗》、西塞罗的演讲和海明威的《老人与海》。汉娜一再恳求我为她朗读书，这成了我们以后每次见面的惯例。我为她读《阴谋与爱情》、《战争与和平》，但是终于有一天，她不辞而别了。

再次见到汉娜是在法庭上。当时作为一名大学生，我旁听了一次对集中营罪犯的开庭审判，我知道了汉娜的许多情况：她现年43岁，曾在柏林的西门子公司工作过，并于1943年秋参加党卫军。

第二周法庭宣读起诉书。汉娜是第四名被告人。这五名被告都是克拉科夫一所小集中营的女看守。1944年春，她们从奥斯威辛被派在那里。针对她们最主要的一项指控是在这所小集中营中进行的挑选。每个月大约有60名妇女被送进奥斯威辛，所有的人都清楚，这些妇女在奥斯威辛将被杀掉。

我还记得对汉娜在集中营里挑选囚犯这一问题所进行的审讯。其他被告对此断然否认了，汉娜却心甘情愿地承认参与了此事，但她说她不是唯一的一个，而是像其他人一样参与了此事。证明材料本来对被告有利。因为在她们上面毕竟还有一名指挥官、一个警卫队和其他的女看守，以及层层下达的命令和任务。辩护律师想采取往上推的策略，但由于汉娜心甘情愿认错而落空。于是，他们又换了一个策略，他们想利用汉娜认错的主动性，把责任都推到她身上，以此来减轻其他被告的罪行。比如说汉娜在集中营里的挑选是有个人好恶的，她也有保护起来的人，每次总是年轻、体弱而温柔的姑娘。她把她们保护起来，关照她们，到了晚上，她把姑娘们带到她那儿，让她们一个晚上接着一个晚上地为她朗读。

另一项指控涉及那个遭到轰炸的夜晚，警卫队和女看守们一起把好几百号的女囚徒关在了一个村子的教堂里。一枚炸弹刚好击中了警卫队和女看守们过夜的牧师住宅，另一枚炸弹落到了教堂的塔上。沉重的大门纹丝不动，那些被告完全可以把门打开，但是，她们没有这样做，除了一对侥幸逃脱的母女，其他被关在教堂里的那些妇女都被烧死了。警察和检察院不仅找到了这五名被告，而且还找到了几位证人。最主要的证人便是那对母女，女儿专程来到德国。

在法庭上，汉娜否认曾拿过教堂的那把钥匙，她不明白，为什么把这件事强加给她。审判长告诉被告，她们的罪行都在她们写的一篇报告中明白无误。但她们都自称不知道。审判长就此问了汉娜："报告是您写的吗？"

"我们在一起商量了该写什么，我们不想把责任都推到那些开小差的人的身上，但是我们也不想把责任都揽到我们自己身上。"

"您说，你们一起商量过了。谁执的笔呢？"

"你！"另外一名被告用手指着汉娜。

"不，我没有写。"

而当一位律师建议请一位鉴定专家对报告的字体和另外一个被告人字体进行比较鉴定时，汉娜说："不需要鉴定专家，我承认报告是我写的。"

在法庭的那些天，我总在思考着汉娜，她为什么会表现得那样呢？最后得出了结论：汉娜既不会读也不会写，所以她才让人给她朗读。她承认了那篇报告是她写的，是因为她认为做一个文盲比做一名罪犯更丢脸！她比暴露自己是个罪犯更害怕暴露自己是个文盲！

汉娜继续抗争着，对的她就承认，错的她就反驳，最后她放弃了争辩，承认她的罪行。6月底，法庭宣布了审判结果，汉娜被判处终身监禁，其他人被判处有期徒刑。

接下来我和汉娜恢复了联系。我继续为她朗读，是从《奥德赛》开始的，那是在录音机上朗读。录完《奥德赛》之后，我又录了施尼茨勒和契诃夫的短篇小说。我打听出了汉娜在什么地方服刑，把一台录音机和录音带一同打进邮包，寄给了汉娜。当我们的这种断断续续的交流进行到第四个年头的时候，她寄来了一份问候："小家伙，上一个故事特别好，谢谢，汉娜。"汉娜写的字很重，都印透到纸的背面了，我读着她的问候，心里充满了欢喜。我看到她为此付出了多少劳动，看到了她学会了读书。

我从未给汉娜回过信，但是我一直在为她朗读。最后一次看到汉娜，是在得知被监禁了18年的她因表现出色而将被释放后，我去监狱探望。她满头白发，满脸深深的皱纹，一副笨重的身躯。当她认出我时，我看出了她满脸喜悦的光彩。可是，当我走近她时，那光彩消失了。第二天早上，汉娜死了，她在黎明时分自缢了。我被带到了女监狱长那儿。

“她给我留下一封信，类似一份遗嘱。我把涉及您的地方念给您听。”女监狱长打开那张纸读道，“在那个紫色的茶罐里还有钱，把它交给米夏尔·白格；她应该把这些钱还有存在银行里的7000马克交给那位在教堂的大火中和她母亲一起幸存下来的女儿。她该决定怎样使用这笔钱。还有，请你转告她，代我向她问好。”

“她这些年来过得怎么样？”“许多年来，她在这儿的生活与修道院里的生活相差无几，就好像她是心甘情愿地服从这里的规章制度，就好像这相当单调无聊的工作对她来说是一种反思。她看上去并非不幸福或者不满足，说她自暴自弃是不妥的，她重新确定了她的地位，而且采取的是只用作自己、不施及他人的方式。”“我可以看看她吗？”

女监狱长把我带到一间小屋子里。我看到汉娜的头上绑着一块布。她的面部表情既不特别宁静，也不特别痛苦。我竭力克制着没哭出声来。

（德国）本·哈德·施林克

播种希望

约40年前，我曾到一个不大为游人所知的古老高山上进行了一次长途跋涉。阿尔卑斯山脉绵延而下，在那里插入普罗旺斯地区。触目所及的是一片毫无生机的荒地。虽然是阳光灿烂的6月，但由于没有树木遮蔽，高空的风吹下来，猛烈得令人不能忍受。走了5小时之后，我还是没有找到水。这时，我瞥见远处直立着一个小黑影，看起来像一株孤立的树，那是个牧羊人，在被烤焦的地面上还躺着他的30只羊。

他领我来到山坳中他的住处，那儿有一口很深的天然井。牧羊人沉默寡言，但是，你可以感觉到他是一个自信、果断的人。这种态度似乎与这块荒地不相称。他住的房屋也不是简陋的木屋，而是一间真正的石砌的房子，屋子收拾得整整齐齐：长枪上过油，火炉上汤正滚着。我注意到他的胡子刮得干干净净，衣服上没有一颗纽扣松动。他请我喝了一些汤。和主人一样，他的狗也是安安静静的，友善但不谄媚。

从一见面我就意识到今天得在此过夜，因为这里离最近的村落也至少还要一天半的脚程。

牧羊人拿来一个小口袋，倒出一堆橡子到桌上。

他极为仔细地一个个检查这些橡子，从中挑选出好的放在一堆。我想帮忙，他说这是他分内的事。当他挑选出一大堆好的橡子之后，就十个一堆地数出来，同时淘汰那些颗粒略小或有点儿破裂的果实。当他数够100颗完美无缺的果实之后，才去睡觉。

和这个男人相处真是平和极了。第二天，我请求再住一晚，他答应了。其实，多待一天并无必要，但我对牧羊人发生了兴趣，并希望更多地了解他。他打开羊圈，把羊群赶入草地，出门之前，他先将昨晚精挑细选出的那袋橡子泡在一桶水里，然后背上它出门，还带了一根铁棒。我沿着一条与他平行的路走。草地在山谷里，他把羊群交由牧羊犬照管，然后爬上我站立的山坡。他怕我无事可做，过来邀我同行。我们爬了约100米，抵达山脊。

然后，他开始用铁棒在地上扎一个洞，将一颗橡子放在洞里，用土覆盖好。原来他正在种下一棵一棵的橡树。我问他这块地是否属于他，他说不属于。问他知道是谁的吗？他猜也许是公有的，也许是私有但弃置不管的。他似乎并不关心土地的所有者是谁，只管精心地种植他的100颗橡子。午饭之后，他又继续种树。或许由于我坚持不懈的追问，他告诉我已在这片荒地上播种3年了，种了十多万颗橡子，其中的2万粒已经发芽。这2万株小苗大概会有一半因地鼠或高原的恶劣环境而无法存活，还剩下一万株将会存活于这片不毛之地。

这时，我开始想知道他的年龄，他显然超过50岁了。他告诉我说有55岁了，他叫艾尔则德·布菲耶，以前在平地拥有一个农场，在那儿，他曾有过家庭。后来独生子和妻子相继去世，他便一个人隐居在此。他认为这块荒地需要种树，否则就会走向死亡。

我对他说，30年后，这一万棵橡树将成为一个奇迹。但他却平静而简单地回答道：如果上帝假以天年，30年后，树木的数量一定十分惊人，这已经种植的一万株橡树，不过是沧海一粟。

以后的5年，我卷入了1914年爆发的第一次世界大战。战争结束后，我有了一小笔复员津贴，因而渴望去野外待一段时间。我再度走上通往那片荒原的路。

乡村的景色依然如故。走过废弃的村舍，我看见远方泛着一团灰雾，仿佛覆盖在山顶的一块毛毯。我回忆起那位种树的牧羊人，过去的5年中，我见过太多人死亡。因而自然而然地想到或许布菲耶已不在人世了。想想看，在一个20岁的年轻人眼里，一位50岁的老人，除了等死之外，还能做什么呢？事实是，布菲耶不仅没死，而且越发矫健了。他换了工作，只剩下4只羊了，取而代之的是添了100个蜂巢。因为羊群对树苗造成威胁。他告诉我（我也亲眼看到），战争完全没有打扰他，他只管心无旁骛地种他的树。

那批1910年栽种的橡树已经长大了，长得比我俩都高，看起来极为壮观。我实在说不出话来，他也沉默不语。我们花了一整天时间在静默中穿过他的森林。我们走过3个地带，全长11公里，最宽的地方有5公里。他的计划都得到落实，山毛榉已长高，与我的肩齐平。极目远眺，树林延伸至远方。尽管布菲耶根本没花心思构想宏伟蓝图，只管朴实而执著地执行他的计划，但是他的创造产生了一种连锁效应：原先干涸的河床如今竟然溪流潺潺。

对布菲耶的人格进行品评之前，千万不要忘记他是在绝对孤寂的环境中，完全孤独地工作着。晚年的他几乎丧失了说话的习惯，或许他觉得没有说话的必要了。

1935年，布菲耶接待了一位森林巡视员的来访，他命令布菲耶不准在野外起火，以免着火殃及这块“天然森林”。后来一个官方代表团来到这儿视察“天然森林”，这些人废话连篇，幸运的是，他们决定将整个森林置于保护之下。

我的一个朋友也是视察团的成员，我向他说明了其中的原委。第二个星期，我们一起去拜访布菲耶，发现他仍在努力地工作。

我的这位朋友是个森林专家，他知道布菲耶的价值，并知道如何保持沉默。我拿出带来的礼物——一些鸡蛋，我们三人在野外的默默沉思中共进午餐。

离开之前，我的朋友简单地提了几条种植的建议，但并未刻意强调其重要性。后来他告诉我：“布菲耶在种树方面懂得比我多，事实上，他比任何人都懂得多。他发现了幸福之路。” 对这片林子真正的威胁发生在1939年“二战'期间，那时汽车靠燃烧木材发动，1910年种的那片橡树林遭到砍伐。但是由于远离铁路，木材商最终发现经济上划不来，因此放弃了。而布菲耶对此一无所知，仍然远在30公里之外默默地继续着他的事业。1914年的那场战争和他毫无关系，1939年的战争也如此。

我最后一次拜访布菲耶是在1945年6月，那时他已是87岁高龄。原本荒废的土地，除去残留些许战争的痕迹之外，一切都变了，甚至连空气都不同了。那些令我生畏的风不见了，取而代之的是清风送爽，山中的水声传入耳中，种种迹象都表明：希望已经重返这里。

这位老人以一己之为拯救了一片荒原，使之变成一块生机勃勃的乐土，这其中所蕴藏的仁爱品德，令我产生了近乎崇拜的心理。老人虽没受过多高深的教育，但他以永不放弃的精神和坚持不懈的行动，完成了一件与神一样的伟业。

布菲耶于1947年安详地在班纳安养老院里去世。

我就是圣诞老人

对一个小孩来说，能梦见圣诞老人是再美不过的事儿了。在我还是个孩子的时候，我就常常做这样的梦，所以对这点我很清楚。但我是个犹太人，我的父母是不庆贺圣诞节的。在学校里，也从来没有人请我去参加过隆重的圣诞节宴会，我觉得像是被人排挤了出来，感到非常孤独。圣诞节是别人都能庆贺的节日，就只有我不能加入。我并不是想捞点什么玩具，我要的是圣诞老人，我要的就是棵圣诞树啊。后来，我长大了，有了小孩，我就决定把我在童年里没有得到的东西弥补上来。

1956年圣诞节的时候，我的女儿凯丽尔才两岁。我买了3棵两米多高的树，用电灯和铃铛把它装饰起来。凯丽尔望着树笑了，眼睛里闪烁着快乐的目光。这是我家里的第一棵圣诞树，它使我们家里到处都充满着温暖的气息，连我的心也是暖烘烘的。我就在我家里开了圣诞节宴会，并广邀亲友做客。

但是，仍然少了点什么东西——那是能给孩子们带来爱和希望的圣诞老人。

在第二年的圣诞节又将来临的时候，我买了颜色鲜红的布料，我的妻子用它给我缝制了一套特别的服装。

圣诞节的晚上，我的妻子和孩子们都围坐在圣诞树旁，我试着穿上那套新装，还戴上一只白胡子和白头发的圣诞老人假面具。当我在镜子里面看到自己时，我简直不敢想信自己的眼睛，小时候梦中的圣诞老人就站在我面前。于是我来到起居室，我的妻子和孩子们正坐着唱歌哩。我用一种深沉的声音叫道：

“嗬，嗬，嗬！圣诞快乐，孩子们。”

凯丽尔，还有我那只有一岁的儿子，都惊奇地站了起来，盯住了我。从他们的眼神里我可以看出，他们是多么的吃惊，又是多么的高兴。

有两年，我都为我的孩子们扮演圣诞老人，我同我的儿子和女儿一样，感到了快乐。到了第三年，我这圣诞老人变得不安分了，想去为别的孩子做点什么。

11月下旬的一天，我看见一个漂亮的小女孩往邮筒里塞一封信，她问她母亲道：“妈妈，你肯定圣诞老人会收到我的信吗？”看到这情景，我立即有了个主意。每年圣诞节许许多多的孩子写信给圣诞老人，那么，这些信都到哪儿去了呢？我给邮局打了个电话，邮局里的人告诉我说，那些信都放在死信处的大麻袋里。

到了那个星期天的上午，我就跑去邮局把那些信翻了出来，查看写给圣诞老人的信件。大部分都是向圣诞老人要这要那的信，有许多惯坏了的孩子可真是贪得无厌，我感到很震惊。忽然，我翻到一个叫苏茜的小女孩的信，信是这样写的：

“亲爱的圣诞老人，我是个11岁的小姑娘，有两个弟弟，还有个在吃奶的妹妹。我父亲去年冬天死了，母亲现在正生着病。我知道还有许多人比我更穷，我自己什么东西也不想要，但是您能不能给我送床毛毯来呢？因为妈妈在晚上觉得冷。”

读了这封信，我忍不住流下了眼泪。接着我继续翻看那些信件，又发现了8封类似的信，都是穷人家的孩子写来的。我把这8封信随身带走了，并且立即给每个人发了一封电报：

“我收到了你的来信，圣诞节那天我将到你家里去，请等着我。圣诞老人。”

我知道，我不可能满足孩子们所有的要求，但我相信，在节日里是可以给他们带去快乐和幸福的。

圣诞节那天清早，我的孩子们还没起床，我妻子就为我开车，在纽约市找那些我回过信的孩子们。我穿上了那身红布料做的衣服，戴上假面具。对我来说，装成圣诞老人给其他的孩子们送礼物还是第一次。因为前一天下过了雪，街上成了银白色的世界。

“您好！圣诞老人！您好！圣诞老人！”无论到什么地方，孩子们总是热情地向我问好，哪里有我，哪里就有欢乐和笑声。在一个地方，我发现一群高兴的小孩中间有个小女孩在哭泣，我弯下腰来问道：

“有什么事不高兴吗？”

“噢，圣诞老人呀，”她呜咽着，但却高兴地说，“我很高兴呀！”

泪水从我假面具后面的眼睛里淌了下来。

后来，有一次过圣诞节的时候，我去看一个感到孤独的波兰男孩彼得。彼得和他父母刚从波兰到美国来，住在贫民区里。我手里拎着装有玩具的袋子，走上他家门前的台阶，伸手敲了门。当我走进彼得的家门时，他愣愣地站在那儿盯着我。

“您来了，”他说，“我写了信去……您就来了。”很明显，他没有想到会在自己家里看见圣诞老人，所以竟一时不知说什么才好。我同他谈了话，送他个电动小火车，还有个篮球。

当我离开时，我听见彼得的母亲用彼兰话向他父亲问些什么。因为我父母原先就住在波兰，所以我能讲一点波兰话，更能听懂不少波兰话。

“我自北极来。”用波兰话我回答了她的问题。

她用惊讶的目光看着我。

“您会讲波兰话？”她问道。

“当然了，”我说，“全球语言，圣诞老人无所不晓。”说完我离开了他们，使他们感到欢乐又惊奇。

扮演圣诞老人使我如此心醉，以致于我连续干了12年。每当圣诞节到来的时候，我就变得兴奋起来，来到邮局的死信处，读那些令人心碎的信件。从圣诞节前夕到圣诞节，从纽约市的一端到另一端，我四处出访。

在1967年的圣诞节前夕，女儿凯丽尔给我写了一首小诗：

“我知道圣诞老人全是假，但我仍然非常热爱他，因为他就是我的亲爸爸。”

她到底知道了这一点。我把那些从邮局带回家的信给她看，她哭了。后来，她成了“圣诞老人”的好助手，去商店买来东西，为我圣诞节的外出包扎玩具。

几年前，我最后一次扮圣诞老人时，知道一个家里有4个小孩。去他家之前，我给他们每人备了一个玩具。他们的家很小，几乎没有什么家具，那些小家伙整天都在等着我。

“圣诞老人会来的，妈妈，他肯定会来的。”他们不时地看我给他们的电报，对他们的妈妈重复着这句话。

我按响了他们家的门铃，门开了，他们都朝我拥来。我还没有进他们的家，他们就抓住我的双手不放。

“您好，圣诞老人！您好，圣诞老人！”

“我们知道您会来的。”

孩子们高兴极了，一双双眼睛亮了起来，显出兴高采烈的神情。

我让他们坐在我的膝上，给他们讲圣诞节的故事，然后给每个人一个玩具。

一个5岁的小女孩在我进来后一直站在角落里，她有金黄色的头发，还有双蓝蓝的眼睛。

我转身面对她问道："你不是这个家里的孩子吧？"

她闷闷不乐地摇了摇头，回答说："不是的。"

"叫什么名字啊？"我问她。

"丽莎。"

"几岁啦？"

"7岁。"

"来，坐在我膝头上吧。"

她犹豫了一会，最后过来了。

"你在圣诞节得过什么礼物没有？"我轻声问道。

"没有。"她说。

我拿出一个漂亮的布娃娃来，问她："想要这个布娃娃吗？"

"不想要。"说完她用她的小手扳住我的头，低声说，"我是个犹太人。"

我笑了，同样低声地说："我也是一个犹太人呀。"

丽莎望着我笑了，然后接住了我递给她的布娃娃，跑出了门。

我不知道我们俩谁更高兴些——是丽莎，还是我这个圣诞老人呢？

寻　找

那时，我挺年轻。有一回我停车在佛蒙特州南部的森林里，一位附近的农夫倒车时不小心将我的汽车撞瘪了一块，而我并不在场。当我前往取车时，发现车窗上贴着一张纸条，上面工工整整地写着一行字："我们等着您。"下面是一个电话号码。后来我是如何在农夫家的饭厅里同他相见并交换各自汽车投保情况的细节我已想不起来了，但我清楚地记得，当我就农夫主动承担责任的精神表示感谢时，他平淡地回答说："这是我们做事的习惯。"

他的妻子则微笑着在旁用围裙擦干手，附和着丈夫的话。

许多年过去了，可我始终记着这场面、这句话。这对正直、体贴人的农家夫妇生活得好吗？

我决定再次拜访他们的农舍。

带着自家烘制的馅饼，驾驶着汽车朝佛蒙特州的南部驶去。

一路上我使劲地搜索着记忆中的小屋。停下车，我向人描绘着记忆中的农场——低矮的苹果林边有一个石头砌成的谷仓；大片的向日葵地；屋前的花坛里种着太阳花、瓜叶菊和毛地黄。路人笑着对我说："我们这个州有三分之一的地方类似这样，小姐，除非你能说出姓名。"可我说不出。

"许多人都会这样干的。真的，这是我们做事的习惯。"一个正用干草喂着一群比利时栗色马的老妇人，听我复述往事后这样说。

几个小时后，我把车开进了野餐区，这是一个有清澈小溪、种植着大片凤梨树的美丽地方。

可我正为此次重返旧地一无所获而心情不佳。

"对不起，小姐，我打搅你一下。"一对陌生人过来，他们正为自己的车钥匙被锁进了汽车而不知所措。

"我可能替他们打电话请来锁匠？或许让他们搭我的车回城……"我想。

于是我请他们上了我的车向城里开去。一路上，那位夫人向我介绍说，她丈夫是个植物学家，他们正一路旅行去北方收集蕨类植物。

我们终于把锁匠从城里带回了野餐营地。锁匠工作时，他们夫妇和我则在露天餐桌边坐下共同分享我带的馅饼。植物学家兴奋地说："您真好，您真肯帮忙。"我笑着回答："这是我们做事的习惯。"接着就把当年的故事告诉了他们，并倾诉了寻找无着的懊恼。

此刻，他的夫人甜甜地插上一句："寻找？您已经寻找到了这里的'习惯'。"

（美国）劳拉·里查德

海明威的教导

很久前，我被安排在一艘停舶于重庆的美国海军炮艇上工作。我当时还只是一个级低的尉官，但竟轻易地突然间出了名。在一次当地举办的“不看样品的拍卖”会上，我对一个密封的大木箱喊了个价。箱子沉甸甸的，谁也不知里面装的是什么。但在场的人都肯定箱内装满了石块，因为那个拍卖商一向是以他的恶作剧而闻名的。

我出价30美元。拍卖商指着我喊道：“卖了！”

这时有人在小声说：“又一个受骗的美国佬！”但是当我打开木箱时，周围发出了一片嗡嗡的议论声，有懊悔的，也有羡慕的。大木箱内装的是两箱威士忌酒，这在战时的重庆是极为珍贵的。

英国领事馆的一个秘书出30美元向我买一瓶。还有人出更高的价，但我都一一回绝了。我不久就要被调走，正打算开一个大型的告别酒会。

此时，欧内斯特·海明威到了重庆。他也和不少人一样，犯了我们当时所谓的“四川干渴症”——越得不到越想喝的酒瘾。有一天，他来到我们的炮艇“塔图伊拉”号上，对我说：“我听说你有两箱醉人的玩意儿。”

“是啊。”

“我买六瓶，你要什么价？”

“对不起，先生，我不卖。我留着是为了一旦接到调令离开这个鬼地方时，好好热闹一番。”

海明威掏出一大卷美钞，说：“给我六瓶，你要什么都行。”

“什么都行？”

“你说个价儿吧。”

我想了一想说：“好吧，我用六瓶酒换你六堂课，教我如何成为一个作家。”

“这个价可够高的，”他说，“真见鬼，老兄，我可是花了好几年的工夫才学会干这一行的啊。”

“而我却有好几年在拍卖时上当受骗，这才交上好运。”

海明威做了个鬼脸：“成交了。”

我递给他六瓶威士忌。接着的五天里，他给我上了五堂课。他真是个了不起的老师，此外，他还喜欢开玩笑。我也不时地取笑他，特别是拿威士忌当笑料。

“你知道，海明威先生，我在拍卖时投个机肯定是值得的。首先，我使那个拍卖商上了当，此外，我还震惊了那些太胆小不敢出价的顾客。而此刻，我用六瓶威士忌正在得到美国最出名的作家辛苦摸索到的从事写作的诀窍。”

他眨了眨眼说：“你是个精明的生意人。我只是想知道，其余的酒你曾偷偷灌下了多少瓶？”

“我一瓶还没有打开呢，”我说，“我要把每一滴都为我的大型酒会留着。”

“孩子，我想向你提一点我个人的忠告。千万不要迟疑去吻一个漂亮的姑娘或开一瓶威士忌酒。应尽快地去尝试一下。”

海明威因事要提前离开重庆。为了跟他学完最后一堂课，我陪他一起去机场。

“我并没有忘记，”他说，“我这就给你上课。”

飞机的发动机已在轰鸣，他紧凑着我的耳朵说：“比尔，你在描写别人以前，首先自己得成为一个有修养的人。为此，你必须做到两点：第一，要有同情心；第二，要能够以柔克刚。千万不要讥笑一个不幸的人。而当你自己不走运的时候，不要去硬拼，要随遇而安，然后去挽回败局。”

“我不明白，这对于一个作家有什么相干？”我对他说的不怎么理解，便打断他的话头。

“这对于你生活是至关重要的。”他一字一顿地说。

搬运工人已在装行李了，海明威向飞机走去。

在半道上，他转过身来喊道：“朋友，你在为你的狂欢会发出请柬以前，最好把你的酒先抽样检查一下！”

几分钟后，飞机已升入蓝天。我回到藏酒的地方，打开了一瓶，接着开了一瓶又一瓶，里面装的全是茶。原来，那个拍卖商还是把我给骗了。

海明威当然在一开头就知道了实情，但他只字未提，也没有讥笑我，并且愉快地遵守了交易中他应承担的部分。

此时，我才懂得了他教导我要做一个有修养的人的含义。

（美国）W.J.莱德勒

最好的消息

阿根廷著名的高尔夫球手罗伯特·德·温森多有一次赢得一场锦标赛，领到支票后，他微笑着从记者的重围中出来，到停车场准备回俱乐部。这时候一个年轻的女子向她走来。她向温森多表示祝贺后又说她可怜的孩子病得很重——也许会死掉——而她却不知如何才能支付起昂贵的医药费和住院费。

温森多被她的讲述深深打动了。他二话没说，掏出笔在刚赢得的支票上飞快地签了名，然后塞给那个女子。

“这是这次比赛的奖金。祝可怜的孩子走运。”他说道。

一个星期后，温森多正在一家乡村俱乐部进午餐。一位职业高尔夫球联合会的官员走过来，问他一周前是不是遇到一位自称孩子病得很重的年轻的女子。

“停车场的孩子们告诉我的。”官员说。

温森多点了点头。

“哦，对你来说这是个坏消息，”官员说道。“那个女人是个骗子，她根本就没有什么病得很重的孩子。她甚至还没有结婚哩！温森多——你让人给骗了！我的朋友。”

“你是说根本就没有一个小孩子病得快死了？”

“是这样的，根本就没有。”官员答道。

温森多长吁了一口气。“这真是我一个星期来听到的最好的消息。”温森多说。

爱是最伟大的力量

李夏普洛是个已经退休的法官，他天性极富爱心。终其一生，他总是以爱为前提，因为他相信爱是最伟大的力量。因此他总是拥抱别人。他的大学同学给他取了“抱抱法官”的绰号。甚至车子的保险杠上都写着：“别烦我！拥抱我！”

大约6年前，他发明了所谓的“拥抱装备”。外面写着：“一颗心换一个拥抱。”里面则包含30个背后可贴的刺绣小红心。他常带着“拥抱装备”到人群中，借着给一个红心，换一个拥抱。

李因此而声名大噪，于是有许多人邀请他到相关的会议或大会演讲；他总是和人分享“无条件的爱”这种概念。一次，在洛杉矶的会议中，地方小报向他挑战：

“拥抱参加会议的人，当然很容易，因为他们是自己选择参加的，但这在真实生活中是行不通的。”

他们要求李是否能在洛杉矶街头拥抱路人。大批的电视工作人员，尾随李到街头进行探访。首先李向经过的妇女打招呼：“嗨！我是李夏普洛，大家叫我‘抱抱法官’。我是否可以用这些爱心和你换一个拥抱。”妇女欣然同意，地方新闻的评论员则觉得这太简单了。李看看四周，他看到一个交通女警，正在开罚单给一辆BMW的车主。李从容不迫地走上前去，所有的摄影机紧紧跟在后面。接着他说：“你看起来像需要一个拥抱，我是‘抱抱法官’，可以免费奉送一个拥抱。”那女警接受了。

那位电视时事评论员出了最后的难题：“看，那边来了一辆公共汽车。众所皆知，洛杉矶的公共汽车司机最难缠，爱发牢骚，脾气又坏。让我们看看你能从司机身上得到拥抱吗？”李接受了这项挑战。

当公车停靠到路旁时，李跟车上的司机攀谈：“嗨！我是李法官，人家叫我‘抱抱法官’。开车是一项压力很大的工作哦！我今天想拥抱一些人，好让人能卸下重担，再继续工作。你需不需要一个拥抱呢？”那位6尺2高、230磅重的公车司机离开座位，走下车子，高兴地说：“好啊！”

李拥抱他，还给了他一颗红心，看着车子离开还直说再见。采访的工作人员，个个无言以对。最后，那位评论员不得不承认，他服输了。

一天，李的朋友南西·詹斯顿来拜访他。她是个职业护士。她来邀请李带着“拥抱装备”，一起去残疾人之家，探望那里的朋友。

他们到达之后，便开始分发气球、帽子、红心，并且拥抱那里的病人。李心里觉得很难过，因为他从没拥抱过临终的病人、严重智障或四肢麻痹的人。刚开始很勉强，但过了一会儿，南西和李受医师和护士的鼓励之后，便觉得容易得多了。

数小时之后，他们终于来到了最后一个病房。在那里，李看到他这辈子所见过情况最糟的34个病人，顿时他的情绪变得十分复杂。他们的任务是要将爱心分出去，点亮病人心中的灯，于是李和南西便开始分送欢乐。此时整个房间挤满着被鼓舞的医护人员。他们的领口全贴着小红心，头上还戴着可爱的气球帽。

最后李来到最后一个病人里奥·纳德面前。里奥穿着一件白色围兜，神情呆滞地流着口水。李看他流着口水时，对南西说：“我们跳过去别管他吧！”

南西回答：“可是他也是我们的一分子啊！”接着她将滑稽的气球帽放在里奥头上。李则是贴了一张小红心在围兜上。他深呼吸一下，弯下腰抱一下里奥。

突然间，里奥开始嘻嘻大笑，其他的病人也开始把房间弄得叮当作响。李回过头想问医护人员这是怎么一回事时，只见所有的医师、护士都喜极而泣。李只好问护士长发生什么事了。

李永远不会忘记她的回答：“23年来，我们头一次看到里奥笑了。”

山里人

大清早，我就坐上一辆花哨的长途公共汽车从克什米尔首府斯利那加出发到51公里以外的古尔伯格去。古尔伯格海拔2590米，坐落在喜马拉雅山脉的群山之中。从斯利那加一路北上，两旁是成片的稻田和整齐的白杨树。虽已是4月末，远处的山顶上依然白雪皑皑，积雪在阳光的照耀下显得光滑亮泽，就像梳理整齐的马鬃。

汽车在坦格玛格作短暂停留，为最后一段山路作准备。坦格玛格是个小山村，同时也是个风景点，离古尔伯格5.5公里。从坦格玛格到那儿去的道路蜿蜒曲折，狭窄难行，汽车通常都在此稍事休息。游人多被吸引到小吃店里喝茶或咖啡，印度游客更是乐此不疲。我呢，倒更喜欢沿着村里唯一的一条小街溜达，逛逛集市，瞅瞅小商店和货摊卖的物什，观察一下山里的人们。他们比尼泊尔人更加瘦长结实，脸上线条分明，面色由于日晒充足和雪光辉映显得健康红润。旅游接待中心站前游客与村民混合在一起，人声喧哗，场面热闹，仿佛坦格玛格突然变成了世界的中心，静寂的舞台突然沸腾起来。

一个棱角分明、举止稳重的中年男子以十分标准的英语（一点印度口音都没有）问我是否愿意步行跟他上山，等下午回来再在村子里搭车回去。他说可以带我去任何我想去的地方。我谢谢他，但拒绝了他的建议。

“只有6英里。”他说。我很高兴他居然说只有6英里，好像只是一次小小的散步，他一定以为我很健壮吧。其实这儿稀薄的空气早已使我疲劳乏力，呼吸不畅了。我再次摇摇头。“我可以给你当向导。”他又说。印度乞丐很多，有时我简直觉得这个地方盛产乞丐。但怎么也不应该在这里——喜马拉雅美丽的山峰之间出现乞丐，这儿应是进入天堂的门户。但这个中年男人的言谈举止中没有卑躬屈膝的表示，哪怕乞求的含义也没有。

“不用了，我想我还是一个人走好，”我说，“谢谢你！”他似乎接受了我的决定，但依然没有一点离开我去询问其他游客的意思。相反，他开始告诉我眼前一座座山峰的名字和高度。

我什么都没说，只是随着他的讲解四处看着。他仍然没有离去的意思。我脑子里盘算着该怎么办：如果直愣愣地走开也太不礼貌，再说他也有可能跟着我走，而且我能走到哪儿去呢？这是他的村子，他的街道。我唯一的希望是司机赶快吹响号角，招呼游客上车继续前行。他用那种与朋友窃窃私语的平静而柔和的语调对我说：“去年我妻子过世，留下三个孩子。有一个在医院躺了半年了，他的腿断了。”顿了一会儿，他又说，“在坦格玛格没有多少活儿干。”

我不知道说什么好。他接着说一家四口人一天吃一顿米饭需要一个卢比，孩子们的胃口都很大。他没有工作，没有钱，没有食物。

司机的号角终于吹响了。我匆忙对他说了句对不起，希望他的处境能尽快好转，就转身上车了。为了使我显得更真诚，我朝他看了一眼并点了一下头。他没有什么表示，只是说：“你该上车了。”

内心深处，我感到一阵刺痛和自责。汽车开出村子，我看着他慢慢地走在街道上，身体看上去很沉重，头微微向下倾斜。

那天的游玩对我来说是极为满意的。在喜马拉雅山的雪峰里徜徉真是无与伦比的奇妙享受。凌驾于群峰之上，立于天地之间，我深感自己是命运的主宰。天气晴朗温煦，阳光投射在雪峰的侧翼，使山看上去就像由大理石劈削而成，显得晶莹而肃穆。

当地人穿戴着五颜六色的衣服和帽子，驾着雪橇，将游客拉入暗绿色的密密的杉树林。孩子们和一些印度人打起了雪仗，咯咯地笑着。一个面色红润的锡克人骑着一匹白马在山间小路上奔驰，他的妻子和两个女儿分别骑着灰马跟在后面。较低处雪在迅速融化，似乎整个冬天的积雪都抵御不了春天的诱惑纷纷敞开了怀抱。雪水冲过翠绿的山坡，将它们变成了水草地。一身漆黑的大个乌鸦呱呱叫着在森林和雪峰之间来回盘旋，将它们的影子印在白色的峰壁上。

我沉醉于眼前这壮观的景色，但早上与中年男子的邂逅却一直萦绕在我心头，使我的狂喜里掺杂了几分内疚和失望。

如果那个人乞求我给予施舍，也许我听了他的事后会给的。但他从头至尾就没有乞求过，他只是希望陪伴我，当几个小时的向导或同伴。

下午，我坐着架空滑车下山，欣赏着脚下的雪峰、森林、水流、鸟和人群，我决心等汽车停在坦格玛格时做点什么。

汽车又在村子中央停靠，和上午一样的位置。村民和游客又马上混合到一起。我马上就发现了那个中年男子。他没有上前招揽客人，而站在街道下坡稍远处的一个货摊旁边。

我赶忙三步并作两步走过去，微笑着停住了。

“你好。”我说。

“先生。”他十分生硬地说。

他没有马上表现得更热烈友好一点，这使我感到有点发窘。就算他认出我来了吧。

“嗯，”我说，“我希望你收下这个。”说着把一张已在手里捏了半小时或更长时间的5个卢比向他递过去。他低头看看。

“不，先生。”他说，看着我的眼睛，“今天上午我问你能不能雇我一天，你并没有同意。”然后，他一点都没停顿，马上接着问，“你觉得古尔伯格怎么样？”

“我——我很喜欢它。”我感觉我的回答是那么苍白无力。他拒绝了我的钱，同时也拒绝了我。

“是啊，那儿很美。”他说。

“很美。”我重复了一遍。

尊严

1961年的11月，我当时16岁，刚完成陆军基本训练。当我站在乔治亚州的高登堡，等待被送到阿拉斯加的温怀特堡时，我决定到我长大的孤儿院所在地——佛里里达州的杰克松比也去看着。

当我抵达电车巴士站时，我注意到很多游手好闲的人站在街边，对我来说那是很不寻常的画面，因为很多年前，当我还未被军事法庭征召入伍时，我也像那些人一样住在街上。

我幻想着回到杰克松比也的街头时，让别人看看我已经变了个模样。我把背包往肩上一甩，然后开始神气地朝佛斯特街走过去。

由于我没有家人，我决定找找看有没有以前在街上认识的同伴。大约走了两英里后，一件事让我忽然感到很不舒服，因为杰克松比也是一个不折不扣的海军城，三位士兵看到我在街上闲逛，投以很嫌弃的眼光，他们走在我的后面，对我的制服评头论足，还故意大放阙词说要如何修理挡他们路的“陆军男孩”等。我听到后，转进一家咖啡店并点了一瓶饮料。

在确定他们离开后，我走了出来并且四处张望，以确定他们已远离我的视线。我继续朝城镇走去。

最后我走到佛斯特街，并经过佛罗里达戏院，我看到刚刚威胁我的那三个海军士兵正在欺负一位侏儒男人。他们把他推到街边并且嘲笑他，当我走过时，我注意到侏儒男人没有脚，手上也只有几根手指头，而且长满了厚厚的趼。以前我住在街上时见过他好几次，但是我从来没有和他说过话，因为他好像很怕我。我眼看着他被欺负，但不敢和那几个海军士兵理论，只好默默地走开。

但我越畏惧他们，内心就越感到受伤，终于我忍无可忍地跑回去。当我回到现场时，那几位士兵已经扬长而去。我站在他的面前，低头看着他，难过地不知该说什么，他们竟然把一枚硬币塞进那位侏儒的嘴里。我把他的轮椅推过来，帮助他回到轮椅上，并且告诉他如果他饿了，我可以买一些东西请他吃。

他说他饿了，我从皮包里掏出20美元放在他手上。20美元对我来说是一笔大数目，因为我每个月只从陆军领到68美元的薪饷。但当我要离开时，那位侏儒先生忽然叫住了我。

我回头看他，他问我是不是可以和他一起吃晚餐，于是我推着轮椅，和他一起走向汉堡店，然后各点了好几种汉堡。我们边吃边聊了一个多小时，我告诉他我没有爸爸妈妈，是在南方的孤儿院长大的。他说他也没有双亲，并且在收容所住了将近十年。吃完晚餐后，我帮他付了汉堡的钱。

他突然叫我等他一下，说他有要紧的事要办。

30分钟后他回来了，交给我一个很大的信封，并要我等他离开后再打开。我和他挥手道再见，看着他移动轮椅向佛罗里达戏院的方向走去，然后我把信封折起来放进背袋里，离开餐厅。

当我走出餐厅时，那三个讨厌的海军士兵又来了，他们把我团团围住，并把我推向商店的窗户，幸好有几名军警恰巧经过，喝住他们，那三名海军士兵才狂笑着放手。军警从他们的车上下来，绕着我打量，然后才问我："你是哪个部队的？"

"法国外籍兵团。"那三名讨厌的家伙在一旁大叫。军警以我未穿制服外出而逮捕我，把我带回海军基地以查证我的军阶。

几个小时后，军警把我释放了，并取消我未穿军服的违规。

他们送我到杰克松比也国际空军机场，并把我送上一架飞往阿拉斯加温怀特堡的飞机。

起飞没多久，我想起侏儒先生交给我的信封，我把它从袋子里拿出来并打开，发现里面有一百美元、一张字条，以及从杂志上撕下的报道。

字条上写道："我告诉过你我会带你出去吃晚餐。"而那张发黄的旧杂志报导有一张小朋友和马匹的合照，标题上写着："史考特皇室遗族，成立畸形儿养育基金会。"

就在杂志的页底，有一行手写的字："我的朋友，大块牛排可能会更好吃，那是我每天吃的东西。"

传下去

我和太太、两岁大的女儿，单独被困在奥瑞冈州红河谷的露营地。那地方远离尘世，冰天雪地。我们的车子出了故障，动弹不得。我们原本是要庆祝我完成第二年的主治医师训练课程，所以出外旅行，不过我刚刚接受的医学训练，却没办法用来对付出了故障的旅行车。

这已经是20年前的往事，但在我脑海中，这件事仍像记忆中的奥瑞冈蓝天一般清晰如昨。当时我刚醒来，摸索着打开电灯开关，却发现自己仍陷在一片黑暗里。我试着发动车子，没有反应。我爬出旅行车，忍不住开始咒骂起来，幸而车外滔滔的白浪掩盖了我的咒骂声。

我和太太讨论后认为，我们的车子一定是电池没电了。既然我的腿要比我的修车技术可靠，我决定徒步走到好几英里外的高速公路求救，她和女儿则待在车里。

两个小时后，我跛着扭了的脚抵达高速公路，拦下一辆载运木头的大卡车。那卡车碰到加油站就让我下车，马上弃我而去。我走近加油站时，忽然心一冷，想起当时是星期天早晨，加油站是关的，幸好那里还有个公共电话和一本破旧的电话簿，我拨电话到下个镇上唯一的一家汽车修理公司。

鲍伯接了电话，听我说明我的困境。

“没问题。”他说。我把地点告诉他。“星期天我通常休息，不过我大概半小时可以到那里。听见他要来，我松了一口气，但我又提心他会狮子大开口，到时候不知要问我收多少钱。

鲍伯开着闪闪发光的红色拖车很快抵达，我们一起开着车回到营地。我跳下拖车转过身时，才十分惊讶地发现，鲍伯必须靠夹板和拐杖的支撑才能下车，他的下半身根本就完全瘫痪。

他拄着拐杖走向我们的旅行车，我脑海中再度浮出一堆数字，不知他这次善行要花我多少钱！

“哦，只是电池没电罢了！只要充一下电，你们就可以自由上路了。”鲍伯把电池拿去充电，利用中间的空当，他还变魔术逗我女儿，甚至从耳朵中掏出一个两毛五的铜板给她。

他把电线放回拖车上时，我过去问他该付多少钱。

“哦，不用了。”他答，我愣在那里。

“我该付你钱的！”我坚持。

“不用，”他又说了一次，“在越南的时候，有人帮我脱离比这更糟的险境——当时我两条腿都断了，但那个人只叫我把那份情传下去，所以你一毛钱都不欠我；只要记着，有机会的时候，要把这份情传下去。”

时光拉回20年，回到我忙碌的医学院办公室，我时常在这里训练医学院的学生。一个从别州学校来的二年级学生辛蒂，到我这里来实习一个月，以便和她母亲一起住一段时间，她母亲就住在医院附近。我们刚刚一起探望过一个因酗酒、吸毒而入院的病人，正在护理站讨论可能采取的疗法，忽然间，我注意到她的眼中满是泪水。

“你不喜欢讨论这类事情吗？”我问。

“不是，”辛蒂啜泣着，“只不过那个病人有可能是我母亲，她也有同样的问题。”

午餐时我们单独躲在会议室内，探讨辛蒂母亲长期酗酒的悲惨历史。辛蒂一把鼻涕一把眼泪，很痛苦地掏心掏肺，把她家里过去几年的愤怒、尴尬、仇视，说给我听。我请辛蒂带她母亲来治疗，燃起了她的希望。我们还安排她母亲去见一位训练有素的心理顾问。辛蒂母亲在其他家人的强力劝说下，总算同意接受治疗。入院几个星期后，她整个人焕然一新、彻底改变。辛蒂的家庭原本濒临破碎的边缘，但这之后，他们第一次见到了希望的曙光。

“我该如何报答你？”辛蒂问。

我想起被困在雪地里的那辆旅行车，以及那位下半身瘫痪的好心人，我知道自己只有一个答案可以回答：“就把这份情传下去吧！”

得与失

故事来自美国南方的一个州，那里用烧木柴的壁炉来取暖。过去那儿住着一个樵夫，他给某一个人家供应木柴达两年多之久。这位樵夫知道木柴的直径不能大于18厘米，否则就不适合那家人特殊的壁炉。

但是，有一次，他给这个老主顾送去的木柴大部份都不符合规定的尺寸。主顾发现这个问题后，就打电话给他，要他掉换或者劈开这些不合尺寸的薪柴。

“我不能这样做！”这个樵夫说道，“这样所花费的工价就会比全部柴价还要高。”说完，他就把电话挂了。

这个主顾只好亲自来做劈柴的工作。他卷起袖子，开始劳动。大概在这项工作进行了一半时，他注意到一根非常特别的木头，这根木头有一个很大的节疤，节疤明显地被人凿开又堵塞住了。这是什么人干的呢？他掂量了一下这根木头，觉得它很轻，仿佛是空的。他就用斧头把它劈开了，一个发黑的白铁卷掉了出来。他蹲下去，拾起这个白铁卷，把它打开，吃惊地发现里面包有一些很旧的50美元和100美元两种面额的钞票。他数了数恰好有2250美元。很明显，这些钞票藏在这个树节里已有许多年了。这个人唯一的想法是使这些钱回到它的真正的主人那里，他抓起电话听筒，又打电话给那个樵夫，问他从哪里砍了这些木头。

"那是我自己的事。"这个樵夫说，"如果你泄露了你的秘密，别人会欺骗你的。"对方尽管作了多次努力，还是无法获悉这些木头是从哪里砍来的，也不知道是谁把钱藏在树内。

世界其实很小

有一位女士，住在纽约市名流聚集的中央公园南区。她几乎拥有任何人梦寐以求的一切：财富、地位、名声。但她却有一个极大的遗憾：她5岁的女儿罹患了一种会致命的疾病，全纽约最高明的医生都束手无策。绝望中，这位母亲看到《纽约时报》的一篇报道说，瑞士一位医术卓越的医生要到纽约来，在纽约大学医学院发表演说。

这位母亲本能地相信瑞士医生可以救活她的孩子，心中重燃希望。因此她开始不停地追踪他，打电话、写信、恳求他的协助——但没有任何回应。在一个下雨的午后，她正沉湎于自己的不幸中，一个矮胖的、湿透了的、留着胡子的男人，敲响了她的门。

"你有什么事吗？"她问。

"对不起，"他说，"我好像迷路了，我想借用你的电话打给我的司机，如果可以的话，你介意吗？"

"我很抱歉，"她冷冷地回答，"我的小孩正在生病，我不希望她被打扰。"然后她关上了门。

第二天早上，她看到另一篇文章，是有关那个她急着要找到的瑞士医生的，文章上还附了医生的照片。令她无法置信的事，那个人就是前一天被她关在门外的人。

与人为善

在现代社会，宽容已经很少为人提及了，然而，对人对己的那种宽容心的培育却是获得财富和幸福的核心内容。莎士比亚之所以被称为最伟大的仁者，就在于宽容。在莎士比亚的36部戏剧中，“宽容”一词在33部中共出现了94次。从莎士比亚的作品中，我们能够清晰地辨别出，莎士比亚几乎对所有的生物（不管是人还是动物）都无限地宽容。

《圣经》上说，有个人招待了一群客人，等客人离去，才发现他们原来是上帝派来的使者。

从此做父母的就教导孩子们说，碰到衣衫破烂或长相丑陋的人，切不可怠慢，而要帮助他，因为他可能是天上的仙人。

一个阴雨密布的午后，大雨突然间倾泻而下，行人纷纷逃进就近的店铺躲雨。这时，一位浑身湿淋淋的老妇，步履蹒跚地走进费城百货商店。看着她狼狈的姿容和简朴的衣裙，所有的售化员都对她不理不睬。

只有一个年轻人热情地对她说：“夫人，我能为您做点什么吗？”老妇人莞尔一笑：“不用了，我在这儿躲会雨，马上就走。”但是，她的脸上明显露出不安的神色，因为雨水不断地从她的脚边淌到门口的地毯上。

正当她无所适从时，那个小伙子又走过来说：“夫人，您一定有点累，我给您搬一把椅子放在门口，您坐着休息就是了。”两小时后，雨过天晴，老妇人向那个年轻人道了谢，并随意地向他要了张名片，就颤巍巍地走了出去。

几个月后，费城百货公司的总经理詹姆斯收到一封信，写信人指名要求这位年轻人前往苏格兰收取装潢一整座城堡的订单，并让他负责自己家族所属的几个大公司下一季度办公用品的采购任务。詹姆斯震惊不已，匆匆一算，只这一封信带来的利益，就相当于他们公司两年的利润总和。

当他以最快的速度与写信人取得联系后，才知道这封信是一位老妇所写，就是几个月前曾在自己商店躲雨的那位老太太——而她正是美国亿万富翁“钢铁大王”卡内基的母亲。

詹姆斯马上把这位叫菲利的年轻人推荐到公司董事会。毫无疑问，当菲利收拾好行李准备去苏格兰时，他已经是这家百货公司的合伙人了。那年，菲利22岁。

不久，菲利应邀加盟到卡内基的麾下。随后的几年中，菲利以他一贯的踏实和诚恳，成为“钢铁大王”卡内基的右膀左臂，在事业上扶摇直上、飞黄腾达，成为美国钢铁行业仅次于卡内基的灵魂人物。

去弄清楚这个故事的真假已没有任何意义，但它表述的道理却千真万确：要想获得，就必须先给予；而最难得的，是那种不求回报的给予，因为它以爱和宽容为基础。

爱人爱己

我一直都明白，有时候不幸的事也会发生在好人身上。我知道一个人可能在这一分钟享受着舒适的生活，而下一分钟则可能陷在粪堆里，就像《圣经》中的约布一样。我只是从来都没有想到这样的事也会降临到我身上。

我丈夫去世之后，就是我深陷在“粪堆”里的时候。我丈夫缠绵病榻多年。作为一个受过专业培训的护士又是他的妻子，我觉得没有别人可以比我更好地护理他，事实也确是如此。在护理他的过程中，我耽误了许多工作并因此失了业。我的健康状况每况愈下，很难再找到一份像样的工作。接着，我失去了家庭。在绝望和恐惧下，我离开了与丈夫共同生活多年的温馨的家，搬进了一个贫困社区的一所又小又旧的房子里。我告别了朋友、邻居和教区的教友们，而后者正是最最难舍的部分。伤心和压抑之余，我觉得自己已经走进了死胡同，而不仅仅是面对人生的十字路口。

我明白自己一定要保持正常的心态，必须要振作起来，摆脱时时刻刻都缠绕着自己的消沉情绪。我知道要做到这一点的最好方法就是找一个教堂。在这个社区有许多教堂，但是属于我所在教派的却寥寥无几。我最终找到的那一个教堂离我家很远，停车场也不在教堂附近。我走路有些困难，从停车场到教堂的那段路程让我望而却步。牧师告诉我，在我家附近还有另外一个教堂，并建议我去那里会比较方便。由于那是个小教堂，又不在路边，因此我从前并没有注意到。除了教派，牧师没有告诉我其他任何关于那所教堂的情况。

星期天我去做礼拜。我走进门时，接待员热情地与我打招呼。当我突然意识到我是这里唯一的一个白种人时，我不由得呆住了。但是好像没有别人注意到这个问题。礼拜结束后，牧师向我打招呼。他是一个坦桑尼亚当地人，邀请我和其他教徒一起分享咖啡和炸面圈。他们都十分友爱地接纳了我，而这一天我也感受到了前所未有的温暖。

不久以后，我就找到了家的感觉。有一天，一个教友建议我加入唱诗班。这个教堂的唱诗班是我所听过的唱得最美妙的一个。音乐是我做礼拜的最大享受之一。我的歌声不但响亮而且也还算动听——我过去也是唱诗班的成员。我一直希望能够加入新教堂的唱诗班里去，但是他们唱的大多数都是旧的黑人圣歌，内容主要与他们过去所受的压迫有关，所以我无法肯定他们是否欢迎我的加入。尽管只有一个人向我发出了邀请，我还是决定参加下一个星期六的彩排。那是我所作过的最明智的决定，唱诗班热情地欢迎了我的加入。

在正式加入唱诗班后不久，我们被邀请去新奥尔良的一所教堂表演，那里距离坦帕要开车走很远的路。教堂会负担住宿和交通费用，但是每个人要自己负责餐费。我们要把自己的车停在城里的一个停车场，唱诗班的负责人拉里已经为我们预订好了免费停车位，这样我们就可以一起乘公共汽车去新奥尔良了。我的财务状况依然困窘，很难凑出旅行的费用。我一直犹豫着是否要把自己的问题告诉给别人，最后我还是把拉里叫到一边，告诉了他我的境况。他说绝不会让任何人掉队，并向我保证，他会亲自安排我的就餐问题。我松了口气，因为我确实很想和大家一起去。

之后我们没有再谈及此事。在出发的那天早上，拉里忙得疲惫不堪，我不想让他再为了我的餐费而烦恼。至少目前我没什么可担心的，因为我们在车上的第一顿午餐盒饭是免费的。旅途非常顺利，我们一路上谈笑风生，过得十分愉快。几小时后，我们到了汽车旅馆，大家都是又累又饿。我被分配和一个带小孩的年轻女士同住一个房间，她对此非常高兴。

洗去身上的尘土，大家开始三三两两地走向附近的餐馆。我站在旅馆的房门外，祈祷着希望自己看上去不那么可怜，同时也希望拉里能够恰巧经过，看见我并记起我身上没有钱。但是他没有出现。尽管饥饿难耐，我却不打算再抱任何希望，准备回到房间去了。就在这时，唱诗班里一位拄着拐杖的老先生却一瘸一拐地向我走来，脸上带着动人的微笑。

“嗨。”詹姆斯招呼着，伸出了手。

“嗨。”我一边回应着一边握了握他的手。我们的交谈僵在了那里，我不知该说些什么。我怕他邀请我和他以及他妹妹埃拉共进晚餐，因为我连一杯咖啡的钱都付不起。

“如果你能同意让我请你吃晚饭的话，我将不胜荣幸。”

我怔住了。竟然是这个仅靠一笔为数不多的收入生活，并且与他的妹妹以及她的孙儿们住在一起的、身有残疾的老人在我陷入困境的时候向我伸出了手。我甚至不知道他是不是真的知道我需要帮助，但我还是礼貌地接受了他的邀请，并和他们度过了一个愉快的夜晚。那是我一生中最难忘的一顿晚餐，并不仅仅因为詹姆斯慷慨地邀请了我，还因为他与埃拉的陪伴让我的精神得到了安慰。

音乐会非常成功！我们发自内心的演唱令观众起立为我们鼓掌，并一再要求我们加唱了几首。为表示感谢，在我们起程回家之前，我们演出的那所教堂在一所学校的餐厅里招待了我们一顿新奥尔良式的烧烤。感谢上帝，我暗想，不用再担心吃饭的问题了。

在回家的路上，拉里告诉了我们一个坏消息：停车不是免费的了。每辆车要交20美元。我一下子惊慌失措，不知道该怎么办才好。离停车场越近，我越是垂头丧气，慌乱不已。但我对拉里或是其他人什么都没提。我的骄傲不允许自己向别人求助。我宁可让自己一边默默地忍受煎熬，一边祈祷。突然有人拍了拍我的肩膀，我的思绪被打断了，一个温和的声音响了起来。

“你能让我搭个车回家吗？”詹姆斯问道，“埃拉在路上得停一下，可是我太累了。如果你同意的话，我愿意付停车费。要是叫出租车的话会贵很多的。”

我再一次被天使拯救了——一个拄着拐杖、一瘸一拐，但却带着神圣的微笑的天使。我真的不知道他那矮小的身体里怎么会盛得下如此宽厚仁慈的一颗心。

后来，我了解了詹姆斯残废的原因。他在阿拉巴马一个贫困地区长大，那还是在种族隔离时期。小时候，他从树上摔下来造成髋骨骨折。医院拒绝收留他，因为他是一个黑人。这是一个残忍的政策，但更残忍的是医院有法定的权利这样做而不会受到谴责。他的骨折后来自然痊愈了，而这个善良的年轻人却因此很多年无法行走。最后，他换了一副髋骨，从此可以走动了，但由于一条腿比另一条腿短了几英寸，所以詹姆斯走路非常困难，而且伤处还时常隐隐作痛。尽管如此，在他的心中却没有痛苦、怨恨，也没有复仇的念头。尽管当年人们的偏执使他永远不能够过上正常的生活，但我的朋友对别人却完全没有偏见和仇恨。

在那次演出过去几年之后，我问詹姆斯他是怎么知道在新奥尔良的那天我身无分文的。他只是笑着说：“我并不知道。”但我一直都不相信他的回答。

多年以来，詹姆斯和埃拉——一个像她哥哥一样助人为乐的老妇人——帮助我摆脱了诸多困境，使我的生活回到了正轨。每当我偏离了轨道的时候，他们总会及时出现并为我指引正确的方向；每当我觉得生活快要崩塌的时候，他们都会伸出手臂来保护我，让我感到有一个坚实的依靠；在我陷入生活低谷的时候，他们无微不至地关心和照顾我，对我却毫无所求。因为有了他们的友情，我又重新回到了这个世界上，又成了从前那个充满了希望和梦想的人。通过他们，我学会了勇敢面对命运的安排——那不是上帝对我的惩罚和报复，而是生活的一部分。

詹姆斯那天并没有想用钱来买我的友情，因为他根本不需要这样，所有有幸结识他的人都深深地爱着他。我觉得认识他和埃拉是一件非常幸运的事，而且更幸运的是，我可以把他们当做我的朋友。

（美国）朱迪斯·E.狄克森